TENTAMI

UNA COMMEDIA ROMANTICA IN UFFICIO CON IL MIGLIORE AMICO DEL FRATELLO

SYNERGY
LIBRO 6

MICHELLE MCCRAW

lazy dog
books

AVVISO SUI CONTENUTI

Tentami è un romance piccante che contiene scene di intimità esplicite e linguaggio volgare. Questa storia contiene anche abbandono genitoriale e morte (menzionato ma non descritto) e tentato assalto sessuale (menzionato ma non descritto).

Se questo non è il momento giusto per te di leggere una storia con questi elementi, considera di saltare questo libro per ora. Prenditi cura di te.

1

GLI OCCHIETTI A SPILLO di Larry erano come gli orecchini di perle nere di mia madre: tondi, lucidi e critici.

«Non guardarmi così» sussurrai, tornando a rivolgere la mia attenzione allo Chef Guillaume.

Con un genio per il multitasking affinato nei migliori ristoranti di Francia, l'insegnante mi fulminò con uno sguardo minaccioso senza interrompere il flusso della sua lezione sui crostacei.

Larry sbatté le palpebre, il che era strano perché ero abbastanza sicura che gli astici non le avessero. Se le avessero avute, lo Chef Guillaume ci avrebbe insegnato come sfilettarle.

Mi mossi sui miei piedi, indolenziti per essere rimasta in piedi in quegli zoccoli tremendi che mi sfregavano senza pietà il collo del piede. Sfilando lo strofinaccio da cucina dalla cintura del grembiule, lo gettai su Larry, dove riposava sul tagliere della mia postazione. Ora potevo concentrarmi sullo Chef Guillaume, che aveva iniziato una parentesi sulle allergie ai crostacei.

Molto meglio.

Lo strofinaccio si mosse e una chela legata si agitò debolmente verso di me. Mi si strinse il petto. Lo Chef spiegò che le nostre aragoste spinose locali della California venivano spedite in Cina a prezzi esorbitanti.

Povero Larry.

Un paio di giorni prima, se ne stava con i suoi amici astici nell'Atlantico del Nord. Oggi, soffocava lentamente qui, nel mio corso di cucina in un community college di San Francisco, impallidendo sotto le spietate luci al neon, in attesa di finire nella pentola d'acqua che aveva quasi raggiunto l'ebollizione.

Fissai la sua chela immobilizzata. *Siamo in due, amico mio.*

Tirandogli via lo strofinaccio dalla testa, lo infilai sotto il suo corpo bruno-rossastro in modo che non fosse sdraiato sul tagliere scivoloso. Doveva puzzare come le altre povere creature che avevo spedito all'altro mondo nel corso di macelleria.

Gli astici avevano il naso?

Probabilmente no, grazie a Dio. Se lo avesse avuto, avrebbe sentito l'odore della mia paura.

Avevamo iniziato il semestre con il pollame. Ce li avevano dati già morti e con la testa staccata, a differenza di Larry. Avevo quasi vomitato alla vista dei corpi pallidi e senza piume, ma invece avevo immaginato cosa avrebbe detto mia madre se avessi abbandonato anche questa scuola. Mi ero fatta forza e avevo continuato, sezionando le parti abbastanza bene da ottenere un giudizio sufficiente dallo Chef Guillaume.

L'unità successiva era stata quella della carne di manzo, ma anche quella ci era arrivata senza volto. Avevo imparato a separare le costole dal lombo e avevo creato un arrosto arrotolato in piedi davanti al quale lo Chef non aveva ringhiato. Lo aveva definito «non male», che in qualsiasi altro corso equivaleva a un'ottima valutazione. Anche se non avevo molta esperienza con le ottime valutazioni a scuola, culinaria o di altro tipo.

Eravamo passati al pesce, e sebbene avessero una faccia, almeno erano già morti all'arrivo.

Fino a Larry.

«Signorina Natalie Jones, sta prestando attenzione?» Come aveva fatto lo Chef Guillaume ad avvicinarsi di soppiatto in quel modo? Mi guardò accigliato dall'altro lato del mio tavolo di lavoro con le mani sui fianchi.

«Sì, Chef» squittii. Non osai guardare Larry.

«Allora perché il suo astice è avvolto in fasce come un bebè e non sta cuocendo nella pentola?»

Oh-oh. Lanciai un'occhiata alla mia destra, dove il mio vicino Gregory stava pulendo la sua postazione. Del vapore si levava dal coperchio della sua pentola.

«Sto aspettando il bollore pieno, Chef» dissi, guardando la mia pentola, dove le bolle cominciavano a increspare la superficie.

«Mi faccia vedere.» Arricciò il labbro mentre fissava l'astice. «Tolga quello strofinaccio.»

«Mi scusi.» Delicatamente, liberai lo strofinaccio da Larry. Poveretto, non aveva un bell'aspetto.

Le narici dello Chef si dilatarono. «Mostri alla classe come uccidere umanamente l'astice.»

«Io… uh.» *Uccidere umanamente* mi suonava come un ossimoro. «Potrebbe mostrarmi di nuovo la tecnica?»

Allungò la mano verso Larry.

Balzai per coprire il crostaceo con il mio corpo. «Non lui!» Mi bloccai. «Voglio dire, lo farò io.» Era il minimo che dovessi a Larry.

Lo Chef inarcò un sopracciglio. «Bon. Io darò la dimostrazione, poi lei ripeterà.»

Si girò e prese l'astice dal tavolo di Chantal. Lo sbatté sul tagliere accanto a Larry. Con un unico movimento fluido, afferrò il mio coltello e affondò la punta nel cervello dell'astice. Quando questo si contrasse, Larry raspò debolmente sul tagliere.

«Vede? Rapido e umano.» Lasciò cadere l'astice morto nella pentola di Chantal. Lei mormorò i suoi ringraziamenti e mise il coperchio sulla pentola.

«Ora lei.» Mi porse il mio coltello, con il manico rivolto verso di me.

Diedi un'occhiata alla mia pentola. Maledetti quei fornelli a gas così efficienti. Aveva raggiunto il bollore pieno. Accettai il manico e rivolsi la mia attenzione a Larry. Rassegnato al suo destino, lasciò cadere le antenne.

Mi si spezzò il cuore per lui.

Sarebbe finito mescolato con i suoi amici in una bisque di astice da servire nella mensa scolastica o in un panino all'astice da asporto.

Perché doveva morire per un qualche panino molliccio e troppo condito?

Tutto ciò che voleva era vivere la sua vita da astice al meglio. E allora, se non aveva ancora capito quale potesse essere? Meritava un'altra possibilità per dare un senso alla sua vita.

Aspetta. Stavo parlando di Larry o di me?

«Signorina Jones. Posso ricordarle che ci restano solo trenta minuti di lezione?»

Trenta minuti. Lo Chef Guillaume non accettava lavori consegnati in ritardo. Avrei dovuto assassinare il povero Larry subito, se volevo avere qualche speranza di smembrare la sua carcassa in tempo. Lo stecchino d'argento da astice brillò sotto le luci al neon. Quello che lo Chef si aspettava che usassi per estrarre la polpa di Larry dal suo guscio.

Larry sollevò la chela in segno di addio, mostrandomi la fascetta blu. Blu come l'oceano. Blu come i delicati bordi del guscio che ricopriva le sue esili articolazioni, che mi sarei dovuta aspettare di estrarre con la forchetta.

Deglutii. *Non oggi, Larry.*

«Mi scusi, Chef.»

Lasciando cadere il coltello, gettai di nuovo lo strofinaccio su Larry e lo sollevai. Non era pesante, solo un paio di chili, ma le sue chele sproporzionate penzolavano.

«Cosa sta facendo, signorina Jones?»

Tenni la testa bassa. «Me ne vado, Chef.»

In aula era calato un silenzio di tomba.

«Se esce da quella porta, sarà bocciata al mio corso. Sarà difficile diplomarsi senza di esso.»

Sarebbe stato difficile diplomarsi anche con un voto sufficiente nel suo corso. Infilandomi Larry sotto il braccio, tirai fuori la mia borsa Louboutin dallo scomparto sotto la postazione e me la misi in spalla. «Capisco, Chef.»

«È sicura di capire, signorina Jones?» Il suo sopracciglio grigio si sollevò. Doveva aver percepito la pressione che mi spingeva a tornare giorno dopo giorno a un corso in cui stavo fallendo.

Lanciai un'occhiata alla mia custodia dei coltelli. Mi piaceva il peso del grande coltello da chef e il modo in cui il manico si adattava alla mia mano. Era un peccato lasciarlo lì. Ma avrei dovuto mettere giù Larry, e se lo avessi fatto, il mio irascibile istruttore avrebbe potuto gettarlo nella mia pentola e bollirlo vivo.

Meglio lasciarlo. Feci un cenno a Gregory. Lui aveva talento. Li meritava più di me. La scuola di cucina era sprecata per me, proprio come l'università, la scuola di moda, il tirocinio come organizzatrice di eventi e persino il negozio di fiori che il mio patrigno mi aveva comprato.

«Mi scusi, Chef» ripetei, e con una presa salda su Larry, mi girai sui miei zoccoli.

Vorrei poter dire di essere uscita a testa alta, ma il mio maledetto zoccolo si impigliò sul pavimento e mi si sfilò dal piede. Li avevo sempre odiati, comunque. Sfilai anche l'altro e, in calzini, uscii strascicando i piedi fuori dall'aula.

———

L'AUTISTA dell'Uber partì sgommando dal marciapiede di Rincon Park. Mi ero abituata all'odore di pesce nelle due ore che avevamo passato in aula, ma avere Larry nella piccola Mazda era un po' troppo, specialmente dopo che aveva sofferto un po' il mal d'auto.

Nonostante le nuvole basse, l'aria al parco era più fresca, e mi diressi dritta verso il molo.

«Non preoccuparti, Larry. Ci penso io. Le aragoste spinose forse avranno un aspetto diverso, ma sono sicura che sono simpatiche. Ti farai un sacco di nuovi amici.»

Roteò i peduncoli oculari verso di me.

«Sul serio, amico. Non credo che ce la faresti se ti rispedissi nel

Maine o da qualsiasi altra parte tu venga. Questo è molto meglio che essere servito in mensa. Se la baia non ti piace, puoi nuotare intorno alla penisola fino all'oceano.»

A pensarci bene, probabilmente avrei dovuto portarlo sulla costa oceanica della città, ma ormai era troppo tardi. L'acqua qui era profonda e non c'era pesca commerciale nella baia.

Quando raggiunsi la ringhiera, ci appoggiai sopra Larry, ancora avvolto nel mio strofinaccio da cucina. I suoi peduncoli oculari si muovevano tra me e l'acqua sottostante.

«Guarda, Larry. So che questo è un posto nuovo e che hai paura. Ho iniziato un sacco di cose nuove, e ti dico cosa ha sempre funzionato per me: trova un modo per aiutare gli altri. In questo modo avranno bisogno di te, che tu gli piaccia o no.»

Larry non se la bevve. Bussò sulla ringhiera con la chela.

«Non devi seguire il mio consiglio. Che ne so io, dopotutto? Nessuna delle mie scuole o dei miei lavori è durata, e farò una fatica del diavolo a spiegare a mia madre e a Charles cosa è successo oggi. Ma la cosa giusta per me è là fuori, e la cosa giusta per te è laggiù.»

Scrutammo entrambi l'acqua. Era profonda e blu.

«Trova una bella roccia e stai tranquillo finché non riprendi le forze. Sgranocchia… Cosa mangiate voi, comunque? Plancton? Alghe? Pesciolini? Sono sicura che laggiù ci sia. Magari incontrerai una simpatica signora astice — o un tipo, quello che ti rende felice — e vi sistemerete in una bella parte profonda dell'oceano, a crescere dei cuccioli insieme. Okay?» Mi asciugai uno spruzzo d'acqua di mare dalla guancia.

Agitò debolmente le chele.

«Giusto. Devo togliere queste.» Frugai nella borsa e trovai il coltellino svizzero rosa che mio fratello Jackson mi aveva regalato quando avevo dodici anni. Aprii la lama lunga e tagliai l'elastico sulla sua chela destra, poi su quella sinistra. Titubante, aprì e chiuse le chele.

«Meglio? Okay, ti butto dentro.»

Ma non lo feci. Lo fissai nei suoi occhi torbidi.

«Questa è la tua seconda possibilità, amico. Non sprecarla.» Chi ero io per dargli consigli? Quante seconde, terze o quarte possibilità avevo sprecato io? Quante volte mia madre mi aveva rivolto quello sguardo severo con gli occhi socchiusi e le labbra serrate che mi diceva quanto l'avessi delusa? Quante volte aveva effettivamente pronunciato le parole: *Natalie, quando ti deciderai a mettere la testa a posto? Perché non puoi essere più simile ai tuoi fratelli o a tua sorella?*

Non avrei mai avuto il successo dei miei fratelli. Avrei dovuto fare quello che aveva fatto mia madre e sposare un uomo con del potenziale. Mi aveva presentato abbastanza figli dei suoi amici ricchi che a quest'ora avrei dovuto trovarne uno che mi piacesse.

Larry mi picchiettò la mano con la chela.

«Giusto, scusa. Qui non si tratta di me. Si tratta di te. Okay, uno… due… tre.» Lo capovolsi e lo lasciai cadere di testa nell'acqua, tre metri più in basso. Fendette l'acqua, senza schizzi, come un tuffatore olimpico. Rimase sospeso per un secondo sotto la superficie, dondolando con le onde che si infrangevano contro il molo. Sembrò quasi che mi salutasse. Poi, con un colpo di coda, si immerse, e il suo guscio marrone scomparve nell'acqua scura. Aspettai un minuto, stringendo lo strofinaccio puzzolente. Poi lasciai passare un altro minuto. Ma Larry non riapparve.

Sperai che se la cavasse meglio con la sua seconda possibilità di quanto non avessi fatto io con le mie.

Mi voltai di nuovo verso la città. Potevo prendere un altro Uber per tornare a casa, darmi una ripulita e capire come spiegare ai miei genitori che avevo abbandonato la scuola di cucina due settimane prima della fine del trimestre. Oppure…

Scorsi l'edificio alto che faceva ombra a quello più basso di mio fratello.

Anche lui aveva avuto la sua dose di seconde possibilità. Forse poteva offrirmi qualche consiglio. O almeno più comprensione di quella che avrei ricevuto da nostra madre.

2

QUANDO USCII DALL'ASCENSORE al sesto piano, mi resi conto della falla nel mio piano. Il codice di abbigliamento alla Synergy era informale, ma la mia giacca bianca macchiata di qualsiasi fluido Larry mi avesse vomitato addosso, i pantaloni da chef larghi e le infradito verde neon che avevo comprato in una bancarella di souvenir vicino al molo non potevano essere più diversi dagli abiti firmati che indossavo di solito. Tutti mi fissarono a bocca aperta mentre passavo.

Ispirandomi a mia madre, sollevai il mento come se indossassi un Hermès e mi trascinai fino alla scrivania dell'assistente di mio fratello. Mi mancava vedere Marlee lì, ma dalla sua promozione, sedeva al piano di sotto con gli altri sviluppatori.

La sua nuova assistente, Paulina, era una donna di una certa età originaria dei Caraibi. Soppesò il mio aspetto e sorrise. «Arrivi dritta da scuola, *cariño*?»

«Sì.» Repressi una smorfia. «Mio fratello è nel suo ufficio?» lanciai un'occhiata alla porta a vetri dietro di lei.

«No, è nell'ufficio del signor Fallon.»

Sospirai. Volevo vedere Jackson, ma il suo amico Cooper aveva preso la corsia preferenziale per il successo. Cooper non diceva mai niente sul mio tortuoso percorso di vita, ma mi guardava sempre da sotto la folta siepe delle sue sopracciglia e mi trafiggeva con uno sguardo di disapprovazione.

Avrei voluto svignarmela, ma Paulina avrebbe detto a Jackson che ero passata di lì. Dovevo portare a termine il mio piano raffazzonato.

«Grazie, Paulina.» Attraversai strascicando i piedi il pavimento fino all'ufficio di Cooper. Il suo assistente non era alla scrivania, ma suo cugino nonché guardia del corpo, Mateo, era in piedi vicino alla porta. Mi sorrise mentre mi avvicinavo.

«Natalie! Cosa porta qui la nostra piccola Cat Cora?»

Con il mio metro e settantatré, non ero piccola, ma in confronto al fisico alto e massiccio di Mateo, dovevo sembrare minuscola, specialmente senza i miei tacchi.

«Volevo parlare con mio fratello. È ancora con Cooper?»

«Sono tutti lì dentro. Entra pure,» mi disse. Spinsi la maniglia della porta.

Fu solo quando il mio sguardo scivolò da Cooper, seduto alla sua scrivania, e da mio fratello, appoggiato al davanzale, alla terza persona nella stanza, che ripensai a ciò che Mateo aveva detto: *Sono tutti lì dentro.* Mi resi conto di chi intendesse con «tutti».

Lei era lì. Il mio cervello andò in pappa. Non doveva essere a San Francisco, alla Synergy. Doveva essere nel suo ufficio, a un'ora di distanza, nella Silicon Valley.

«Nutter Butter!» Jackson balzò dall'altra parte della stanza e mi strinse tra le braccia. Aggiunse una strapazzata per buona misura, scompigliando il mio chignon volutamente disordinato.

Perché doveva chiamarmi con quel nome ridicolo? Quando ero un'impacciata bambina di nove anni, gli lasciavo dire quello che voleva perché bramavo qualsiasi attenzione mio fratello maggiore mi desse. Adesso ero adulta quanto lui. Eppure non mancava mai di sottolineare che gli adulti avevano un lavoro e non vivevano con i genitori.

«Scollati.» Feci forza contro le sue braccia troppo lunghe.

Allentò la presa ma mantenne un braccio intorno alle mie

spalle, probabilmente per tenermi a portata di strapazzata. «Cosa ci fai qui?»

«Io, uhm...» All'improvviso, raccontare la mia storia strappalacrime per un po' di compassione da parte di mio fratello mi sembrò un'idea terribile. «Mi mancava il mio fratellone?»

«Aww.» strofinò di nuovo le nocche tra i miei capelli. «Beh, arrivi giusto in tempo per ridere di Jamila per quello che ha combinato stavolta.»

Ridere di Jamila? Non solo era la donna più stupenda che avessi mai incontrato, ma era tutto ciò che desideravo essere: intelligente, sicura di sé, capace. Come Cooper, non aveva mai vacillato durante la sua marcia verso il successo.

L'avevo evitata per quattro mesi da quella disastrosa festa a casa di Billie Woods. E ora mi aveva sorpresa nel mio momento peggiore, senza abiti firmati o trucco a farmi da armatura e con l'odore del contenuto del sistema digerente di Larry.

Era spaparanzata sul divano di pelle di Cooper, la gamba destra allungata verso il pavimento e la sinistra appoggiata sullo schienale del divano, con lo stiletto beige che le penzolava dalla punta delle dita. I suoi fluidi pantaloni bianchi a gamba larga erano arricciati, mostrando la pelle liscia e scura che le copriva le caviglie sottili e i polpacci muscolosi. Indossava una camicetta smanicata color lilla e un girocollo di perle. Le perle e i colori pastello implicavano morbidezza, ma le sue parole taglienti squarciavano sempre l'illusione.

A diciannove anni, aveva un'abbondante criniera di ricci che invidiavo. Ora, i suoi capelli erano tagliati cortissimi, quasi a pelle, mettendo in mostra il suo collo lungo ed elegante. Gestire un'azienda di software da un miliardo di dollari non lasciava tempo per la manutenzione dei ricci.

Portandosi un braccio sugli occhi, emise un ringhio frustrato. «Vi dico che tutto quello che ho fatto è stato cercare di proteggere la mia azienda. Quel giornalista è uno stronzo.»

«Non è così che il giornalista stronzo l'ha scritto nel suo articolo,» disse Cooper seccamente.

«Cos'è successo?» domandai.

Lei sollevò il braccio dal viso e mi fece un cenno disinvolto. «Ehi, Nat.»

Sembrava abbastanza amichevole. Forse quattro mesi erano sufficienti perché se ne dimenticasse, anche se io non l'avrei mai fatto. La mia voce vacillò mentre chiedevo: «Va tutto bene?»

Sbuffò un sospiro. «Non è niente di cui tu debba preoccuparti, piccola. Io...»

Come al solito, il mio cervello andò in cortocircuito quando mi chiamò *piccola*. Avrei voluto che lo intendesse come un vezzeggiativo, ma mi chiamava così da quando era tornata a casa con Jackson durante le vacanze di primavera del loro primo anno di college. Anche a diciannove anni, con indosso una felpa corta di Stanford sopra dei jeans attillati, Jamila era stata incredibilmente sofisticata ai miei occhi di bambina di nove anni. Mi considerava ancora una preadolescente con le trecce e oggi sembravo una poppante che aveva giocato nella terra.

«...non è niente, davvero.»

«Niente?» Le sopracciglia scure di Cooper schizzarono in su. «L'articolo del *Wall Street Journal* è stato particolarmente poco lusinghiero.»

«Aspetta. Cosa?» chiesi.

«Stai al passo, sorellina.» Le sue narici si dilatarono e il mio viso avvampò ancora di più. Certo che era sensibile al fatto che la stessi ignorando. Dalla festa di Billie, doveva pensare che fossi un'oca bionda. Perché era esattamente così che mi ero comportata.

Il mio viso bruciava. «Scusa, mi sono distratta. Potresti ripetermelo? Per favore?»

Jamila alzò gli occhi al cielo. «C'è qualcosa che non quadra con Moo-Lah. Ho sentito che stanno lanciando un prodotto molto simile alla nostra nuova app. A ogni mia mossa, sembra che siano un passo avanti a me. Ho assunto un investigatore privato per vedere se uno dei miei sta parlando con loro.»

«E la stampa l'ha scoperto,» aggiunse Cooper. «Ti hanno definita paranoica.»

«Solo i paranoici sopravvivono,» disse Jamila. «Era quello che diceva sempre Andy Grove.»

«Sono d'accordo con Mila,» disse mio fratello. «Non sulla parte della paranoia, ma sul fatto che tutti se ne dimenticheranno. Ho fatto di peggio, e ora sono un beniamino dei media.» Sorrise raggiante.

«Questo perché ti sei sistemato con Alicia e lei ti tiene in riga,» disse Jamila.

Mi aspettavo quasi che negasse, ma mi abbracciò più forte e disse: «È vero.»

«Non dimenticare che sono stata io a farvi conoscere.» Jamila gli lanciò un sorriso compiaciuto.

«Mai,» disse lui. «Anche se dubito che avessi in mente il matrimonio quando me l'hai raccomandata come consulente… e come mio capo.»

Se avessero continuato con il loro battibecco da migliori amici, non sarei mai andata a fondo del problema di Jamila. Mi allontanai da mio fratello. «Essere definita paranoica dal *Wall Street Journal* è una cosa piuttosto seria.»

«Esatto.» Cooper mi indicò. «C'erano dei paparazzi all'ufficio di Mila oggi. Non mi sembra una cosa che si placherà tanto facilmente.»

«Tipo, più di cinque?» domandai.

«Non più di venti.» Jamila fece un gesto con una mano elegante. Le sue unghie erano corte ma impeccabilmente curate e dipinte di un viola vibrante.

«Porca miseria,» dissi. «È una cosa seria.» Le serviva aiuto. Tirai fuori il telefono e cercai l'articolo. Lo scorsi, ascoltando a metà mio fratello e i suoi amici.

«Prenditi il resto della giornata libera,» disse Cooper. «Lunedì manderò Mateo con te. Terrà a bada i paparazzi e ti farà entrare in ufficio in sicurezza.»

Lei sbuffò. «Sembrerei una damigella in pericolo con il tuo cugino tutto muscoli al seguito. Si calmerà tutto durante il fine settimana. Non posso permettermi di prendere un giorno libero.

Abbiamo in programma di rilasciare l'app a giugno.» Tirò fuori il telefono dalla tasca e gli diede un'occhiata. «Scusate, devo rispondere.» Si alzò dal divano e uscì dall'ufficio a grandi passi.

«Questo non va bene,» dissi, scorrendo l'articolo. «L'hanno dipinta come una pazza paranoica. Chi diavolo è questo investigatore privato? Pensate che sia stato la fonte delle fughe di notizie alla stampa?»

Jackson si strinse nelle spalle. «Non se vuole restare in affari. Se Jamila scopre che ha venduto la storia, si assicurerà che non lavori mai più a San Francisco.»

Cooper annuì. «Non vuoi trovarti dall'altra parte della vendetta di Jamila.»

«È questo il problema,» dissi. «Non può permettersi di passare per una pazza vendicativa.»

«Un po' di aggressività preventiva non ha mai fatto male a nessuno,» disse Jackson.

«Mai fatto male a nessuno?» sbuffai. «Chiedete a Martha Stewart come le è andata a finire. Le donne non possono farla franca con cose che gli uomini possono fare.»

Entrambi gli uomini mi fissarono con aria assente.

Alzai gli occhi al cielo. «Voi non capireste. Penso di poterla aiutare.»

«Certo, Nutter Butter.» Fortunatamente, Jackson era fuori dalla portata delle sue nocche.

«Posso.» Mi raddrizzai più che potei con le mie infradito e i pantaloni larghi. Cresciuta nel mondo della tecnologia, avevo vissuto sotto i riflettori per tutta la vita. Anche più a lungo di Jamila. «Ho qualche idea.»

Jackson sbuffò un verso roco, in fondo alla gola, come faceva sempre quando dicevo qualcosa che riteneva ridicolo. «Ti lamenti sempre di quanto tempo ti porti via la scuola di cucina. Quando avresti il tempo di aiutare Jamila?»

Abbassai lo sguardo sui miei piedi. Lo smalto scarlatto era quasi sparito sull'alluce destro.

«Oh, no.» La voce di Jackson grondava di compassione. «Non hai mollato, vero?»

Ero venuta qui in cerca della sua compassione, ma a quanto pareva, il suo tono addolorato era la cosa peggiore. «Non esattamente.»

«Cazzo. La mia sorellina perfetta è stata cacciata?»

«Forse?» Strofianai l'alluce contro il bordo del tappeto spesso. «Ho, uhm, liberato un'aragosta dalla mia lezione di macellazione.»

«Davvero?» scoppiò in una risata fragorosa. «Le aragoste sono praticamente insetti giganti. Non è che abbia apprezzato il tuo aiuto.»

Mi misi le mani sui fianchi. «Larry *ha* apprezzato di non essere stato assassinato.»

«Larry?» La voce di Jackson si alzò per l'ilarità. «Hai dato un nome alla cena di qualcuno?»

Cooper appoggiò il mento sulla mano e si coprì la bocca. Stava ridendo?

«Andate a quel paese. La crudeltà verso gli animali non è divertente.»

«Devi ammettere,» disse mio fratello, «che farsi cacciare da una scuola di cucina di un community college per aver rubato un'aragosta è dannatamente divertente. Così come pensare di poter aiutare Jamila a uscire dal suo scivolone di pubbliche relazioni. Magari sai organizzare una bella festa, ma hai zero esperienza di pubbliche relazioni.»

«Ma...» Lanciai a Cooper uno sguardo supplichevole.

Lui alzò le mani. «Mi dispiace, Natalie. Jay ha ragione. La gente va a scuola per imparare tutti i segreti delle pubbliche relazioni. Lascia fare ai professionisti.»

«Ma...» Come avevo potuto desiderare la compassione di mio fratello? Era la cosa peggiore in assoluto. Ciò di cui avevo bisogno da lui — o da chiunque — era un briciolo di fiducia nelle mie capacità. A quanto pare, l'ufficio della Synergy non era il posto giusto per trovarlo.

«Vai a casa,» disse Jackson. «Mettiti comoda. Mangia un po' di cioccolato. Prova con un po' di terapia dello shopping. Ti scrivo stasera per sapere come stai, okay?»

Inspirai a fondo attraverso le narici ed espirai con un sospiro. Aveva ragione. Chi ero io per aiutare Jamila? Non mi ero nemmeno laureata. Vivevo ancora a casa con i miei genitori. In una suite con una lussuosa doccia multi-getto che mi chiamava. «Okay.»

«Sei venuta in macchina?» chiese Jackson.

«No, io...»

«Chiedi a Paulina di darti un passaggio a casa. Darò anche a lei il resto della giornata libera.»

«Grazie. Ci vediamo, Cooper.» Feci un cenno e uscii a fatica dall'ufficio con le mie ridicole infradito. Jamila era in piedi dall'altra parte della porta, un braccio incrociato sullo stomaco e l'altra mano che si asciugava una lacrima dalla guancia.

Abbandonai ogni pensiero di farmi una doccia.

3

«JAMILA?»

Nei quindici anni da cui la conoscevo, non l'avevo mai vista piangere. Non quando Jackson, per sbaglio, le aveva dato una gomitata spaccandole il naso il Giorno del Ringraziamento, non quando la sua app era arrivata quarta a quel concorso e lei non aveva ottenuto i fondi che meritava, e nemmeno dopo la sua strana avventura con Cooper, quella di cui non avrei dovuto sapere nulla e di cui (ne ero abbastanza sicura) Jackson era all'oscuro.

Ma fuori dall'ufficio di mio fratello, i suoi occhi erano umidi e lucidi.

«Oh, ciao». Batté le palpebre e tirò su col naso, e tornò a essere la Jamila Jallow dura come un diamante. Avrei pensato di essermi immaginata la lacrima, se non fosse stato per il mascara appena un po' sbavato nell'angolo dell'occhio.

«Stai bene?»

«Mai stata meglio». Si raddrizzò. «Stai andando a casa?»

Esitai per neanche un secondo. «No. Tu resti qui?»

«La mia assistente ha detto che la stampa se n'è andata, quindi torno in ufficio».

«Vengo con te». Le parole mi uscirono di bocca come una raffica di mitra in uno dei videogiochi di Jackson.

Aggrottò la fronte. «Perché mai vorresti venire fino alla Silicon Valley?»

Merda. Mi ero dimenticata che lavorava a Mountain View. Sarebbe stato un casino tornare a casa senza macchina, ma ne sarebbe valsa la pena per assicurarmi che stesse bene. «Non ho mai visto il tuo ufficio». Era vero. «Sto pensando di cambiare corso di studi e passare allo sviluppo software». Questa era una bugia.

Mi scrutò con uno sguardo penetrante. «Passare dalla scuola di cucina alla programmazione è un cambiamento notevole».

«Oh, sai…» feci un gesto vago con la mano, «ce l'ho nel sangue».

«Non farlo». La parola fu secca come uno schiocco. «Sei intelligente e capace di fare tutto ciò che vuoi. Non nascondere il tuo talento».

Non aveva dimenticato la festa di Natale. Mi aveva detto quasi le stesse identiche parole anche allora, e subito dopo io avevo fatto una cosa davvero idiota.

«Jamila, io…»

«Perché non resti qui? Jackson ti darà uno stage e ti insegnerà tutto quello che devi sapere sulla programmazione».

Le mie guance si infiammarono e la verità venne a galla. «Non voglio che mi dia niente. Voglio guadagnarmelo».

La mia famiglia aveva i soldi, ma tutti davano il proprio contributo a modo loro. Si andava dal volontariato di mia madre all'azienda multimiliardaria di Jackson.

Tutti tranne me. Avevo sempre ricevuto le cose su un piatto d'argento. Se volevo il rispetto della mia famiglia, e di me stessa, dovevo trovare un modo per contribuire alla società. Jamila poteva capirlo, anche se non era cresciuta in una villa come me.

La fissai nei suoi occhi color cioccolato fondente. Non potevo lasciarla andare senza aiutarla in qualche modo.

«Capisco», disse lei. «Lasciami prendere la giacca, e poi ti farò fare il tour del quartier generale globale della Jamilow Software». Mi fece l'occhiolino e spalancò la porta dell'ufficio di Jackson.

Un minuto dopo era di ritorno, mentre si infilava il suo blazer bianco. Quasi mi misi a ridere per la differenza tra il suo blazer immacolato e la mia giacca da chef macchiata, ma dovevo risparmiare il fiato per tenerle il passo con le sue lunghe falcate verso l'ascensore.

«Ehi, Paulina», gridai mentre le passavamo davanti alla scrivania. «Jackson ha detto che puoi prenderti il resto della giornata libera. Buon fine settimana!» Così imparava, a furia di scappellotti.

A causa della puzza di pesce che mi si era appiccicata ai vestiti, abbassammo i finestrini della sua Porsche Cayenne bianca durante il tragitto verso Mountain View. Lei riuscì a farmi raccontare la storia di Larry e della mia giornata disastrosa. Non mi dispiacque, perché la sua risata musicale era la mia preferita. Non era una risatina argentina, ma un suono squillante, cristallino e forte come una tromba. Mi faceva sempre sentire come la luce del sole sul viso, e risi anch'io.

Una volta imboccata la 101, il rumore del vento ci impedì di parlare molto, così non ebbi l'occasione di chiederle cosa l'avesse turbata prima. L'avrei scoperto nel suo ufficio. E poi avrei trovato un modo per sistemare le cose. Quella era una cosa in cui non facevo schifo.

Parcheggiò il suo SUV nel posto riservato all'Amministratore Delegato. Un giornalista era appollaiato su una delle gigantesche fioriere fuori dalle porte a vetri, ma Jamila gli sfrecciò davanti. Tenendo il viso basso, la seguii nella sua scia. L'ultima cosa di cui aveva bisogno era che lui mi riconoscesse con la mia divisa macchiata e dovesse spiegare perché la figlia dell'alta società dei Jones era vestita come una cuoca della mensa della Jamilow.

Appena entrammo nella hall, un ragazzo bianco e biondo sulla trentina si precipitò verso Jamila. Indossava una combinazione sconsiderata di pantaloni color lampone troppo larghi sul sedere e un paio di costose brogue blu e marroni. La sua camicia bianca slim fit era stropicciata e le maniche erano arrotolate fino a metà avambraccio.

«Cazzo, finalmente è qui. Ho passato tutto il giorno a rispondere a telefonate. Dobbiamo parlare...» Mi squadrò dai capelli scompigliati dal vento alle mie infradito verdi, e guardandomi dall'alto in basso, disse: «L'ingresso per il personale di cucina è accanto al molo di carico».

«Va tutto bene», disse Jamila. «Natalie, ti presento Winslow Keating-Ashworth, il mio Direttore Operativo. Winslow, questa è Natalie Jones. Le ho promesso un tour dell'ufficio».

Winslow mi esaminò più a lungo. I suoi occhi blu cerchiati di rosso si spalancarono. «Natalie Jones, dei Jones di Jasper?»

Sentivo il petto stringersi ogni volta che qualcuno menzionava mio padre. Sembravano tutti ricordarlo — conoscerlo — meglio di me. «Sì», dissi.

«Mi scusi, io...» Indicò la mia divisa macchiata.

Alzai gli occhi al cielo. Che fosse il numero due di Jamila o no, avrebbe dovuto trattare meglio i membri dello staff, anche se lavoravano in mensa.

«Camminiamo e parliamo», disse Jamila, facendoci cenno di affiancarla. La guardia giurata cercò di fermarmi, ma un'occhiata d'acciaio di Jamila lo convinse ad aprirmi il tornello per farmi passare senza badge.

«La mensa è da quella parte». Jamila indicò una doppia porta mentre saliva sulla scala a vista che portava al secondo piano. «Ti presenterò il direttore di cucina più tardi, se deciderai che è ancora quella la tua passione». Mi fece l'occhiolino.

Ricambiai il sorriso, desiderando di poter catturare quell'occhiolino e chiuderlo a chiave. Avevo mai passato così tanto tempo da sola con Jamila prima d'ora? Mio fratello era sempre nei paraggi a rubare la sua attenzione con le loro battute interne, la sua carriera simile e la loro facile complicità. Non oggi. Oggi, Jamila era tutta per me nel nostro tour privato. Nonostante i miei vestiti schifosi, avrei fatto tesoro di ogni momento che avrebbe passato con me.

«Billie è sul sentiero di guerra», disse Winslow. «Ha chiamato due volte. Vuole sapere perché non ha consultato il consiglio prima di assumere un investigatore privato».

Sussultai al ricordo della padrona di casa della festa di Natale. L'ereditiera del settore tecnologico Billie Woods era un'amica di mia madre che finanziava startup e sedeva in diversi consigli di amministrazione, compreso quello di Jamila. Aveva la reputazione di essere un'investitrice acuta. Non invidiavo a Jamila il fatto di essere nel mirino della sua ira. Sentivo ancora il bruciore della sua occhiataccia mentre venivo portata fuori dalla sua festa.

«Mi ha mandato un messaggio», disse Jamila. «La richiamerò tra un po' per calmarla. Lei stia lontano da Billie. Non abbiamo bisogno di farla infuriare ancora di più».

Le guance di Winslow presero lo stesso colore dei suoi pantaloni. «Ho una riunione fissata questo pomeriggio con il personale delle relazioni con gli investitori».

«Perché?» chiese Jamila mentre attraversava con disinvoltura una serie di porte a vetri. Io mi affrettavo ancora su per le scale e Winslow non si preoccupò di tenermi la porta. La presi appena prima che si chiudesse e mi affrettai a passare.

Addio tour privato.

Passammo davanti a una fila di uffici. Dietro le porte in vetro smerigliato, la maggior parte sembrava occupata anche di venerdì pomeriggio. Le etichette accanto alle porte riportavano solo i nomi, ma supposi che fossero i piani alti della dirigenza, viste le ampie finestre e i mobili in legno che riuscivo a intravedere attraverso il vetro.

«Pensa che dovremmo inviare un messaggio agli azionisti riguardo alla situazione?» chiese Winslow.

All'inizio quel tizio non mi era piaciuto, ma sembrava che stesse facendo le mosse giuste. A volte le prime impressioni sono sbagliate. A malincuore, lo feci salire di un gradino nella mia personale classifica, nonostante le sue disastrose scelte in fatto di moda.

«No», disse lei. «Entro lunedì si saranno tutti dimenticati di questa storia».

«No, non è vero», dissi io.

Si voltò a guardarmi e i suoi occhi si spalancarono come se si fosse dimenticata della mia presenza. «Certo che lo faranno».

«Sei finita sul *Wall Street Journal*», dissi. «La stampa tradizionale. Anche se lasceranno perdere, i notiziari di tecnologia non lo faranno. Si butteranno su questa storia come... come...»

«Come le zecche su un cane?» suggerì Jamila. Si rivolse di nuovo in avanti, la mascella contratta. «Va bene così. Gestiamo queste cose continuamente. Tutto ciò che fai diventa una notizia quando sei una delle poche Amministratrici Delegate di colore nel settore tecnologico».

«Puoi sfruttare la cosa a tuo vantaggio», protestai. «Perché non affrontarla in modo proattivo come suggerisce Winslow?»

«Perché avete torto entrambi». Fece un gesto secco con la mano. «Io non manipolo le notizie. Sono una persona schietta. Lo sanno tutti». Tenne aperta la porta di un ufficio d'angolo per me e Winslow. «Il mio ufficio, Natalie», disse con un gesto plateale.

Aveva tutte le ragioni per essere orgogliosa del suo ufficio. La vista era molto più meditativa di quella dell'ufficio di mio fratello, che si affacciava direttamente sul grattacielo di fronte, o di quello di Cooper, che offriva uno scorcio del Bay Bridge tra altri due edifici. La finestra del suo ufficio incorniciava un prato verde che terminava in uno stagno scintillante circondato da sempreverdi.

All'interno del suo ufficio c'era un'elegante scrivania con piano in vetro e una sedia in pelle color crema con lo schienale alto. Quando Jamila vi si accomodò, sembrava una regina sul suo trono. Winslow si lasciò cadere in una delle poltroncine dall'altra parte della scrivania, mentre io mi sedetti sull'altra.

«Domanda a sorpresa, Nat. Cosa fa la Jamilow?» Congiunse le dita a guglia.

«Create app», dissi con sicurezza. Lo sapevano tutti.

«App che fanno cosa?» chiese Jamila.

Non ne avevo mai scaricata una. Rabbrividii per la mia ignoranza. «Qualcosa che riguarda i consigli?»

Fece un sorrisetto. «Non tutti hanno accesso a generazioni di istruzione universitaria o a consulenti finanziari di livello mondiale. L'app Jam-In è nata per offrire aiuto per l'ammissione al college, rivolta agli studenti a basso reddito. Classificava le scuole per convenienza, facilità di ottenere aiuti finanziari, rapporto qualità-prezzo e cose del genere».

«Ma ciò che l'ha distinta», disse Winslow, «è stata la ricerca in linguaggio naturale che permetteva agli studenti di digitare ciò che cercavano. L'algoritmo prendeva quelle informazioni e forniva un elenco di scuole target e borse di studio suggerite».

«Era la mia creatura», disse Jamila con un sorriso affettuoso. «Le analisi ci hanno detto che gli studenti cercavano più aiuto, così ci siamo espansi nel life coaching. Definizione degli obiettivi, responsabilità, quel genere di cose».

«È stato allora che ha preso davvero il volo», spiegò Winslow. «Abbiamo stretto una partnership con veri life coach per fornire coaching individuale agli abbonati a pagamento».

«E...» Jamila agitò un dito, «abbiamo reclutato alcuni dei nostri ex assistiti come mentori e coach, i Jammers».

«Poi siamo entrati nella consulenza finanziaria. Ora ci stiamo espandendo a...»

«Basta parlare di quello che facciamo». Jamila interruppe Winslow. «Abbiamo varie partnership che ci aiutano a farci conoscere. La combinazione di intelligenza artificiale e aiuto umano è il nostro ingrediente segreto. Nessuno è stato in grado di replicarlo».

«Ancora», disse Winslow, alzando le sopracciglia.

Jamila strinse le labbra. «Ancora». Lei e Winslow stavano usando un linguaggio segreto che non capivo.

Digitò rapidamente sulla tastiera e, pochi secondi dopo, un organigramma illuminò lo schermo a parete dietro di lei. «Allora, Nat, ecco come funzioniamo. Quella sono io al vertice, e Winslow, la finanza, il marketing e la R&S riportano a me. Hai detto che sei interessata alla programmazione, che rientra nella ricerca e sviluppo per i nostri nuovi prodotti, o nelle operazioni per i prodotti esistenti. Quello è il team di Winslow».

Il suo telefono vibrò. Lei gli diede un'occhiata, lo silenziò e lo capovolse.

«Jamila, non può semplicemente…» iniziò Winslow.

«Non posso cosa?» Lo fissò con uno sguardo così tagliente che mi sorpresi che non avesse sussultato.

Lui la guardò con fermezza. «Non può nascondere questa cosa sotto il tappeto».

«Ha ragione», dissi. «Dovresti considerare una conferenza stampa. Stronca questa cosa sul nascere».

«Una conferenza stampa?» Oh-oh, ora quello sguardo d'acciaio era su di me. Sentii le spalle incurvarsi. «Non c'è niente da stroncare. È morta come la mia stella di Natale. C'era solo un povero giornalista là fuori oggi. Entro lunedì, saranno passati a qualsiasi cosa stiano facendo le Kardashian».

«Quei giornalisti non si occupano nemmeno delle stesse cose!» protestai. Perché si rifiutava di vedere il problema?

Fissò un punto oltre me e alzò la mano, facendo cenno a qualcuno di entrare.

La donna iniziò a parlare prima ancora di essere entrata completamente nell'ufficio. «Jamila, devi occuparti di questa merda».

Mi voltai a guardarla. Era formosa e minuta, con una massa di capelli scuri e ricci e la pelle abbronzata. La sua combinazione di pelle senza rughe e occhi castani stanchi dal mondo mi rendeva difficile indovinare la sua età; poteva avere dai trentacinque a una cinquantenne ben conservata. Anche se la sua polo blu da ufficio e i pantaloni cachi potevano essere usciti direttamente da una pubblicità degli anni '90 di Best Buy.

«Quale merda, Ree?» chiese Jamila.

«Mi hanno chiamato non uno, ma due giornalisti per questa stronzata dell'investigatore privato. E io non ho le energie per occuparmene. Non da quando ha anticipato la data di lancio di due settimane».

Le narici di Jamila si dilatarono. «I giornalisti non dovrebbero chiamarla».

«Beh, la stanno chiamando, eccome». Ree incrociò le braccia e sollevò un sopracciglio.

«Le metterò Felicia al telefono. Se ne occuperà lei».

«E chi risponderà al suo telefono?» Ree mosse il mento.

Ooh, mi piaceva.

«Io». Le parole di Jamila rimasero sospese nell'aria mentre il telefono nero sulla sua scrivania squillava. Sollevò la cornetta e la ripose immediatamente nella base, silenziandolo. «Vede?»

«Hmph». Ree si mosse sui piedi. «Abbiamo un problema più grande. Il controllo qualità ha trovato un bug. Il mio team dice che ci vorrà una settimana per risolverlo».

«Una settimana? Non abbiamo alcun margine nel programma».

«Esatto. Dovremo posticipare il lancio».

«Non posticiperemo il lancio», ringhiò Jamila.

«Mi dia più sviluppatori».

«Certo». Gli occhi di Jamila si posarono su di me, e le sue labbra si incurvarono agli angoli. «Le presento Natalie Jones. Ha espresso interesse a unirsi al nostro team come sviluppatrice. Natalie, le presento Rhiannon Verlaine, capo dello sviluppo».

Mi alzai per stringere la mano di Ree — Rhiannon. Jamila non poteva essere seria. Magari avrei potuto ricordare qualcosa di quello che Jackson aveva provato a insegnarmi durante le vacanze di primavera di un anno in cui si annoiava. Avevo dodici anni ed ero una peste, e non avevo imparato molto. Ma se Jamila aveva bisogno del mio aiuto, avrei seguito un corso per imparare a programmare in un giorno e usato mio fratello genio come ancora di salvezza.

La mano di Rhiannon era calda e asciutta a contatto con la mia, fredda e umida. «Assolutamente no. Spiacente, cara. Mi spiego meglio. Ho bisogno di sviluppatori *capaci,* non di bambine».

Sentii il mio sorriso gelarsi. Una bambina? Avevo ventisei anni. Forse sembravo più giovane con il trucco sciolto dal vapore dell'aragosta. Tuttavia, non poteva dire, semplicemente guardandomi, che fossi incapace di aiutare. Mi ero sbagliata prima: non mi piaceva per niente Rhiannon Verlaine.

«Allora vada ad assumere degli sviluppatori capaci», disse Jamila con disinvoltura.

Rhiannon alzò le mani al cielo. «Come se avessi il tempo di assumere qualcuno».

«Sembra che dovrà lavorare con quello che ha, perché rispetteremo la tabella di marcia. Non possiamo permetterci un giorno di ritardo. Se Moo-Lah ci batte sul tempo, siamo finiti».

Conoscevo Moo-Lah. Tutti avevano l'app per i pagamenti sul telefono. Le loro fastidiose pubblicità con la mucca che muggiva avevano interrotto la mia ricerca di gemme circa un migliaio di volte nel gioco a cui giocavo sul telefono quando mi annoiavo.

«Siamo finiti?» Gli occhi di Rhiannon si spalancarono.

Jamila strinse le labbra come se non avesse avuto l'intenzione di dirlo. «Non finiti-finiti, ma avremo perso il vantaggio di essere i primi sul mercato. Sarà più difficile riconquistare quella quota di mercato. Ho bisogno che rispetti le scadenze, Ree».

Alzai lo sguardo verso l'organigramma ancora visualizzato dietro Jamila. Tutti in quell'edificio riportavano a lei. Era un peso enorme sulle spalle esili di Jamila. Le parole *Ho bisogno di lei* mostravano una rara vulnerabilità in lei.

Avrei voluto che le avesse dette a me.

Rhiannon sospirò dal naso. «Va bene. Vedrò cosa possiamo fare. Ci vorranno un sacco di pizze».

«Lo faccia», disse Jamila. «Ordini delle auto per portare il team a casa a tarda notte. E se ha bisogno che mi sporchi le mani...» Scrocchiò le nocche.

Rhiannon sbuffò. «Tenga le sue mani sporche fuori dal mio codice. L'ultima volta che ha programmato un modulo, nessuno è riuscito a capire cosa aveva fatto. Abbiamo dovuto buttarlo via perché non potevamo farci manutenzione. Si conservi le mani per gestire quella stupidaggine». Indicò fuori dalla finestra che dava sulla strada, dove un furgone dei notiziari si stava dirigendo verso l'edificio.

«Oh, merda», fu il contributo utile di Winslow.

Rhiannon si girò sulla punta delle sue Chuck Taylor e uscì.

«Ascolta, Jamila», dissi. «Lasciami aiutare. Forse non sarò una sviluppatrice qualificata, ma posso organizzare una conferenza stampa per te. Gestiremo la cosa in modo proattivo prima che sfugga di mano».

Winslow mascherò una risata con un colpo di tosse.

Jamila fu più gentile. «Apprezzo l'offerta, piccola, ma lascia fare ai… a noi. Ce ne occuperemo noi».

Aveva quasi detto: *"Lascia fare agli adulti"*? Avevo di nuovo nove anni, indossavo le treccine e lei mi accarezzava la testa. Mi afflosciai sulla poltroncina.

«Scusa, non ho tempo per il resto del tour», disse. «Felicia è seduta proprio qui fuori, ti chiamerà un'auto per tornare a casa. Okay? È stato un piacere vederti, Nat».

Come se non fossi stata umiliata abbastanza per un giorno, mi aveva congedata. Winslow non aspettò nemmeno che uscissi dall'ufficio per iniziare a parlarle di tassi di consumo e trend. Uscii di soppiatto, chiudendo delicatamente la porta dietro di me, e lasciai che Felicia mi chiamasse un'auto con autista. A differenza del mio autista di Uber, lui non disse una parola sulla mia puzza di pesce.

Jamila aveva bisogno di aiuto. Dovevo trovare un modo per offrirglielo così che lo accettasse. Così, durante il viaggio di ritorno in città, telefonai a un'amica. O meglio, un'amica di mia madre.

«Lippman PR. Parla Della Lippman». Rispose al primo squillo.

«Ciao, Della. Sono Natalie Jones».

«Natalie! Come stai? Come sta tua madre?»

«Stiamo bene. Mamma sta lavorando a un progetto contro la censura dei libri in questo momento, in Texas, credo. Le odia quelle cose».

«Non vorrei essere un censore di libri con Audrey Jones alle calcagna».

«Nemmeno io». Rabbrividii. Speravo che quando sarei tornata a casa, Mamma fosse troppo infervorata contro i razzisti per essere infastidita da ciò che avevo fatto con Larry. «Senti, ho bisogno di un favore».

«Oh-oh. Nessuno mi chiama mai per un favore perché ha notizie gioiose da condividere con il mondo».

«Perché sei la migliore consulente di comunicazione di crisi della West Coast».

«Questo è vero». Potevo sentire il sorriso nella sua voce.

«Allora, un'amica mia, Jamila Jallow…»

«Oh, no».

Sussultai. «Hai sentito».

«Si è messa nei guai con quella storia dell'investigatore privato».

«Pensa che la cosa si sgonfierà, ma…»

«Non si sgonfierà», disse Della.

«Lo so, vero? Quindi la aiuterai?»

«Mi dispiace, tesoro. Quel lavoro richiederà molto impegno, e ho appena accettato un progetto importante per… per qualcun altro. Vorrei poterti aiutare».

«Oh». Mi lasciai sprofondare nel sedile di pelle, troppo delusa per provare a indagare su chi fosse quel "qualcun altro" con un "progetto importante". «Puoi raccomandarmi qualcuno? Ho solo bisogno di una consulenza. Mi piacerebbe fare la maggior parte del lavoro da sola».

Rimase in silenzio per un minuto. «Sai, penso che potresti farcela. Mi hai vista in azione. Anche tua madre. E hai la testa fredda. È quello che serve in situazioni come queste. Rimani fedele al messaggio. Di' tutta la verità che puoi e non lasciare che nessuno ti provochi a dire di più. Ho una nipote, Hannah, che si è appena laureata in comunicazione. Sta cercando lavoro. Penso che possa aiutarti. È un po' timida, ma credo che voi due potreste formare una buona squadra».

Qualcuno con una laurea vera potrebbe non voler prendere ordini da una che ha sprecato migliaia di dollari dei suoi genitori in tre lauree abortite e che — tirai su col naso — puzzava *ancora* di pesce. Ma Hannah, laureata in comunicazione, era la mia migliore possibilità di aiutare Jamila.

«Mi manderesti le sue informazioni, per favore?»

«Assolutamente. Buona fortuna».

Ne avrò bisogno.

4

DOMENICA alle 11:00 in punto, aprii la porta della villa dei miei genitori a Presidio Heights e mi trovai davanti Jamila Jallow con in mano un contenitore di plastica.

«C-» fu la mia acuta risposta.

«Buongiorno.» Il suo sorriso mi abbagliò. Poi, gli angoli della sua bocca si piegarono all'ingiù. «Ti dispiace se entro?»

«Scusa.» Facendomi da parte, la squadrai: jeans a gamba larga e un blazer giallo burro. Avrei voluto indossare anch'io qualcosa di discreto ed elegante. Il mio miniabito a campana rosa confetto di Alexander McQueen ricordava troppo i vestitini a balze che portavo quando lei era solita sovrastarmi in altezza. Desiderando di poter sprofondare nel pavimento, dissi: «Mamma non mi aveva detto che saresti venuta oggi.»

«Probabilmente perché non mi ha invitata lei. L'ha fatto Charles.»

«Jamila, cara, sei sempre la benvenuta.» Mia madre mi superò per dare un bacio sulla guancia a Jamila. «Tu non hai mai bisogno di un invito.»

«Grazie, signora H. Ho portato dei quadretti al limone.»

«Che pensiero adorabile.»

Forse a Jamila era sfuggito il tic all'occhio di mia madre, ma a me no. Mia madre adorava Jamila, ma non le sue maniere del Sud. I regali portati dagli ospiti, specialmente se cibo, mandavano all'aria i suoi pasti attentamente pianificati.

Prendendo il contenitore, mia madre prese Jamila a braccetto. «Vieni a chiacchierare con Charles. Natalie, Jackson sta salendo lungo il vialetto con la sua famiglia. Falli entrare, per favore. E smettila di stare ingobbita.»

Raddrizzai le spalle di scatto e distolsi lo sguardo dal sedere di Jamila fasciato in quei jeans per aprire la porta a mio fratello e alla sua rumorosa famiglia.

Dopo aver abbracciato mio fratello e mia cognata e aver battuto il pugno a mio nipote adolescente, mi misi la piccola e assonnata Valentine sul fianco — anche se avrei dovuto smettere di considerarla una neonata, ora che era una bambina che camminava e parlava — e seguii la sua famiglia in sala da pranzo. Avendo bisogno di un minuto per ricompormi, baciai la guancia morbida di Valentine, inspirando il profumo di shampoo per bambini.

Mi prese la mano e sorrise guardando il mio anello con rubino, como faceva sempre. «Bella.»

«Bello,» mormorai. «Era l'anello della tua bis-bisnonna. Un giorno, sarà tuo.»

Lanciai un'occhiata furtiva a Jamila. Perché la mia cotta adolescenziale si era rifatta viva con tale prepotenza? Jamila si univa a noi per il brunch diverse volte all'anno, ed ero sempre stata in grado di comportarmi normalmente con lei da quando avevo imparato a mascherare le mie emozioni al liceo.

Forse quelle farfalle nello stomaco non erano dopotutto una cotta, ma il senso di colpa per come mi ero comportata a quella terribile festa di Natale. Mi sarei sentita meglio se mi fossi scusata. Ma come potevo farlo con Charles chino su Jamila per parlarle e mio fratello e sua moglie che le si lanciavano addosso per abbracciarla?

Magari non subito, ma presto avrei rimediato. Portai i bambini in bagno a lavarci le mani.

———

QUINDICI MINUTI DOPO, stavo spingendo i pancake da una parte all'altra del piatto, e Jamila era al centro dell'attenzione mentre il mio patrigno la torchiava. Quante volte si era seduta al nostro tavolo per il brunch, assorbendo la saggezza di uno dei pochi dirigenti di colore della Bay Area? Adesso era una di loro, e le sessioni di mentoring di Charles si erano trasformate in conversazioni tra pari.

«Nemmeno una parola.» Mimò il gesto di chiudersi la cerniera sulle labbra. «Il lancio è un segreto.»

«Sento dire che ha a che fare con i servizi finanziari.»

Si accigliò, poi portò la tazza di caffè alle labbra. Una traccia del suo rossetto viola macchiò il bordo. «Abbiamo aggiunto la consulenza finanziaria in versione beta all'inizio di quest'anno.»

«Consulenza finanziaria con IA,» disse Charles. «Ho sentito che state aggiungendo la consulenza umana.»

«Ah. Immagino che non sia più un segreto, allora.» Infilzò una fragola con la forchetta e la sua bocca voluttuosa vi si chiuse attorno, scatenando un'eruzione di farfalle nel mio stomaco. In silenzio, posai la forchetta.

«La domanda è,» rifletté lui, «chi? Dubito che permetterai ai tuoi coach amatoriali di dare consigli finanziari ai loro pari.»

«Il modello di coaching tra pari è stato molto popolare per il nostro servizio di coaching personale,» disse Jamila. «E l'IA ha ricevuto ottimi feedback.»

«Non provare a cambiare discorso con me.» Charles agitò un dito in aria. «Perché non sei venuta da me? Dirigo eine banca. Ne so qualcosa di consulenza finanziaria. Anche la banca di Andrew potrebbe aiutarvi.»

«Dov'è Andrew?» Jamila scrutò il tavolo cercando l'altro mio fratello.

Mi morsi il labbro, poco propensa a toccare l'argomento delicato. Mamma strinse le labbra, ma disse: «Ho un rapporto complicato con la donna che frequenta. Ci onorano della loro presenza circa una volta al mese.»

«Mamma ci sta lavorando, però,» dissi io.

«Tornando al tuo partner finanziario,» disse Charles. «Perché non siete venuti da noi?»

Il sorriso di Jamila vacillò. «Apprezzo tutto quello che avete fatto per me nel corso degli anni, entrambi.» Lanciò un'occhiata a mia madre all'altro capo del tavolo. «Winslow aveva un contatto, e l'abbiamo usato. Inoltre, la vera gemma è l'IA.»

Charles posò la forchetta. «Andiamo, su. Nessuna IA sarà mai meglio di un consulente umano esperto. Cosa ne pensate voi, Jackson, Alicia?»

Non sentirono. Valentine aveva rovesciato il caffè di suo padre, e a quel capo del tavolo ci fu un turbinio di tovaglioli mentre mia madre consolava la bambina in lacrime.

Jamila mi sorprese chiedendo: «Natalie, tu cosa ne pensi? I consulenti finanziari umani sono meglio dell'IA?»

Mi ci volle un secondo o due per rendermi conto che la mia bocca era spalancata. La richiusi di scatto. «Io?»

«Hai detto che ti interessava la programmazione,» disse Jamila. «Sicuramente avrai delle opinioni sull'intelligenza arti- ficiale.»

«Io…» Non ne avevo. A parte qualche giocherellare svogliato con l'ultima app di chatbot, non ci avevo pensato affatto. Ma avevo delle opinioni sull'opinione pubblica. «Cosa dicono le vostre ricerche di mercato? I vostri clienti sono disposti a fidarsi di una macchina che dica loro cosa fare con i propri soldi?»

Charles ridacchiò. «Ragazza intelligente, la nostra Natalie.»

Mi raddrizzai sulla sedia.

«A causa di problemi di riservatezza,» disse Jamila, «abbiamo limitato le nostre ricerche di mercato. Non sono state conclusive. Sono sicura che seguiranno lo stesso modello delle nostre altre app.»

Feci una smorfia. «State lanciando un'app basandovi su ricerche di mercato limitate e sull'istinto? E se uno dei vostri clienti perdesse un sacco di soldi e desse la colpa alla vostra IA?»

«Potrebbe succedere anche con dei consulenti umani. E poi» — Jamila fece un gesto con la mano — «la versione beta è andata benissimo. I nostri punteggi di soddisfazione degli utenti sono alti.»

«C'è una bella differenza tra gli utenti amichevoli della beta e il grande pubblico,» dissi. «Il tuo team di marketing ha la strategia di comunicazione a punto? Hanno una task force pronta a intervenire in caso di reazione negativa?»

Jamila scosse la testa. «Non preoccuparti, Nat. È tutto sotto controllo.»

Strinsi le labbra. Lo era davvero? L'atteggiamento di Jamila era sbagliato. Sarebbe bastato un altro suo scatto d'ira per trasformare il lancio in un disastro colossale.

«Natalie, cara,» disse mia madre dal suo capo del tavolo, ora tranquillo, «non assaggi il bacon? Telma l'ha preparato con la glassa d'acero che ti piace tanto.»

Fissai il vassoio di bacon di fronte a me. Aveva un odore delizioso, ma mi ricordai di Larry che agitava le antenne, supplicandomi di non gettarlo in quella pentola. Non era nemmeno carino, ma aveva una faccia, e anche dei sentimenti. E quel bacon una volta aveva avuto dei sentimenti.

«No, grazie.» Passai il vassoio a mio nipote, Noah.

Ne afferrò due fette. «Sei diventata vegetariana? Neanche la mia amica Lakshmi mangia il bacon.»

«Credo di sì.»

«Niente bacon? Il vegetarianismo è la tua nuova fissa, Pasticcina?» chiese Jackson.

«Se la programmazione non dovesse funzionare,» disse Jamila, «potresti lavorare per la PETA.»

Lanciai a mio fratello e a Jamila un'occhiataccia, scuotendo la testa. Per tutto il fine settimana avevo avuto fortuna. Charles e mia madre erano stati a un cocktail party venerdì sera, quando mi ero trascinata a casa dalla Silicon Valley. Sabato, mia madre era andata a un evento che durava tutto il giorno, e Charles aveva giocato a golf e passato del tempo in giardino con le sue rose predilette. Io mi ero rintanata in camera a leggere tutto ciò che potevo trovare online sulla comunicazione di crisi. Perciò non gli avevo ancora detto della scuola di cucina.

«Non siate ridicoli, voi due,» disse mia madre. «Cucinare è la passione di Natalie. Sta persino seguendo un corso sulla carne questo semestre. Come si chiama?»

«Macelleria,» disse Charles.

«Sì.» Mia madre rabbrividì. «Non credo che potrei farlo io.»

Jackson scoppiò a ridere. «Neanche Nat.»

Sua moglie, Alicia, aveva colto il mio diniego con la testa. Gli mise una mano sulla spalla e gli sussurrò qualcosa all'orecchio. Lui ebbe il buon gusto di sembrare dispiaciuto e si morse le labbra. Jamila si immobilizzò.

Ma era troppo tardi.

«Che significa, Natalie?» chiese mia madre.

Accidenti. Avrei preferito non avere questa conversazione davanti a mio fratello, alla sua famiglia e a Jamila. Avrei voluto che Andrew fosse qui a fare da cuscinetto come faceva sempre. Era colpa mia per aver rimandato. Mia madre l'avrebbe scoperto comunque quando lunedì non sarei andata a lezione.

«Io, uhm.» Lanciai un'occhiata a Noah, che mi osservava come se fossi l'ultimo videogioco uscito. Avrei voluto non dover ammettere il mio fallimento, specialmente di fronte a lui. Che razza di esempio ero io, che saltellavo da una scuola all'altra, da una carriera all'altra?

Sapevo che tipo di esempio ero: uno terribile.

«Ho lasciato il corso di cucina.» Abbassai lo sguardo sul mio pancake ai mirtilli. Sicuramente, intuendo un problema dal modo in cui avevo sbocconcellato la cena di venerdì sera, la nostra cuoca, Telma, mi aveva preparato il mio piatto preferito per il brunch. Era una delle ragioni per cui avevo pensato che la scuola di cucina fosse una buona idea. Telma poteva migliorare qualsiasi cosa con il cibo.

Ma non questo.

«Non l'hai fatto, Natalie.» La voce di mia madre era imperiosa.

Perfino Charles non poté resistere a un commento. «Ma amavi la scuola di cucina.»

Lo guardai e dovetti sbattere le palpebre per ricacciare indietro una lacrima alla sua espressione gentile. «Non è vero. Non proprio. Non mi piaceva la pressione, la fretta.»

«O le uniformi,» scherzò Jackson. Il mio fratellone non riusciva mai a resistere a una frecciatina. Grazie al cielo era fuori dalla portata di uno scappellotto.

«Cosa pensi di provare adesso?» chiese Alicia. Ecco mia cognata. Sempre concentrata sul futuro.

«Forse…» Guardando Jamila, feci un respiro profondo. «Forse pubbliche relazioni.»

«Nat.» Jackson scosse la testa. «Jamila non ha bisogno del tuo aiuto.»

«Invece sì!» Agitai una mano verso di lei. «Ha bisogno dell'aiuto di qualcuno.» Perché ero l'unica a vederlo?

Fu la cosa sbagliata da dire. L'espressione di Jamila divenne fredda e dura come la porcellana di mia madre.

«Cosa sta succedendo, Jamila?» chiese Charles.

«Niente di cui dobbiate preoccuparvi,» disse lei, ma Charles le tirò fuori la storia a forza.

Quando finì, lui fece una smorfia. «Forse hai davvero bisogno di un po' d'aiuto.»

«La situazione si stava calmando venerdì pomeriggio,» disse lei. «Entro martedì se ne saranno dimenticati.»

«Dovremmo chiamare Della,» disse mia madre.

«L'ho già fatto,» dissi io. «Non può farsene carico.»

Mia madre emise un mormorio.

«Posso aiutare io,» dissi. «Ho fatto un sacco di ricerche e ho chiamato la nipote di Della. È una consulente di comunicazione.» Era un'esagerazione. Sembrava quasi tanto spaesata quanto me, ma avevamo fissato un caffè per lunedì per definire una strategia. Pagandola, anche solo con un caffè, la rendeva una consulente.

Il silenzio intorno al tavolo mi disse cosa pensavano Jamila e la mia famiglia di quell'idea. Perfino Charles, che di solito era mio alleato, sorseggiò il suo caffè.

«Jamila, cara, dovrai tenere a bada quel tuo caratterino se lavori con una società di servizi finanziari,» disse mia madre. «Sono notoriamente avversi al rischio.»

«Andrà tutto bene, signora H. Ho la situazione sotto controllo.»

Quella era una bugia bella e buona, se mai ne avevo sentita una. Proprio mentre stavo per smascherarla, mi lanciò uno sguardo calcolatore. «Allora, Nat, con chi esci ultimamente?»

Perfino la piccola Valentine smise di balbettare.

«C-con nessuno,» dissi, fulminandola con lo sguardo. Faceva parte della nostra famiglia da così tanto tempo che sapeva esattamente quali leve usare.

«Venerdì abbiamo conosciuto un bravo ragazzo, vero, Charles?» Mia madre posò la forchetta.

Charles mormorò qualcosa nella sua tazza di caffè e non incrociò il mio sguardo.

«Augusto Moretti.»

«Sembra una delle auto di Jackson,» borbottai.

«Proviene da una famiglia eccezionale. Sono uno dei maggiori distributori di vino in Italia.»

Feci un rumore vago con la gola e feci ruotare il pancake nel piatto.

«Visto che sei improvvisamente libera, perché ne gli fai fare un giro della città?» Tirò fuori un biglietto da visita dalla tasca della gonna e lo porse a Noah, che lo posò accanto al mio piatto.

Mi avevano teso un'imboscata.

Jamila si alzò. «Ancora caffè, Charles?» Senza aspettare la sua risposta, afferrò la tazza dal piattino e la portò in cucina. Sperai che si fosse scheggiata un'unghia nel gettarmi in pasto ai lupi. Diedi un'occhiata al biglietto. Aveva dei grappoli d'uva in rilievo agli angoli. Potevo pensare ad almeno tre modi per renderlo meno pacchiano.

«Non lo so,» dissi. «Ho un progetto a cui voglio lavorare questa settimana.»

Jackson sbuffò. «Se Jamila è il tuo 'progetto', lascia perdere subito. Non vuole il tuo aiuto. È solo troppo gentile per dirtelo.»

Alicia gli lanciò un'occhiata tagliente. «Quello che Jackson intende dire è che probabilmente ha bisogno di un aiuto più… esperto. Forse potresti aiutarla a trovare qualcuno?» Passò la bambina a Jackson ed entrò in cucina.

«Alicia ha ragione, cara,» disse mia madre. «Lascia le PR ai professionisti. Chiamerò Della e le chiederò di indicarci qualcuno. Esci con Augusto. Divertiti.»

«No.» Non le tenevo testa spesso, ma con Jamila in casa non potevo recitare la parte della mondana. Non di nuovo.

«Bene.» I suoi occhi azzurro ghiaccio scintillarono. «Allora passerai del tempo con Sam quando verrà a stare qui. È da un po' che non passate del tempo insieme. Ha legato così bene con Niall. Forse può presentarti a uno dei suoi amici.»

«Sam starà qui? Ma ha un appartamento in centro.» Mia sorella maggiore si divideva tra la fattoria del suo fidanzato in Ohio e San Francisco, dove aveva avviato una divisione di videogiochi all'interno dell'azienda di Jackson.

«Stanno facendo dei lavori di ristrutturazione nell'edificio, e Niall ha una scadenza. Dato che sarà sola questo mese, starà qui. Non te l'avevo detto?» Abbassò lo sguardo sul piatto, avendo il buon gusto di arrossire. Il mio rapporto con mia sorella, secchiona e realizzata, era a dir poco spinoso.

«Farà bene a entrambe,» disse Charles. «Non sarai sola mentre io e tua madre festeggeremo il nostro anniversario a Parigi.»

«Giusto.» Di quello mi avevano parlato. «Sono sicura che Sam sarà impegnata mentre è qui. Ci vedremo a malapena.» Sperai.

«Voi due potrete riallacciare i rapporti ora che non andrai a scuola.» Mi rivolse quello che probabilmente voleva essere un sorriso incoraggiante. «Prenditi un po' di tempo libero. Troverai la tua strada, tesoro.»

E così fu deciso. Mi avevano esiliata al tavolo dei bambini con una scatola di pastelli. Nemmeno la mia famiglia aveva fiducia in me. I miei piani per aiutare Jamila erano deliri di onnipotenza. E avrei passato un paio di settimane a guardare mia sorella realizzare i suoi sogni. Forse mia madre aveva ragione, e il piano migliore per me era sistemarmi grazie a qualche uomo. Feci ruotare l'anello con il rubino al dito.

Non volevo un uomo qualunque. Volevo ciò che non avrei mai potuto avere. Almeno, non finché lei mi vedeva solo come la sorellina di Jackson, come facevano tutti. Bastava darmi una pacca sulla testa e mandarmi a giocare nel mio vestito elegante, armata di chiacchiere e di una carta di credito di platino.

Il ricordo di come mi ero comportata a quella festa di Natale, e di ciò che avevo detto a Jamila, mi bruciava nello stomaco. Forse se mi fossi comportata da adulta e le avessi spiegato, per poi scusarmi, avrebbe potuto vedermi come una persona matura e lasciarmi aiutare. Ma confessare alla mia famiglia di aver abbandonato la scuola di cucina era stato già abbastanza difficile. Non c'era modo che tentassi di scusarmi di fronte a loro.

Avrei dovuto affrontarla sul suo campo.

5

QUALE MODO migliore per ribadire il concetto che ero praticamente una bambina, troppo giovane per essere interessante per una persona brillante e di mondo come Jamila Jallow, che presentarsi con la pesante Mercedes di mia madre davanti a casa sua a Menlo Park?

Perché fu proprio quello che feci.

Rimasi seduta in macchina per un minuto. Mentre attraversavo quel quartiere consolidato di bungalow in stile modernista, avevo pensato che fosse un altro degli scherzi di Jackson. Di certo una miliardaria come Jamila viveva in una villa. Ma quando mi fermai all'indirizzo che mi aveva dato, le linee pulite della casa grigia con le persiane nere, le finiture di un bianco fresco, i cespugli di rose giallo Texas che incorniciavano il garage doppio frontale e l'audace *J* stilizzata appesa alla porta viola mi dissero che Jamila Jallow viveva lì.

Sistemandomi sulla spalla la catena della mia borsa Roger Vivier di finta pelliccia rosa, percorsi con un rumore di tacchi il vialetto e il sentiero d'ingresso con i miei sandali rosa da gladiatore e il vestito del brunch e suonai il campanello.

Attesi un minuto intero, abbastanza a lungo da dubitare che fosse tornata a casa dopo il brunch. Era andata al lavoro? O in un bar? Mia sorella Sam non era una gran bevitrice, ma il suo fidanzato mi aveva detto che a volte aveva bisogno di un drink dopo aver passato del tempo con nostra madre. Suonai di nuovo il campanello ed esaminai il vaso di margherite africane viola-bluastre sul pianerottolo. Nemmeno una foglia secca passata di splendore ne rovinava la perfezione.

«Ehi!» chiamò una voce dalla veranda accanto. «È venuta a trovare Jamila?»

Mi voltai verso la donna minuta in tuta, con i capelli sale e pepe raccolti in una coda di cavallo.

«Sì?»

«Le dica di passare a prendere un cesto di avocado. E di assicurarsi di prendere quelli sui rami più alti. Io non ci arrivo.»

Sbattei le palpebre. «Sì, signora.»

Mi squadrò da capo a piedi. «Immagino che possa prenderne un po' anche lei.»

«Ehm… grazie?» Telma comprava i nostri avocado al mercato. Sebbene avessi vissuto in California per tutta la vita, non avevo mai raccolto un avocado da un albero vero. Forse avrei dovuto considerare una carriera nella raccolta della frutta. Le avevo provate tutte.

Borbottò qualcosa e rientrò in casa.

Un secondo dopo, sentii un tonfo, poi un rumore di graffi vicino alla soglia. Cosa stava arrivando dall'altra parte della porta? Feci un passo indietro.

Quando Jamila aprì la porta, ogni pensiero su frutti e alberi svanì dal mio cervello. Era a piedi nudi e le unghie dei piedi erano smaltate di un ametista cangiante. Indossava leggings neri sotto una maglietta grigia oversize di Jamilow con il collo tagliato. Le pendeva da una spalla, mostrando l'ampia spallina di un reggiseno sportivo blu reale. Non era truccata, e rimaneva solo un'ombra del suo rossetto viola. Il sudore le luccicava all'attaccatura dei capelli.

Teneva qualcosa in mano, premendolo contro la maglietta. Qualcosa che… si muoveva?

«Che ci fai qui? Va tutto bene?» I suoi occhi si spalancarono. «Jackson sta bene? E tua madre?»

«Sì, stanno tutti bene.»

«Ho dimenticato qualcosa a casa tua?»

«No, ehm… non che io sappia. Scusa, io… posso entrare?»

Abbassò lo sguardo sui piedi nudi e poi lo rialzò. «Certo.»

Mentre varcavo la soglia, mi ricordai dello chignon disordinato che mi ero fatta mentre discutevo la strategia di PR con la mia nuova consulente, Hannah. Rapidamente, mi tolsi la molletta, scossi i capelli e li pettinai con le dita.

Jamila mi fissò.

«Cosa c'è?» le mie guance si infuocarono. Avevo dimenticato di controllare il mio aspetto prima di scendere dalla macchina. L'eyeliner si era sbavato? Infilai la molletta nella borsa.

«No, va tutto bene,» disse. Si voltò e mi condusse dal piccolo ingresso al salotto. I soffitti erano più bassi di quelli a cui ero abituata, ma enormi finestre si affacciavano su un giardino meticolosamente curato e su una piccola piscina sul retro. L'open space e i mobili minimalisti e bassi davano una sensazione di apertura e ariosità.

«La tua casa è bellissima,» dissi.

«Non ci sei mai stata prima?»

«No.»

«Ah.»

Quando non si offrì di farmi fare un giro – non che ci potesse essere molto da vedere in una casa così piccola – mi accomodai sul divano rivestito in tessuto grigio, sistemandomi il vestito sulle ginocchia. Jamila si sedette sul divanetto curvo di fronte al tavolino.

«Cos'è quello?» chiesi, indicando la mano che teneva a coppa contro la spalla.

Senza esitazione, distese il suo lungo braccio verso di me. Rannicchiato sulla schiena nel suo palmo c'era un criceto. No, non un criceto. Era marrone chiaro con un muso scuro. Aculei appuntiti spuntavano dal suo dorso marrone. «Questo è Quill. Abbreviazione di Quill.i.am.» Le sue guance si scurirono. Stava arrossendo?

«È un riccio?»

«Sì.» Gli accarezzò con un dito lo spazio tra gli occhi e la fronte. Sembrava sorridere nel sonno.

Nonostante la politica di mia madre di non ammettere animali, il cane di mia sorella Sam, Bilbo Baggins, aveva il suo posto sotto il tavolo al brunch di famiglia. Quando facevo da babysitter a Jackson e Alicia, il loro gatto, Tigger, di solito faceva la sua comparsa. Non avevo mai conosciuto nessuno con un riccio domestico. La novità deve essere stata ciò che mandò in tilt il mio cervello, così la domanda più ridicola mi uscì di bocca. «Dorme nel tuo letto?»

«No. È notturno. Ha un suo habitat nella seconda camera da letto.»

«È per questo che sta dormendo adesso?» Le sue zampette rosa spuntavano dalla pancia bianca e soffice. Era adorabile. E molto più silenzioso di Bilbo.

«Ehm.» Abbassò lo sguardo su di lui e gli accarezzò di nuovo la fronte. «No, è stanco. Quando hai suonato, stavamo...» Si raddrizzò. «Stavamo ballando.»

Feci di tutto per non rimanere a bocca aperta per lo shock. «Ballando? Tipo a *Ballando con le stelle?*»

«Immagino. Se lui è la stella e se è sempre la serata hip-hop.»

Lasciai che il mio sguardo vagasse dal suo viso radioso alla sua spalla nuda. Mi ricordò quel vecchio film che avevo visto con una delle mie tate, *Flashdance*. «E i costumi li indossi solo tu.»

«Abbiamo lasciato i suoi in palestra. Le paillettes gli fanno venire il prurito.»

Spalancai gli occhi. «Sul serio?»

«No, ti sto prendendo in giro, piccola.»

«Oh.» Mi tirai l'orlo della gonna sulle ginocchia.

«Allora, se la tua famiglia sta bene, perché sei qui? Non starai già facendo campagna per la fondazione di Jackson, vero? Ho fatto una donazione l'anno scorso. Aspetta.» Fece una smorfia.

«Sei arrabbiata per il commento sulla PETA? Non sapevo che non avevi detto loro che avevi lasciato la scuola di cucina.»

«No, va bene.» Torcendomi l'anello, dissi: «Avevo intenzione di dirglielo. Semplicemente non ne avevo ancora avuto l'occasione.»

«Non sono arrabbiati, vero?»

«Sono delusi che io abbia lasciato. Se non trovo presto qualcos'altro, Mamma inizierà a spingermi a sposare qualcuno di adatto. Ma non è per questo che sono qui.» Feci un respiro profondo. «Voglio parlarti della tua situazione di pubbliche relazioni.»

Alzando il mento per fissare il soffitto, Jamila sospirò. «Ancora? Credevo fossi interessata alla programmazione. Potrei aiutarti in quello.»

«Hai già dei programmatori.» Con uno sforzo eroico, mi trattenni dall'arricciare il labbro al ricordo del congedo di Rhiannon. «Le pubbliche relazioni sono ciò in cui hai bisogno di aiuto.»

«Hai dovuto lottare contro qualche paparazzo per entrare nel mio quartiere?»

«No.»

«Erano appostati sul mio prato?»

«No.»

«Perché questo è quello che è successo quando il mio vicino della strada accanto è stato beccato per abuso di informazioni privilegiate. La mia 'situazione di PR'» – fece le virgolette con le dita – «è già finita. Sono passati ad altro.»

«Non sono sicura che sia vero.» Avevo seguito la storia sul *Journal*, e aveva un sacco di commenti (e insulti razzisti e misogini), ma non avevo intenzione di dirglielo.

«Natalie.» Mi fulminò con lo sguardo. «Sono in questo settore da più tempo di te. Conosco il tipo di stronzate che fanno notizia e quelle che non la fanno. Questo è il genere di cosa che spunta fuori in una giornata di poche notizie, poi la settimana dopo tutti tornano a inseguire i veri malfattori aziendali.»

«Ma se anche lunedì fosse una giornata di poche notizie? E se la cosa più vicina a un malfattore aziendale che hanno da inseguire fossi tu?»

«Per inseguire c'è bisogno di qualcuno che scappa. Io non lo farò. Domani andrò nel mio ufficio e farò il mio lavoro. Niente da vedere qui.» Sollevò la mano che non stava cullando Quill.i.am.

«Penso che dovresti farti accompagnare al lavoro da Mateo domani. Per sicurezza.»

«Non se ne parla. Vado al lavoro da sola, come la donna adulta che sono.»

Scossi la testa. Jamila era testarda. Era uno dei motivi per cui aveva così tanto successo. La parola *rinunciare* non era nel suo vocabolario.

Mi sporsi in avanti. «Eppure, penso che dovresti designare un team di risposta. Ti terrebbe fuori dai riflettori e ti permetterebbe di concentrarti sul tuo lavoro. Se non vuoi che io sia coinvolta, puoi probabilmente coinvolgere Winslow e alcune persone del tuo team di marketing. Dovrebbero essere in grado di gestirla.» Il team di risposta era la chiave, secondo quanto Della aveva detto a me e a Hannah. Jamila poteva far finta che tutta la faccenda non la turbasse, ma era troppo coinvolta emotivamente per gestire la situazione razionalmente.

«Non ho bisogno di un team di risposta perché non c'è niente a cui rispondere. Tutta questa situazione è ridicola.»

«Puoi vederla così, ma non puoi controllare ciò che tutti gli altri pensano o dicono.»

Sollevò le sue sopracciglia scure e scolpite. «Ah no?»

«No!»

«Allora perché pensi che un team di risposta possa aiutarmi? È tutto inutile. Quando non starò ai loro giochetti, se ne andranno a cercare qualcun altro con cui litigare.»

Dovevo sapere che non avrei dovuto discutere con una persona brillante come Jamila. «Ma—»

«No, Nat. Non dedicherò un altro minuto della mia preziosissima attenzione a questa assurdità. Fine della storia.»

«E questo tuo partner dei servizi finanziari? Cosa penseranno?»

Sapevo di aver toccato un nervo scoperto dalla contrazione della sua bocca. «So gestire anche loro.»

«Davvero? La maggior parte degli operatori finanziari è piuttosto avversa al rischio. Ogni volta che vado a trovare Charles al lavoro, mi sembra di essere in un film in bianco e nero.»

Arricciò il naso. «Ecco che ricominci, a concentrarti sulle apparenze. Non devi fare una sceneggiata per me. Non come hai fatto alla festa di Billie Woods.»

Il sangue mi defluì dal viso. «Io—»

«Sai che non ti farei mai del male, vero? Nemmeno per associazione. Apprezzo il mio rapporto con… con la tua famiglia, specialmente Jackson e Alicia.»

«No, io…» La testa mi girava. Farmi del male? Ero stata io a offenderla con la mia confessione da ubriaca. «Mi dispiace, Jamila. Ero nervosa e ho bevuto troppo. Non volevo…»

«Dirmi che mi amavi?» Sbuffò. «Sai che non ti ho presa sul serio.»

Feci una smorfia. Ero serissima al cento per cento. Avevo una cotta per lei da così tanto tempo che mi sembrava amore. Specialmente quando avevo bevuto troppo vino. «Sei stata così gentile con me. Hai detto che non dovevo nascondere il mio vero io.» Fu allora che la parola *amore* mi era uscita di bocca.

«Lo pensavo davvero,» disse. «E poi hai esagerato con la recita da svampita.»

Chiusi gli occhi, ma fu un errore perché l'intera scena si ripresentò nella mia memoria. Mi aveva scrollato di dosso le braccia dalle sue spalle e mi aveva detto di giocare all'amore con qualcun altro. Ed era esattamente quello che avevo fatto. Ero volata dal mio amico Daniel e gli avevo confessato ad alta voce ed enfaticamente il mio amore anche a lui. Lui aveva riso, ma dato che non lo amavo, non mi aveva ferito come aveva fatto la risata di Jamila.

«Perché ti sei ubriacata così tanto quella notte?»

Strinsi le labbra. Avevo accettato il bicchiere di champagne perché potevo sorseggiare quella roba disgustosa per tutta la notte. Ma quella sera, con tutta l'attenzione di Jamila su di me, non sapevo cosa fare con le mie mani o con qualsiasi altra parte di me. Bevvi quello che avevo nel bicchiere, e i camerieri di Billie continuavano a riempirlo. Quando ero ubriaca, mi comportavo come una ricca ereditiera senza cervello, che era esattamente ciò che tutti si aspettavano da me.

«È stato un incidente.»

Mi fulminò con lo sguardo. «Immagino sia stato un incidente anche il fatto che sei andata a casa con Daniel coso-biscotto.»

«Daniel van der Poel è mio amico. Un mio amico platonico.»

«Sembrava platonico quando l'hai baciato.»

Le mie guance bruciarono. Io e Daniel eravamo andati a così tanti eventi e feste insieme che fingere di essere una coppia era diventata una seconda natura. Dopo il rifiuto di Jamila, lui aveva assecondato il mio bacio impacciato, ma quando avevo cercato di renderlo più credibile infilandogli la lingua in bocca, mi aveva sollevata tra le braccia e portata fuori dalla festa, proclamando a gran voce che non reggevo l'alcol.

Daniel era un buon amico. Un altro ragazzo avrebbe potuto approfittarsi di me, ma lui mi aveva tenuto i capelli mentre vomitavo sulle ortensie di Billie.

Ma Jamila non era nemmeno mia amica. «Perché ti importa chi bacio?»

Sporse la mascella. «Non mi importa. Odio solo quando ti sottovaluti.»

Sottovalutarmi? Ero una ragazza ricca senza abbastanza cervello per trovare una carriera stabile. La mia unica risorsa era il mio aspetto. Lo sapevano tutti, compresa la mia famiglia. Anche Jamila lo aveva pensato quella sera. Incrociai le braccia.

«Comunque,» disse, «non ho bisogno né voglio il tuo aiuto. Ho tutto sotto controllo, quindi non devi preoccuparti per me.»

Un'altra protesta mi salì alle labbra, ma la ricacciai indietro. Aveva ragione. Non ero qualificata per aiutarla. Niente di quello che avrei detto le avrebbe fatto cambiare idea.

Si alzò. «Grazie per essere passata.»

Mi alzai dal divano. «Quando vuoi.» Lo pensavo davvero.

Mi accompagnò alla porta. «Di' alla tua famiglia che li ringrazio ancora per il brunch. E, ehm, forse è meglio che non torni qui. Non vorrei che la tua famiglia pensasse che ti ho invitata io. Tu, tra tutte le persone, capisci l'importanza delle apparenze.»

Sconvolta, a malapena mi resi conto della porta che si chiudeva sbattendo.

Fu solo quando mi ritrovai sulla sua veranda che mi ricordai del messaggio della sua vicina. Le stava bene a Jamila perdersi un cesto di avocado. Fissai il vaso di margherite, desiderando strapparle via dal vaso e farle a pezzi proprio lì sulla sua veranda. Per poi calpestarle con le mie Valentino Garavani.

Era un comportamento infantile, e non avevo bisogno di dare a Jamila altre prove della mia giovinezza e stupidità. Aveva assistito alle conseguenze della mia disgrazia alla scuola di cucina. Il mio comportamento deplorevole alla festa di Natale. Per non parlare di tutta la fase dell'acne e dell'apparecchio, e prima ancora, delle mie treccine.

Così scesi lentamente e con grazia i gradini d'ingresso, come se fosse abbastanza interessata da guardarmi andare via.

6

SAREBBE STATO impossibile non venire a sapere della caduta di Jamila, anche se ci avessi provato.

Dato che il lunedì non avevo lezioni, ero ancora a letto quando afferrai il telefono per controllare cosa stesse succedendo nel mondo. Il primo video sulla mia pagina di TikTok era su Jamila. Aveva mezzo milione di visualizzazioni. Quando aggiornai per la terza volta, erano diventate due milioni.

Riconobbi la facciata del palazzo di Jamila dalla mia visita di due giorni prima. C'era solo un fotografo fuori. Avrebbe potuto facilmente evitarlo come avevamo fatto venerdì.

Il video era montato in modo da iniziare dopo che il giornalista le aveva fatto la domanda, quindi non sapevo cosa le avesse chiesto per spingerla ad affrontarlo a muso duro. I suoi occhi scuri lampeggiarono e le sue labbra rosse e lucide si arricciarono in un ringhio. «Brutto figlio di puttana. Ripetilo.» Non riuscii a decifrare cosa disse lui e i sottotitoli erano incomprensibili. Ma le parole di Jamila erano chiarissime e il testo stampato in fondo al video fu un pugno negli occhi.

«Credi di conoscermi? Non sai un cazzo della mia comunità, di me o dei miei stramaledetti affari. Puoi baciarmi il culo paranoico.»

Alla terza visione, non riuscii a capire se avesse avuto intenzione di fargli il dito medio o di tirargli un montante. Il suo braccio scattò verso l'alto e lui indietreggiò di colpo, facendo oscillare selvaggiamente la videocamera mentre un braccio in una camicia di chambray a maniche lunghe avvolgeva la vita di Jamila e la tirava via, imprecando.

I commenti esplosero. Alcuni dicevano: «Ti sostengo, Jamila!», ma la maggior parte la condannava come paranoica, pazza, troppo esuberante, troppo volgare o semplicemente non l'icona che la gente voleva che le proprie figlie emulassero. Alcuni mettevano in dubbio il valore di un'azienda guidata da qualcuno così palesemente poco professionale.

Era un disastro.

Gemendo, mi trascinai fuori dal letto, feci una doccia, mi raccolsi i capelli in uno chignon e indossai un tailleur nero con una camicetta a fiori rossa. Trovai mia madre affaccendata nella veranda. Baciandola sulla guancia, le dissi di non aspettarmi per cena e presi un'auto a noleggio con conducente per Mountain View.

———

CON LA GUARDIA di sicurezza assediata dai giornalisti, non mi fu difficile intercettare un dipendente della Jamilow fuori dal palazzo di Jamila, flirtare con lui per un minuto, mentire dicendo che avevo dimenticato il badge e seguirlo a ruota nell'area riservata. Dopo aver promesso di cercarlo al prossimo happy hour, salii le scale fino al secondo piano e riuscii a entrare dalla porta della suite dirigenziale proprio mentre un uomo dall'aria trafelata sgattaiolava fuori, stringendo un pugno di fogli in una mano e il suo portatile nell'altra.

Tutti gli uffici che superai erano illuminati, e delle persone camminavano avanti e indietro dietro le porte di vetro smerigliato. Nella parte aperta del piano con i cubicoli, i dipendenti si erano radunati in gruppetti, bisbigliando. Alcuni gruppi erano accalcati intorno ai telefoni, probabilmente a guardare il video su TikTok o a leggere i commenti.

Alla faccia della produttività prima del grande lancio.

Dirigendomi senza trovare ostacoli verso l'ufficio di Jamila, sorrisi a Felicia, che alzò lo sguardo solo per un secondo prima di lasciar ricadere la fronte sulla mano e massaggiarsela mentre si premeva il telefono all'orecchio. Facendo appello a tutta la sicurezza che riuscii a raccogliere, entrai con disinvoltura nell'ufficio di Jamila.

La CEO indossava il favoloso tailleur pantalone color rosa ostrica del video, ma si era tolta la giacca, rivelando un top smanicato color avorio e un filo di perle rosa. Era quasi sdraiata sulla sedia, con una mano gettata sugli occhi.

Winslow era appoggiato al davanzale della finestra e fissava attraverso il vetro i furgoni delle troupe televisive parcheggiati lungo la strada che portava all'edificio. Sembrava che volesse saltarci attraverso. Oggi i suoi pantaloni erano verde lime. Non stavano meglio di quelli rosa con le scarpe brogue bicolori. La schiena della sua camicia bianca era stropicciata, come se ci avesse sudato dentro.

Un paio di dipendenti stringevano i loro portatili al petto e si muovevano a disagio sul morbido tappeto marrone chiaro al centro della stanza. Dopo avermi lanciato un'occhiata, il loro sguardo saettò tra Jamila, Winslow e le due persone sedute di fronte a Jamila.

Di fronte a lei c'erano un uomo e una donna che non conoscevo. Fissando il suo telefono, la donna sbraitava sulla valutazione delle azioni, quindi doveva essere la direttrice finanziaria. L'uomo fissava la scrivania di vetro di Jamila.

«Puoi non farlo, Hope? Per favore.» gemette Jamila senza togliere l'avambraccio dagli occhi. «Mi sta facendo venire il mal di testa.»

«Scusa,» borbottò Hope, la direttrice finanziaria. «Trovo conforto nei numeri quando sono stressata.»

«Magari puoi guardare i numeri più silenziosamente,» disse Jamila. «Quello di cui ho bisogno adesso è—»

L'uomo seduto accanto a lei balzò in piedi. «Sapete una cosa? Io me ne vado.»

Jamila tolse il braccio dagli occhi e lo fissò. «Cosa?»

«Me ne vado. Non è per questo che ho firmato.»

Jamila lo fulminò con lo sguardo. «Sei il direttore marketing. Non ti sto chiedendo di fare altro che promuovere le stramaledette app.»

Il suo tono di voce salì. «Come posso vendere le app in un ambiente del genere?» Fece un gesto con il braccio verso i furgoni delle troupe. «Questo lavoro ha completamente sbilanciato i miei chakra. Ho bisogno di andare a casa e guardare un video sulla natura.» Si girò sulla punta del suo mocassino italiano e uscì furioso dall'ufficio. I due dipendenti in mezzo alla stanza sgattaiolarono fuori dopo di lui.

La direttrice finanziaria si alzò.

«Non anche tu,» disse Jamila a bassa voce.

Hope sbuffò. «Pensi che me ne andrei per questo? Ho iniziato la mia carriera alla Enron. Questa è una passeggiata in confronto a quel casino. Le sarò più utile nel mio ufficio. Le manderò un riassunto della copertura finanziaria e del suo impatto sul prezzo delle azioni entro la fine della giornata.»

«Fantastico,» sospirò Jamila.

Mentre Hope usciva, entrò Rhiannon, che indossava pantaloni color cachi e un'altra camicia blu, questa a maniche lunghe. Si diresse dietro la scrivania di Jamila, incrociò le braccia e puntò un fianco. «Ho bisogno della tua approvazione per quella richiesta di assunzione che ti ho mandato un'ora fa.»

Jamila spinse il mouse del computer, che scivolò sulla scrivania. «Come cazzo faccio a stare dietro alle email? Guarda che merda.» Indicò il suo schermo.

Rhiannon strinse le labbra. «È per questo che ti pagano profumatamente, capo.» Chinandosi sulla scrivania, fece scorrere il cursore e cliccò. «Eccola. Approva, per favore.»

Jamila sussultò guardando lo schermo con occhi annebbiati. «Due sviluppatori a contratto? Pensi davvero che aiuterà in questo momento?»

«Con tutta questa distrazione, abbiamo bisogno di tutto l'aiuto possibile. Non ce la faremo a rispettare la data senza di loro. Ho del lavoro di routine che possono fare loro per liberare altre persone.» Si sistemò i polsini della sua camicia di chambray.

Il video mi tornò prepotentemente in mente.

«È stata lei a impedirle di tirare quel pugno!»

«Che cazzo ci fai qui, Natalie?» Jamila sbatté le palpebre come se fossi un'apparizione venuta a perseguitarla nel suo giorno peggiore. «Non avrei tirato un pugno a quello stronzo. Non valeva la pena di rovinarmi la manicure.» Tese una mano ed esaminò le sue unghie corte e blu scintillanti.

Incrociai lo sguardo di Rhiannon. «Grazie per averlo fatto.»

«Qualcuno doveva pur fare qualcosa,» disse Rhiannon. «Ehi, dovreste pagarmi per fare le PR. Non ho bisogno di un tailleur firmato per salvarvi da quegli sciacalli... o da te stessa.»

Mi si rizzarono i peli sulla nuca e le unghie mi si conficcarono nei palmi.

«Te l'ho detto,» disse Jamila, «non avevo bisogno di essere salvata. Avevo la situazione sotto controllo.»

Rhiannon sbuffò. «Si vedeva. Dov'era la signorina in tailleur elegante quando te la sei presa con quel tizio?» Scosse i capelli ricci.

Mi sistemai la giacca del tailleur. Non mi importava se avesse salvato Jamila da un disastro di PR ancora più grande. Rhiannon non era una persona gentile.

«Sono venuta ad aiutare,» dissi.

«Aiutare? Lei?» Rhiannon scrutò il mio abbigliamento finché non iniziai a ripensare all'audace camicetta rossa. «Stia attenta, potrebbe spezzarsi un'unghia.»

Flessi le mani. «Sono in grado di aiutare. Ho un piano.»

«Ah, sì?» Rhiannon incrociò le braccia e puntò un fianco. «Sentiamolo.»

«Ree.» Jamila borbottò qualcosa che non riuscii a sentire, ma che fece arricciare le labbra a Rhiannon in una smorfia verso di me e la spinse a uscire a grandi passi dall'ufficio.

Quando Jamila alzò gli occhi su di me, erano iniettati di sangue e gonfi. Era per via di oggi? Aveva dormito la notte scorsa? Aprii la bocca per chiederglielo, ma lei parlò per prima.

«Nat, oggi non è il giorno adatto perché tu venga qui a pavoneggiarti per provare il tuo hobby della settimana. Vattene a casa. Parleremo la prossima settimana, quando tutto questo sarà finito.»

In un attimo, tornai ad avere quindici anni, e mio fratello, Cooper, e Jamila mi dicevano di andarmene perché i grandi stavano parlando di affari. Mi rigirai l'anello tra le dita.

Ma non avevo più quindici anni. Ne avevo ventisei. Forse non avevo una laurea, ma avevo passato tutta la vita sotto i riflettori. Essendo la più giovane dei Jones, avevo osservato un sacco di errori dei miei fratelli. Così, raccolsi il mio orgoglio a brandelli e il mio ultimo briciolo di coraggio. «Questa cosa non finirà la prossima settimana. È una cosa seria, Jamila. Scommetto che Hope ti ha detto che hai già perso dei clienti.»

Lei scrollò le spalle. «Non abbiamo bisogno di clienti che hanno paura di qualche parolaccia.»

«E il vostro partner per i servizi finanziari?» chiesi. «Cosa pensano di tutto questo?»

Winslow si voltò di scatto dalla finestra. «Le hai parlato della partnership con la FA?»

«No. L'hai appena fatto tu,» disse lei, stancamente.

«Il vostro partner finanziario è First Arbiter? Ma sono così... compassati.» Facevano sembrare libertina la banca di Charles.

«Billie ha un contatto lì,» disse Jamila. «Lei e Winslow.»

«Non Kenneth Royal,» dissi.

«Sì, in effetti, conosco Kenneth,» rispose Winslow altezzoso. «Siamo nello stesso golf club.»

Feci una smorfia. Il CEO della FA era l'uomo più rigido che avessi mai incontrato. Non riuscivo a strappargli un sorriso nemmeno con le mie pagliacciate alle feste. Era famoso per pretendere che tutti i suoi dipendenti, uomini e donne, indossassero lo stesso abito grigio e la stessa cravatta blu.

«Non sarà nostro partner ancora per molto,» disse. «Non se invocano la clausola morale del nostro accordo.»

«Li convinceremo con le buone, come abbiamo fatto quando il tuo divorzio è diventato di dominio pubblico,» disse Jamila.

Le sue guance si coprirono di macchie rosse. «Il mio divorzio non è così pubblico come questo.»

«Se questo fa sì che alla FA si comportino da galline, non abbiamo bisogno di loro.» Il tono di Jamila era tornato tagliente. «Ne troveremo un altro.»

«Ma non ne hai bisogno?» chiesi. «Sei arrivata così lontano, e il lancio è solo... tra quanto?»

«Meno di sei settimane,» borbottò Jamila.

Saremmo stati fortunati se fossimo riusciti a sistemare quel casino per allora. «Penso che potresti salvare la situazione se li aiutassi a capire cos'è successo. Cosa ti ha detto quel tizio?»

«Niente che non potessi gestire.» Sporse il mento come se mi stesse sfidando a colpirlo.

Winslow sospirò. «Cosa dicono sempre quei tipi? Qualcosa sull'essere una donna di colore nel settore tecnologico. È il suo tasto dolente, e lo sanno tutti.»

«Vaffanculo,» Jamila agitò la mano.

«È stato per quello?» insistetti.

«Quello?» Jamila inarcò le sopracciglia. «Ti piacerebbe se qualcuno mettesse in dubbio le tue credenziali per il colore della tua pelle o perché non pisci in piedi?»

«No.» Il mio viso avvampò. «Non intendevo 'è stato per quello' nel senso di 'tutto qui?'. Intendevo, è quello che ha detto?»

«Più o meno.»

Volevo indagare più a fondo su ciò che il giornalista le aveva detto per farla reagire in quel modo, ma non sembrava produttivo. Parlarne stava facendo chiudere Jamila a riccio come... come Quill.i.am.

Mi misi le mani sui fianchi. «Hai bisogno di un team di comunicazione di crisi, e io sono qui per dirigerlo.»

Jamila alzò gli occhi al cielo.

«Aspetti,» disse Winslow, squadrandomi. «Forse non è un'idea così terribile. Distrarre i media con la Barbie delle PR.»

«Ehi! Sono proprio qui!» intervenni.

Winslow continuò come se non avessi detto nulla. «È una Jones. La gente rispetta il loro nome, il loro marchio. La gente l'ascolterà.»

Jamila arricciò il naso. «Non ho bisogno di un team di comunicazione di crisi.»

«Forse no,» disse lui. «Ma forse sì. Almeno in questo modo, avrai qualcuno a cui indirizzare tutte le chiamate e le email, così potrai concentrarti sul tuo lavoro.» Fece un cenno verso i monitor del suo computer.

Lei sospirò. Poi si alzò e allungò le braccia sopra la testa. Il movimento le rese il collo incredibilmente lungo, e tutto ciò a cui riuscii a pensare fu di farci scorrere un dito sopra.

La sua parola successiva mi riportò alla realtà. «D'accordo.»

«D'accordo? Davvero? Mi lascerai dirigere la tua comunicazione di crisi?» Trattenni il respiro.

«Sì. Fai quello che devi fare. Per favore, cerca di ridurre al minimo le richieste del mio tempo e fai qualcosa per tutto quel casino.» Fece un gesto verso i furgoni delle troupe all'esterno.

«Assolutamente. Avrò bisogno di accedere a Felicia e a chiunque sia esperto di comunicazione aziendale.»

Le sue narici si dilatarono. «Non chiedi molto, vero?»

«Solo ciò che ci serve per fare le cose per bene.»

«Ok. Ma non più del dieci percento del tempo di chiunque. Compreso il mio.»

Mi morsi il labbro. Avrei sicuramente avuto bisogno di più di quattro ore alla settimana del tempo di Jamila. Considerando che probabilmente lavorava più come sessanta o ottanta ore settimanali, forse potevo ottenere il dieci percento di quello. Se avessi usato un orizzonte temporale più lungo, avrei potuto concentrare le richieste all'inizio, in modo che la media risultasse del dieci percento nei successivi sei mesi. Avrei risolto il problema molto prima.

«Avrò bisogno di un assistente,» dissi. «Non ti preoccupare, so esattamente chi chiamare.»

«Chiamare?» Alzò gli occhi al cielo. «Avrei dovuto immaginare che avresti preso il comando. Sei una Jones. Un'ultima cosa.» Si fermò per guardarmi negli occhi. «Ignora quello che ha detto Winslow. Non voglio nessuna di quelle stronzate da Barbie. Metticela tutta. Sai cosa intendo.»

Stava parlando di quella festa di Natale. Annuii, non fidandomi della mia voce, che temevo potesse tremare.

«Ok, allora,» disse. «Puoi dirlo a Felicia, e lei farà in modo che accada.»

Una felicità spumeggiante mi inondò il cuore. Se avessi fatto sparire i problemi di PR di Jamila, lei avrebbe dimenticato quella festa terribile e finalmente mi avrebbe vista come un'adulta.

Le corsi dietro la scrivania e le gettai le braccia al collo. «Non te ne pentirai, te lo prometto.»

Quando le mie mani toccarono le sue spalle nude, si irrigidì come se le avessi dato una scossa. La mia pelle fremette. Dopo un secondo, si rilassò e le sue mani si posarono leggere sulla mia schiena per attirarmi più vicino.

Il profumo sul suo collo era sensuale e floreale, come il gelsomino. Con l'odore di cocco dei suoi capelli, profumava di tropici, come quella volta che la nostra famiglia era in vacanza a Bali e l'aria notturna portava il delicato profumo di gelsomino e di crema solare svanita. Chiusi gli occhi e immaginai di essere sdraiata su una spiaggia, con la sabbia calda tra le dita dei piedi e Jamila accanto a me.

Delicatamente, si allontanò e lasciò cadere le mani dalle mie spalle. «Mettiti al lavoro. Ricorda, dieci percento.»

Mi ricomposi abbastanza da sorriderle. «Ricevuto, capo.»

Mentre già componevo un messaggio per Hannah, uscii dall'ufficio di Jamila e avvicinai una sedia all'altro lato della scrivania di Felicia.

«A quanto pare, sono la sua nuova consulente PR.»

7

PIÙ TARDI QUEL POMERIGGIO, feci capolino nell'ufficio di Jamila. Era sola e riproduceva la posizione di Winslow di poco prima, appoggiata con una spalla al telaio della finestra mentre fissava il vetro. Anche se erano passate le sei, il sole di fine aprile era ancora alto nel cielo e scintillava sulle auto che serpeggiavano lungo la strada dirette verso case, animali domestici, famiglie. Forse Jamila desiderava poter tornare a casa, mettersi abiti comodi e rannicchiarsi con Quill.i.am. Ma come mi aveva mostrato su quell'organigramma, lei era al vertice, e ognuna di quelle auto, case e cene di famiglia era pagata dal lavoro che dirigeva. Sarebbe sempre stata l'ultima ad andarsene.

«Hai mangiato, oggi?»

Al suono della mia voce, girò la testa di scatto e si prese un istante per socchiudere gli occhi. «Sì. Felicia si assicura che io pranzi.»

«Bene.» Incrociai le braccia. Jamila era così magra che mi chiesi se il pranzo fosse l'unico pasto che consumava regolarmente.

«Pensavo che a quest'ora saresti già andata a casa» disse.

Feci spallucce. «Ho avuto molto da fare, oggi.»

«Hai sfoltito i furgoni dei notiziari.» Ridacchiò. «Non letteralmente, come avrei fatto io. Intendo dire che alcuni se ne sono andati.»

Chiusi la porta, temendo la sua reazione a ciò che stavo per dire. «Ho promesso loro una conferenza stampa per domani.»

«Se ne sono andati perché hai detto che avresti parlato con loro?» Strizzò un occhio nella mia direzione.

«Vieni a sederti.» Mi diressi verso la zona salotto, mi lasciai cadere sul divanetto e posai la tazza sul tavolino basso. «Questa è per te.»

I suoi occhi si illuminarono. «Caffè?»

«Sono passate le cinque. È una tisana.»

Arricciò il labbro. «Sarò anche più vecchia di te, ma non sono una nonnina che beve del cazzo di tisane.»

«Wow, ok. Allora non berla.» Forse era nervosa per la fame. Avrei dovuto portare anche dei biscotti. «Vieni a sederti.» Battei la mano sul cuscino accanto a me.

Jamila scelse invece la poltrona e guardò la tisana bruno-dorata. «Sa di erba.»

Ridacchiai. «Tu bevi il matcha. Quella roba *sembra* erba.»

«Il matcha è quello che bevono i fighi. La camomilla, o quello che è, no.»

«È camomilla. Prova un sorso. È rilassante.»

La spinse via. «No, grazie. Allora, di cosa volevi parlarmi?»

La prossima volta, le avrei portato una tazza di decaffeinato. Sapevo già che beveva il caffè nero, come il suo umore.

«La conferenza stampa di domani. Dirai qualche parola e poi risponderai ad alcune domande. Ho preparato un discorso per te.» Le porsi un tablet con il discorso aperto.

Me lo prese e scorse il documento. «Non ho intenzione di chiedere scusa a quello stronzo.» Non pensavo che l'avrebbe fatto, ma valeva la pena tentare.

Lentamente, annuii. «Possiamo modificare quella parte. Saresti disposta a scusarti con gli azionisti e i dipendenti che hanno subito un impatto negativo dalle tue azioni?»

Serrò le labbra mentre ci rifletteva. «Posso usare una parola come "rammarico" invece di "scusarmi"?»

Feci una smorfia. «"Rammarico" suona poco sincero. "Scusarmi" o "dispiaciuta" sono più diretti, e questo è in linea con il tuo personaggio. Dobbiamo trasmettere il messaggio che capisci che quello che hai fatto è stato sbagliato e che non accadrà di nuovo.»

Le sue spalle si abbassarono, allontanandosi dalle orecchie. «Posso farlo.»

Un'ondata di sollievo mi pervase mentre questa volta leggeva il documento più lentamente. Quando finì, alzò lo sguardo. «Non è male. Sei riuscita persino a farlo sembrare qualcosa che direi io.»

«Grazie.» Abbassai lo sguardo sul mio grembo per nascondere il rossore.

«Devo impararlo a memoria?»

«Basta che tu lo conosca abbastanza da poter alzare lo sguardo per stabilire un contatto visivo. Te ne invierò una copia via email.» Ripresi il tablet, cancellai le scuse al giornalista e inviai il documento.

«Parlare per due minuti e rispondere a qualche domanda? Nessun problema.» Mentre si appoggiava allo schienale della poltrona, le rughe sotto i suoi occhi mi rivelarono quanto fosse esausta.

Avrei voluto lasciarla andare a casa, ma non avevamo ancora finito.

«Dobbiamo fare pratica con le domande e le risposte.»

«Pratica? Non ti fidi di me?»

«Tutti si esibiscono meglio dopo aver fatto pratica.»

«Mi esibisco per i media da quando tu guardavi i cartoni animati e giocavi con le bambole.» Le sue labbra si assottigliarono ancora di più. «Ho imparato una o due cose nel corso degli anni. Ho fatto i miei milioni partendo dal nulla, solo con il cervello che ho in testa, non con un fondo fiduciario. Non ho bisogno che tu mi insegni come parlare ai giornalisti.»

Feci un respiro profondo. Sapevo di quanti vantaggi avevo goduto crescendo. Dovevo dimostrare a Jamila che non ne era derivato un senso di superiorità. «Non sto cercando di insegnarti nulla. Voglio solo che tu sia pronta a rispondere a qualsiasi domanda ti sparino addosso e che tu rimanga calma e professionale.»

«Calma e professionale?» Balzò in piedi dalla poltrona e prese a camminare avanti e indietro sul tappeto. «Io non sono *altro* che calma e professionale. Indosso la mia maschera e sorrido agli investitori, alla stampa e a chiunque altro debba, così posso gestire la mia dannata azienda e loro mi lasciano in pace!» Si fermò e si girò di scatto verso di me. «Dovresti saperlo, con quella finta aria da svampita che hai messo su a quella festa di Natale. A ogni festa. Stai giocando secondo le loro regole, proprio come me.»

Il colpo diretto mi trafisse di dolore.

Non si trattava di me. Si trattava di far sparire le cattive pubbliche relazioni in modo che Jamila potesse concentrarsi sulla gestione della sua azienda. Ricacciai giù la ferita e le balzai accanto, ma lei si scrollò di dosso la mano che le avevo messo sulla spalla. «Mi dispiace. Non intendevo insinuare che tu fossi tutt'altro che professionale.»

Si strofinò il pollice tra gli occhi. «Sono stanca. È stata una lunga giornata.»

«Lo so. Vorrei non doverti chiedere di fare questo, ma voglio essere sicura che tu faccia l'ottimo lavoro di cui so che sei capace, e che tu sia pronta a qualsiasi domanda ridicola possano farti.»

Mi lanciò un'occhiata di sottecchi. «Non è forse compito tuo riempire la stanza di persone che *non* faranno domande ridicole?»

«Ho cercato di riempirla con il maggior numero possibile di alleati. Comunque, il mio motto è sperare per il meglio, prepararsi al peggio.»

Grugnì. «Giusto.»

«Vieni a sederti» dissi. «Penso che possiamo sbrigarcela in meno di un'ora.»

«Domani non starò in piedi dietro a un podio?»

«Questo è il piano.»

«Allora starò in piedi.» Piantò i piedi sul tappeto e ruotò le spalle all'indietro. «Ci si allena come si gioca. Non è così che dicono?»

«Io...» Ero troppo distratta dalla colonna del suo collo che si ergeva sopra le spalle della giacca e dall'intravedere le sue clavicole sopra la scollatura della camicetta per pensare chiaramente.

«Colpiscimi.» Sollevò il mento.

Giusto. Ero qui per aiutarla a fare pratica, non per sbavare su quel collo che avrei voluto baciare da quando l'avevo abbracciata prima. Lei non voleva quello da me. Gli insulti che mi aveva lanciato poco prima — cartoni animati, bambole, fondi fiduciari e maschere — bruciavano ancora. Non mi avrebbe mai vista come nient'altro che la fastidiosa sorellina privilegiata di Jackson. Mai come una sua pari, come qualcuno che avrebbe voluto baciare.

Anche se, se mi trovava fastidiosa, potevo usare la cosa a nostro vantaggio per la pratica.

«Allora, Jamila» dissi, guardando il mio tablet come se fosse il taccuino di un giornalista, «perché ieri hai cercato di colpire il mio collega?»

«Non l'ho—» Si fermò quando la sua voce urlata rimbalzò sulle pareti dell'ufficio e le rintronò nelle orecchie. Si schiarì la gola. «Penso che il video dimostrerà che, di fatto, non ho colpito nessuno.»

«Questa non era male» dissi. «Anche se penso che i punti chiave per domande come queste siano, uno, il giornalista ha detto qualcosa di offensivo che ti ha fatto arrabbiare. Ti va di condividere di cosa si trattava?»

Serrò le labbra e scosse la testa.

«Probabilmente è meglio concentrarsi sulla tua risposta. Due, hai risposto in modo informale—»

«Informale? È così che lo chiamiamo?»

«Penso che "informale" sia meglio di "volgare". Tre, riconosci che la tua risposta è stata sconsiderata e ti dispiace per l'impatto che ha avuto sui tuoi azionisti e dipendenti. Proviamo di nuovo. Jamila, perché ieri hai cercato di colpire il mio collega?»

Inspirò ed espirò prima di rispondere. «Credo che il video

dimostri che non ho colpito nessuno. Tuttavia, mi scuso per l'impatto negativo che la mia scelta di parole informale ha avuto sugli azionisti e sui dipendenti di Jamilow. Meglio?»

«Perfetto.»

Dopo quarantacinque minuti di pratica, le risposte di Jamila erano pronte per la conferenza stampa, nonostante la sua espressione imbronciata.

Afferrai il tablet e mi alzai. «Ottimo lavoro. Vai a casa a riposare. Ti vedo nella sala conferenze grande al piano di sotto alle nove del mattino. Indossa quel tailleur bianco con una camicetta pastello.»

«Ora mi dici anche come vestirmi? Pensi che sia incapace di vestirmi da sola?» ringhiò.

«Sto cercando di toglierti una decisione dalla lista» dissi freddamente. «Le persone di successo limitano le decisioni sulle piccole cose in modo da avere più energia mentale per le decisioni importanti. Come il dolcevita nero e le scarpe da ginnastica New Balance di Steve Jobs, o l'armadio pieno di completi blu e grigi del presidente Obama.»

Mentre le passavo accanto, mi sembrò di vedere Jamila rilassare la mascella di una frazione di millimetro.

«A domani» mormorò.

Potevo aiutarla a superare questa situazione senza essere tentata di dare seguito alla mia cotta. Perché era solo quello: una cotta giovanile, un residuo di quando ero una ragazzina.

Ora ero adulta. L'ultima cosa di cui avevo bisogno era un'attrazione per una persona tanto brillante — e spinosa — come Jamila Jallow. Qualcuno che non mi avrebbe mai vista come una sua pari.

8

«BEH, È FINITA» dissi, cercando di sorridere quando avrei solo voluto urlare. L'unica cosa positiva di tutto quel fiasco della conferenza stampa era che fosse finita. Salii di corsa le scale fino al secondo piano, rischiando di rompermi l'osso del collo per superare le lunghe falcate di Jamila.

«Sei stata fantastica» disse Winslow, procedendo al suo fianco a grandi passi.

Gli lanciai un'occhiata sbigottita. Ma avevamo visto la stessa conferenza stampa?

«Dici?» Jamila si lisciò la camicetta.

«Assolutamente» disse Winslow. Era terribilmente presto per aver mangiato degli edible, ma era l'unica cosa che potesse spiegare il suo atteggiamento così rilassato.

Ora avevo il mio badge personale, perciò lo passai davanti alla porta della suite direzionale. Tenni aperta la porta per Jamila e Winslow. Ma invece di dirigermi verso l'angolo in fondo, svoltai a destra e feci accomodare i due dirigenti nell'ufficio senza finestre in cui mi ero accampata. Era più piccolo di quello di Jamila e abbastanza grande da contenere a malapena due scrivanie, una delle quali era occupata.

Hannah sussultò quando entrammo e si spazzolò la gonna con

la mano. I suoi capelli, di un castano medio, erano raccolti in una coda di cavallo che le scopriva il viso pallido, e il suo tailleur nero con gonna e camicetta bianca urlava *professionista alle prime armi* da tutti i pori. Di un paio d'anni più giovane di me, ma con una laurea che io non avevo, Hannah era l'aiuto di cui avevo bisogno, soprattutto dopo la conferenza stampa di oggi.

«Ehi, Hannah. Loro sono Jamila Jallow e Winslow Keating-Ashworth. Jamila e Winslow, Hannah è la nostra nuova assistente PR.»

Jamila le strinse la mano. «Non ricordo di aver assunto un'assistente o di aver autorizzato un budget per le PR.»

Gli occhi castani di Hannah si spalancarono dietro gli occhiali. Sembrava un cerbiatto paralizzato in mezzo alla strada con un autoarticolato che le stava piombando addosso.

Feci un gesto vago con la mano. «Ce ne siamo occupate io e Felicia. Ora sedetevi, così possiamo fare il punto.»

Jamila si lasciò cadere sulla più robusta delle nostre due sedie per gli ospiti. Io aggirai l'altra scrivania per sedermi dietro, il che lasciò a Winslow la sedia senza schienale e traballante che avevo trovato in un ripostiglio. Dopo essersi guardato intorno in cerca di un'altra opzione, vi si appollaiò sopra con cautela.

«Hannah» dissi, «quali sono le prime reazioni?»

«Qualcuno l'ha commentata in diretta su Twitter. Hanno pensato che fosse...» Alzò lo sguardo dal monitor.

«Continua pure» la incitai.

«Hanno pensato che fosse un po' una noia.»

«Esattamente quello a cui puntavamo» dissi, sollevata. «Professionale, prevedibile, niente da vedere qui.»

«Finché...» Fece una smorfia.

«Sentiamo.» Sapevo cosa stava per arrivare.

«Il, uhm, momento spontaneo.»

«Il cosa, scusa?» chiese Jamila.

«La prossima volta» dissi, «se hai intenzione di sgridare qualcuno, aspetta che la conferenza stampa sia finita.»

Jamila rise. «Ok, certo.»

La guardai socchiudendo gli occhi. Lei mi fulminò con lo sguardo. Winslow si mise a giocherellare con un pelucco sui suoi pantaloni color giallo burro. O era troppo gentile o troppo codardo per aiutarmi.

«Sul serio» dissi. «Non puoi prendertela con qualcuno durante una conferenza stampa.»

Abbassò il mento e aggrottò le sopracciglia. «Posso, se superano il limite.»

«Potrà andare bene nella tua sala riunioni o nel tuo ufficio, ma non va bene a una conferenza stampa.» Avrei voluto aggiungere: "ne avevamo parlato", ma non potevo. Scioccamente, non avevo immaginato che qualcuno potesse fare una domanda così fuori luogo. Ancora più scioccamente, non mi sarei mai aspettata che Jamila gli saltasse alla gola.

«Voglio che le sia vietato l'accesso all'edificio» aggiunse Jamila.

«Ok, ma la prossima volta, prenditi un momento. Prova una di quelle tecniche di respirazione di cui abbiamo parlato. Poi, quando ti senti calma, rispondi alla domanda o di' 'no comment'.»

«'No comment'?» Saltò in piedi dalla sedia e cercò di camminare avanti e indietro, ma lo spazio angusto la bloccava. Imprecò quando urtò con uno stinco il lato della mia scrivania. «È questo che direbbe Mark Zuckerberg? Oh, no, lascia perdere, lui è un *uomo*. Nessuno gli farebbe mai una domanda del genere!»

A quelle parole Winslow alzò lo sguardo. «Chiedono anche agli uomini chi frequentano.»

«Non a una cazzo di *conferenza stampa di scuse!*»

«Quant'è grave la situazione?» chiesi a Hannah.

Lei fece una smorfia. «Non buona. Stanno usando di nuovo la parola con la P.»

«La parola con la P?» chiese Jamila, le mani sui fianchi.

«Paranoica» disse Hannah, quasi a voce troppo bassa per essere sentita.

«Andrà tutto bene» dissi con più sicurezza di quanta ne provassi. «Proveremo qualche altra tattica e faremo pratica con le nostre tecniche di respirazione.» Lanciai a Jamila un'occhiata eloquente. «Alla fine passerà.»

«Hai detto che sarebbe passata se avessi fatto questa conferenza stampa.»

Mi alzai così in fretta che la sedia girò su se stessa e sbatté contro il muro dietro di me. «Quello era prima che tu minacciassi una giornalista per la seconda volta in due giorni.»

«Forse ci serve un diversivo» disse Winslow.

«Ottima idea.» Mi appoggiai alla scrivania. «Qualcosa di positivo su cui i media possano concentrarsi.»

«Potresti fare qualcosa con quell'associazione di beneficenza che gestisci ad Austin» disse Winslow.

«Non posso mica accendere e spegnere il campus a piacimento» disse Jamila seccata. «Hanno un programma.»

Ignorando la sua protesta, dissi: «È un'idea eccellente, Winslow. Jamila, dimmi di più sul campus.»

Potevo quasi vederle rizzare gli aculei come Quill.i.am. «Non voglio coinvolgere il campus. Non ho tempo per queste cose. Devo concentrarmi sul nostro lancio.»

Come a comando, qualcuno bussò alla porta, e Rhiannon entrò stringendo un portatile. Oggi era tornata a indossare un'altra polo. Questa era di un blu verdastro, come le unghie da sirena di Jamila. «Eccovi qui, a girarvi i pollici come se non avessimo una crisi.»

Sentii un calore montarmi nel petto. Si pavoneggiava come se il suo lavoro fosse molto più importante del mio. Mi raddrizzai. «È esattamente quello che stiamo facendo. Stiamo gestendo una crisi.»

Rhiannon sbuffò. «Qualche teatrino nella sala conferenze? La chiami una crisi? Qui abbiamo un problema vero.» Picchiettò sul suo portatile.

«Che tipo di problema?» Jamila si voltò di scatto per fissare la sua dipendente.

«Una falla nella sicurezza.»

Jamila sollevò le mani al cielo. «Ma InfoSec ha controllato

tutto. Hanno documentato i criteri di accettazione della sicurezza!»

«Che non abbiamo superato nella loro revisione. Qualcuno ha usato del codice open-source e ha introdotto una vulnerabilità.»

Jamila si massaggiò la radice del naso. «Qual è il danno?»

«Questo ci fa tornare indietro di almeno una settimana» disse Rhiannon. «Forse due.»

«È inaccettabile» ringhiò Jamila. «Voglio tutti mobilitati per risolvere questo problema.»

«Stiamo già operando in modalità 'tutti mobilitati'. Una settimana era la mia stima ottimistica.»

«Una settimana. Non di più. Non possiamo lasciare che Moo-Lah ci batta sul mercato.»

Non capii tutto quello che Rhiannon aveva detto sul problema di sicurezza dell'app, ma un pensiero agghiacciante mi colpì: era stata Rhiannon stessa a introdurre la falla? Stava sabotando l'app, ritardando il rilascio in modo che Moo-Lah avesse il vantaggio? Era nella posizione perfetta per farlo. No. Jamila si fidava di lei. Rhiannon doveva essersi guadagnata quella fiducia. Per quanto poco mi piacesse, non avevo motivo di dubitare della sua lealtà.

Jamila era già sulla soglia prima che mi rendessi conto che stava uscendo.

«Aspetta! Non abbiamo finito» dissi.

«Sì, invece. Ho cose più importanti di cui occuparmi.»

«No, non è vero. Se non cambiamo la narrativa, nessuno comprerà l'app, indipendentemente dal fatto che la lanciate in tempo o meno.»

«Cambiare la narrativa è il tuo lavoro» disse Jamila. «Il mio è lanciare questo prodotto.» Uscì dalla porta. Rhiannon mi lanciò un'occhiata compiaciuta prima di seguire il suo capo e sbattere la porta.

Winslow si alzò con cautela, lanciando uno sguardo risentito alla sedia senza schienale. «Sono anni che le chiedo di concentrarsi di più sulla strategia. Ma in tempi di crisi, non riesce a resistere al richiamo del codice.»

Jamila aveva detto che il suo lavoro erano i prodotti e il mio le PR. Dovevo concentrarmi su quello. «Hannah, pensi che potremmo indirizzare un po' di attenzione sulle attività di beneficenza di Jamila?»

«Penso che sia un'idea fantastica» disse.

«Winslow, puoi dirmi di più su questo campus?»

«L'ha fondato quando ha fatto il suo primo milione. È una fondazione che gestisce campus estivi di programmazione per ragazze ad Austin, la sua città natale. Hanno così tanto successo che i posti si esauriscono entro poche ore dall'apertura delle iscrizioni.»

«Ci sono informazioni sul sito di Jamilow?» chiese Hannah.

«Ha un sito web a parte. Vuole che l'attenzione sia sui ragazzi, non su di lei.» Snocciolò l'indirizzo e Hannah lo digitò sul suo telefono.

Tuttavia, non riuscivo a liberarmi del mio nuovo sospetto. Mi si agitava nelle viscere come sushi andato a male. Controllai che la porta fosse chiusa. «Un'ultima cosa. Da quanto tempo lavora qui Rhiannon?»

Lui emise un sospiro. «Quasi dall'inizio. L'abbiamo assunta dopo il nostro secondo round di finanziamento. Allora era una sviluppatrice senior. Ora guida il team di sviluppo.»

«C'è sempre stato tutto questo… attrito tra lei e Jamila?»

Lui rise. «Sempre. Entrambe hanno opinioni molto forti.»

«Pensi che farebbe qualcosa per danneggiare Jamila?»

Mi lanciò un'occhiata penetrante. «Tipo sabotare lo sviluppo?»

«Esatto.»

«Forse.» Si lisciò una piega sui suoi pantaloni da figlio di papà. «Ultimamente si è lamentata molto di essere oberata di lavoro.»

Moo-Lah le aveva offerto dei soldi? Un pensionamento anticipato doveva suonare allettante per una come Rhiannon, dopo oltre un decennio a lavorare ai ritmi di una startup. Odiavo saltare alle conclusioni, ma Jamila aveva sospettato uno spionaggio industriale quando aveva assunto l'investigatore privato.

«Grazie per la tua onestà» dissi.

«Certo. Dovrei seguire il suo esempio e sporcarmi le mani.» Si scrocchiò le nocche.

«Anche tu programmi?» Dava più l'impressione di uno con un master in economia che di un programmatore. Non avevo mai incontrato un programmatore con il suo gusto nel vestire.

Lui rise. «Io e Jamila ci siamo conosciuti al corso di informatica a Stanford. Io ero un paio d'anni indietro rispetto a lei e abbiamo collaborato alla prima app.»

«Sei stato il suo primo dipendente?»

Mi parve che un'espressione acida gli attraversasse il volto, ma svanì prima che fossi sicura di averla vista. «Sì. Sono ancora il suo numero uno. Il nostro codice ha le mie impronte digitali dappertutto.»

Gli rivolsi un sorriso riconoscente. «Sono sicura che apprezza il tuo aiuto. E anch'io.»

Senza una parola, se ne andò e chiuse la porta. Che gli importava dei ringraziamenti di una che era lì solo perché non avevo lasciato che Jamila mi cacciasse via?

Avrei dimostrato a lui e anche a Jamila che potevo essere d'aiuto. Mentre loro gestivano il codice, io avrei gestito la loro reputazione. A quel punto avrebbero dovuto riconoscere il mio valore.

———

PER QUANTO CAOTICA fosse stata la giornata da Jamilow, a casa era anche peggio.

Charles era in piedi dentro la porta d'ingresso, a braccia conserte, con un'espressione ostinata sul volto. «Non partiamo senza.»

Mia madre si mise le mani sui fianchi. Una ciocca di capelli ribelle le era sfuggita dallo chignon e le fluttuava accanto al viso. Le guance e il petto erano arrossati. «È più probabile che mi venga un infarto perché siamo in ritardo per l'aeroporto che per aver saltato un ACE-inibitore o due. Non è che a Parigi non li abbiano.»

Lui scosse la testa. «Non andiamo a Parigi senza le tue pillole.»

«Qualcuna di queste è quella giusta?» Sam apparve dietro a nostra madre. Era scesa dalle scale silenziosa come un gatto e teneva in mano un pugno di flaconi arancioni.

«No, quelle le ho già controllate» disse nostra madre. «Devo averle finite.»

Le scrutai il viso paonazzo. «Quando è stata l'ultima volta che ne hai presa una?»

«Stamattina? Non mi ricordo.» Agitò una mano. «Dobbiamo andare in aeroporto. Il nostro volo è tra tre ore.»

«Allora passeremo a prendere la ricetta in farmacia sulla strada per l'aeroporto» disse Charles.

Mentre discutevano se la farmacia fosse o meno sulla strada, feci cenno a mia sorella di mostrarmi i flaconi delle pillole. Uno era di antidolorifici dell'intervento al cuore; misi in tasca le pillole scadute per buttarle via più tardi. Un altro era una terapia ormonale sostitutiva, ma uno era il suo ACE-inibitore per l'ipertensione. Lo sfilai dalla mano di Sam e controllai. Erano rimaste almeno una dozzina di pillole.

«Eccolo qui, Charles.» Glielo porsi. «Smettila di fare l'orso scontroso e andate in aeroporto.»

Mi diede un bacio sulla guancia. «Cosa faremmo senza di te, Natty Bumppo?»

Non odiavo quel soprannome neanche lontanamente quanto quello che mi dava Jackson. «Buon viaggio. Mamma, datti una calmata, ok?» L'abbracciai.

«Non sono una diva» borbottò. «Grazie per averci salvato.»

«Andate.» Aprii la porta d'ingresso.

Charles sollevò il suo bagaglio a mano di Gucci e abbracciò Sam. «Divertitevi, ragazze.»

«Divertirmi?» Sam sollevò un sopracciglio. «Sono qui per lavorare.»

Era proprio la mia sorellona. Seria e noiosa. Non ricordavo che avesse mai giocato con me quando eravamo piccole. Era sempre stata troppo impegnata a smanettare con i computer insieme a Jackson.

«Allora buon lavoro, tesoro.» Nostra madre le diede una pacca goffa sulla spalla. «E non lasciare che Bilbo mastichi l'Aubusson.»

«È qui?» Mi guardai intorno nella stanza in cerca di quel piccolo demone.

Nessuno mi sentì nella confusione di Charles che guidava mia madre fuori dalla porta. Si chiuse dietro di loro, lasciandoci in silenzio per un momento, prima di aprirsi di nuovo; il busto di mia madre si sporse dall'apertura per afferrare la borsetta dal tavolo vicino alla porta. «Ciao, ragazze. Ci vediamo tra due settimane e mezzo!»

Il mio sguardo si posò su mia sorella.

Da quando aveva fondato la sua azienda, aveva migliorato marginalmente il suo guardaroba. Era ancora tutto nero, ma ora, invece dei pantaloni da surplus militare, indossava un paio di pantaloni da lavoro dall'aspetto morbido che probabilmente aveva comprato da una pubblicità online. Il suo cardigan informe era sparito, sostituito da un maglione che era solo di una taglia troppo grande per la sua corporatura minuta. Le maniche le coprivano tutto tranne la punta delle dita senza smalto.

Si sentì un tintinnio e il suo cagnolino apparve in cima alle scale, con qualcosa di peloso e rosa in bocca.

Lo stomaco mi si gelò. «È un giocattolo da masticare?»

«No, ho portato solo il suo cavallo marrone. Cos'è quello, Bilbo Baggins? Portalo qui.»

Scodinzolando, galoppò giù per le scale. Lo stomaco mi si strinse a ogni suo passo baldanzoso. Lasciò cadere il suo premio sul pavimento ai piedi di Sam.

«Oh, no.» La mia borsa di ecopelliccia di Roger Vivier era quasi irriconoscibile. La pelliccia era impiastricciata di bava di cane, mancava la chiusura ingioiellata e la tracolla era rosicchiata. Sam la raccolse tenendola per un angolo. «È tua? Spero non fosse una delle tue preferite.»

Mi massaggiai una tempia. «Che importanza ha? Ormai è rovinata.»

«Posso ripagartela?»

«Ne dubito. Nuova costava duemila dollari. Sei ancora in fase di startup e sono sicura che ti paghi per ultima. Il tuo fondo fiduciario avrebbe potuto coprirla, ma, ops, l'hai dato via.»

Diventò ancora più pallida del solito, e le sue lentiggini risaltarono sul naso e sulle guance. «Mi dispiace davvero. Di solito non distrugge le cose. Deve essere nervoso. I-io... potrei pagarti a rate?»

Alzai gli occhi al cielo. «Non preoccuparti. Non posso indossare una cosa del genere per il mio nuovo lavoro.»

«Nuovo lavoro?» Le sue sopracciglia scure si inarcarono, facendo apparire i suoi occhi blu profondo ultraterreni.

«Lavoro per Jamila come sua consulente PR.»

Fece una smorfia. «Spero non sia stata tu a lasciarle dire quelle cose.»

Il viso mi si accese. «Nessuno *lascia* che Jamila dica qualcosa. Fa quello che vuole. Ma ci sto lavorando.»

Soffiò una mezza risata. «In bocca al lupo.»

«Sai qualcosa di Moo-Lah, l'azienda?»

Arricciò il naso. «Poco. Ho incontrato l'amministratore delegato, Pavel Thakor, un paio di volte.»

«Jamila pensa che la stiano spiando. Pensi che siano anche capaci di sabotaggio?»

«Whoa. Questa è un'accusa grave.»

«Lo so.» Mi morsi il labbro. «Jamila pensa che siano normali problemi di programmazione, ma io sto iniziando a credere che qualcuno lavori contro di lei dall'interno, pagato da Moo-Lah.»

«Non so, Nat. La maggior parte delle aziende tecnologiche è troppo impegnata con il proprio lavoro per mettersi a incasinare quello degli altri.»

«Ma al momento le sta andando tutto storto.»

«A volte succede.» Mia sorella alzò le spalle. «Lo sviluppo di software è un lavoro creativo e non sempre fila tutto liscio. In parte dipende da Jamila stessa. Se mantenesse un profilo più basso, non si caccerebbe in così tanti guai.»

Il calore si diffuse dal mio viso fino alla pancia. Come osava insinuare che fosse colpa di Jamila. «Non tutti vogliono sparire nell'ombra come te, Sam. Jamila vuole rimanere rilevante e al centro dell'attenzione. Non nasconderebbe mai chi è.»

Sam prese in braccio il suo cane e nascose il viso nel suo pelo nero. Quando sollevò la testa, i suoi occhi erano lucidi. «Vado a letto. È stata una giornata lunga.»

Sbuffai. Per cosa doveva essere turbata, lei? «Anche io ho avuto una giornata lunga.»

«Buonanotte, allora. Ci vediamo domani… forse.» Si trascinò verso il retro della casa, i suoi Doc Martens che scricchiolavano. Il suo cagnolino mi rivolse un ghigno maligno da sopra la sua spalla, con un ciuffo di pelo rosa che gli pendeva da una minuscola zanna.

Mia sorella pensava che Jamila dovesse essere più silenziosa? Nascondere la sua luce? Assolutamente no. Scommetto che anche Pavel Thakor la pensava così. Forse stava cercando di costringerla a fare un passo indietro in modo che Moo-Lah potesse dominare incontrastata.

Sam mi ricordava Rhiannon. Entrambe volevano tenere la testa bassa e fare il loro lavoro. Pensavano che le PR fossero una perdita di tempo. Probabilmente Rhiannon mal sopportava la personalità assertiva di Jamila. Forse Moo-Lah le aveva offerto qualcosa di più: un comodo posto da dirigente o una mazzetta per finanziare un pensionamento anticipato.

L'avrei scoperto, e si sarebbero tutti resi conto che avevo ragione. Sam, Jackson, tutti quelli che pensavano che stessi giocando a fare la grande. Quando avessi trovato la talpa, quando avessi dimostrato che Rhiannon aveva passato le informazioni e stava sabotando attivamente Jamilow, Jamila mi sarebbe stata grata.

Forse allora mi avrebbe vista come un'adulta, una persona di valore.

9

DOPO QUELL'EPISODIO, evitai mia sorella e tenni chiusa la porta della mia camera da letto per tenere quel topo distruttivo del suo cane fuori dalla mia stanza. Il bello del fatto che i miei genitori fossero via era che non dovevo prendere Uber per andare e tornare dall'ufficio, ma guidare la squadrata Mercedes di mia madre mi faceva sentire vecchia di cent'anni. Mi ritrovai a indossare colori neutri e a controllare le zampe di gallina nello specchietto retrovisore.

Un vantaggio: i completi neri mi facevano apparire meno vistosa mentre il mio piano prendeva forma.

Il lunedì pomeriggio, gli occhi azzurri di Mateo brillarono mentre si sfregava le mani come un cattivo dei cartoni animati. «Ho una storia alle spalle?»

«Una cosa?» Lucidai le lenti degli occhiali high-tech con il dispositivo di registrazione incastonato nell'asticella e glieli porsi. Eravamo accampati nella piccola sala conferenze al primo piano dell'edificio Jamilow. I deboli raggi del sole trafiggevano le finestre anteriori dell'edificio.

«Mi hai chiesto di recitare un ruolo nel tuo piano diabolico», disse. «Gli attori hanno una storia alle spalle. Una motivazione. Qual è la mia motivazione?»

Alzai gli occhi al cielo. «Sei un agente di Moo-Lah, assunto per offrire a Rhiannon soldi in cambio di segreti. Nello specifico, vuoi il nome del partner di servizi finanziari di Synergy.»

Aggrottò la fronte. «Ma noi sappiamo il nome del loro partner. È...»

«Moo-Lah non lo sa. Almeno, non credo. Ricorda, stai recitando una parte.» Come aveva fatto la mia amica intelligente Mimi a innamorarsi di un fusto senza cervello?

«I soldi potrebbero essere la mia motivazione», rifletté. «La mia *abuela* è malata e devo pagare il conto dell'ospedale.»

«Certo. Quello che vuoi. Ora prova gli occhiali.»

Li inforcò e mi guardò. Wow. Com'è che quella montatura nera da secchione lo rendeva ancora più sexy? Mateo era bello in un modo robusto che di solito non mi attraeva, ma gli occhiali portavano il suo bell'aspetto a un livello superiore. Ma di questi tempi non trovavo attraente nessuno, di nessun genere, a meno che non fosse un genio alto e bellissimo che parlava di programmazione tutto il giorno.

Diedi un'occhiata al telefono e vidi la cima della mia testa. Dovevo rinfrescare i colpi di sole. Scuotendo i capelli, tornai a guardare Mateo. «Ora dì qualcosa.»

«Qualcosa», disse. La parola uscì metallica dal mio telefono.

«Carino.» Anche la mia risposta tornò indietro, leggermente più debole. «Dovrai starle vicino quando le farai l'offerta.»

«Qual è la sua motivazione?» domandò.

«Sempre i soldi. Sta cercando di smettere di sgobbare sotto Jamila e ritirarsi su una qualche spiaggia.»

Aggrottò la fronte. «Non mi sembra una motivazione molto buona.»

«Non lo so. Forse il suo gatto è malato. O ha una nonna.»

«Sua nonna dev'essere piuttosto vecchia.»

«Quindi probabilmente avrà anche lei delle spese mediche. Potete legare parlando del prezzo esorbitante degli apparecchi acustici o dei deambulatori.»

«Natalie. Tu fai parte dello zero virgola zero zero zero zero uno per cento. Cosa ne sai delle spese mediche? O del disastro nazionale che è il sistema sanitario di questo Paese?»

«Questo non c'entra. Discuteremo di sanità più tardi. Ora ho bisogno che tu faccia l'offerta a Rhiannon.»

«Avevi detto che sarebbe stato divertente. Finora non mi sembra per niente divertente.»

«Certo che è divertente. Potrai indossare un costume. Hai la tua motivazione e chiacchiererai con una sconosciuta. È come... improvvisazione. Fai finta che questa sia una lezione di recitazione.»

«Non mi è mai piaciuto recitare. Ora, ballare...»

Una scarpa da ginnastica cigolò dietro di me. Sbirciai oltre l'angolo. Rhiannon si diresse verso la porta con uno zaino in spalla.

«Eccola che arriva. Vai, vai, vai.» Gli diedi una piccola spinta, ma Mateo era una montagna. Doveva averla sentita come il frullare d'ali di un moscerino.

Fortunatamente, colse il suggerimento e le corse dietro. «Ehi, Rhiannon!»

Trasalii sentendo quanto forte la sua voce echeggiasse nell'atrio, poi mi nascosi dietro il muro. Sullo schermo del mio telefono, il viso di Rhiannon si girò verso la telecamera. Mi infilai l'auricolare nell'orecchio e la sua voce mi arrivò debole. Con una piccola fitta di colpa, premetti il pulsante di registrazione.

Lei si accigliò. «La conosco?»

«No, ma penso che abbiamo interessi in comune», disse Mateo con disinvoltura.

Era bravo.

«E quali sarebbero?»

Trattenni il respiro. *Ti prego, non parlare della tua finta abuela e della sua lombalgia.*

«Sto cercando delle informazioni.»

«Che tipo di informazioni?»

«Mi serve solo un nome. Con chi sta collaborando Jamilow per la nuova app? Posso pagarla bene per questa informazione.»

Trattenni il respiro.

«Quanto bene?» Socchiuse gli occhi.

Ooh! L'avevamo in pugno!

«Molto bene. Soldi da insulina.»

«Insulina?» Arricciò il naso.

«O soldi da spiaggia. Potrebbe comprarsi una villa tutta sua.»

«Soldi da villa sulla spiaggia, eh? Per un nome?»

Trattenni il respiro.

«Esatto. Mi dica una cifra. Una che la farebbe stare tranquilla per la pensione.»

Un altro cipiglio. «Meno male che non ho intenzione di andare in pensione, allora. Mi piace troppo il mio capo. Ehi. Bruno.» Girò la testa verso la guardia di sicurezza che era massiccia quanto Mateo e decisamente più cattiva, a giudicare dalla sua espressione.

«Questo tizio ti dà fastidio?»

«No. Però vorrei sapere come ha fatto a entrare. Non è un dipendente di Jamilow.»

Merda, merda, merda. Dovevo rivelare la mia copertura per salvare Mateo? A giudicare dall'espressione impanicata sul suo volto, probabilmente sì. Ma era un uomo grosso. Poteva cavarsela con qualunque cosa Bruno gli avesse lanciato contro.

Sperai.

Bruno si mise tra Mateo e Rhiannon. «Dov'è il suo badge, amico?»

Mateo frugò in tasca e tirò fuori il pass da visitatore che avevo preso dalla guardia precedente. Cavolo, avevo firmato io per lui! Il registro della sicurezza mi avrebbe tradita. Come avrei tirato fuori me e Mateo da quel casino?

«Ehi, *amigo*, tutto a posto.» Mateo tese le mani in un gesto di stop. «Tenga il badge. Me ne vado.» Fece due passi verso l'uscita, poi si girò. «Nessun nome?»

Ah. Ecco perché Mimi si era innamorata di lui. Era insistente e affascinante.

Le labbra di Rhiannon si assottigliarono. «Nessun nome. Porta il tuo culo sfigato fuori da questo edificio.»

Non dovevo vedere altro. Interruppi la registrazione e premetti il pulsante per oscurare lo schermo del telefono.

Rhiannon e Bruno borbottarono per qualche minuto prima che sentissi il cigolio della sua scarpa. Sbirciai oltre l'angolo mentre spingeva la porta a vetri dell'uscita. Aspettai altri cinque minuti che salisse in macchina e se ne andasse prima di scompigliarmi i capelli per nascondere il viso e dirigermi a testa bassa verso l'uscita.

«Buona serata», gridò Bruno, con un tono amichevole e per niente minaccioso.

«Notte», borbottai.

Fuori, sgattaiolai fino alla Jeep di Mateo e mi lasciai scivolare sul sedile del passeggero. «Beh, è stato un fallimento colossale.»

«Scusa, Nat. Ci ho provato.»

«Lo so. Hai fatto del tuo meglio.»

«Non credo che sia lei la talpa.»

«Non ti sembra di esagerare? Solo perché non è caduta nella tua trappola non significa che non sia corrotta. Forse è una spia fedele e parla solo con il suo contatto a Moo-Lah.»

«Non lo so, Nat. Sembrava piuttosto protettiva nei confronti di Jamila.»

Aveva ragione. Lo sembrava. Ma questo non significava che non fosse lei la fonte della fuga di notizie.

«Andiamo», dissi.

Quando Mateo accese l'auto, i fari illuminarono una donna minuta che indossava una maglietta blu, pantaloni cachi e un'espressione furiosa.

Urlai.

Mateo gridò.

Lei si accigliò, poi girò intorno alla mia parte dell'auto e fece un gesto come per girare una manovella.

Facendo una smorfia, abbassai il finestrino. «Ehi, Rhiannon.»

«Non farmi "ehi, Rhiannon". Dovresti vergognarti. Anche tu.» Puntò un dito contro Mateo.

«È stata tutta colpa mia», dissi. «Lui mi stava solo facendo un favore. Stavo cercando di proteggere Jamila.»

«Con un'incastratura? Sul serio?» Il suo cipiglio era da competizione. «Stai cercando di farmi la Catherine Zeta-Jones?»

«Cosa, scusa?»

«Sono fedele a Jamila da prima che tu nascessi, ragazzina.»

«Non credo che sia…»

«Non la tradirei mai e poi mai. Non scherzare con me.»

«No, signora», mormorai.

A testa alta, girò sui tacchi e se ne andò.

«¡Mierda! Non *vorrei* essere nei tuoi panni al lavoro domani.» Mateo schioccò la lingua.

«Neanch'io.»

———

LA MATTINA DOPO, mi fermai alla caffetteria di Mountain View che piaceva a Jamila e ordinai quattro caffè. Nero per Jamila, un caffellatte alla vaniglia per Felicia — era lei la chiave dell'agenda di Jamila, e dovevo tenermela buona — e due macchiati al caramello freddi, uno per Hannah e uno per me. Mentre appoggiavo la carta di credito sul terminale, ricacciai in gola il brutto presentimento che mi aveva oppresso il petto per tutta la notte.

La barista, una donna sulla sessantina, strappò la ricevuta. «Ti serve per la nota spese?»

«No, grazie. Questo lo offro io.»

Inarcò le sopracciglia, squadrando il mio tailleur ecrù e la camicetta rosa pallido. «Elegante per qualcuno di speciale?»

«Solo per lavoro.»

Le sue sopracciglia schizzarono in alto. «Con quella mise? Nella Silicon Valley vanno tutti al lavoro in jeans e cappellino da baseball.»

Mi sistemai la manica del blazer. «La mia capa no. E sa come si dice, vestiti per il lavoro che vuoi, non per quello che hai.» Non che volessi il lavoro di Jamila. Sembrava più orribile che fare l'assassina di crostacei.

«In realtà», confessai, «ho fatto una cosa brutta ieri sera. Ho bisogno di un'armatura per avere il coraggio di tornare indietro.» La palla di terrore era tornata, riempiendomi lo stomaco. Forse avrei potuto dare il mio caffè a Rhiannon. No, probabilmente l'avrebbe scambiato per un'altra bustarella.

«Non ho mai pensato a un tailleur firmato come a un'armatura, ma fai tu.» Si sporse sul bancone. «Dacci dentro, tesoro.»

«Grazie. Buona giornata.»

Quando i caffè furono pronti, li portai alla Mercedes e sistemai il vassoio nella console.

All'edificio Jamilow, lasciai due bicchieri a Felicia. Jamila era già nella sua riunione del martedì mattina con gli sviluppatori, ma Felicia inalò il suo con un sorriso grato.

Punto a favore.

La mia buona stella continuò, dato che io e Hannah restammo rannicchiate nel nostro ufficio per tutta la mattina a rispondere alle chiamate dei giornalisti e a elaborare strategie sui passi successivi. Avevo una lista di modi per creare un'eco positiva intorno a Jamila sul mio tablet quando percorremmo il corridoio verso la nostra riunione quotidiana con lei.

I team di programmazione tenevano riunioni quotidiane in piedi, e io avevo copiato l'idea per i nostri aggiornamenti. Stavamo letteralmente in piedi — così nessuno si sentiva abbastanza a suo agio da diventare prolisso — e fornivamo aggiornamenti a raffica sui nostri progressi e sull'obiettivo della giornata. Per quanto a Jamila piacesse poco parlare di PR, in queste piccole dosi riusciva a sopportarlo. Avevamo dieci minuti dell'ora di pranzo che Felicia custodiva così ferocemente.

Ma oggi c'era una persona in più nell'ufficio di Jamila.

Rhiannon.

«Oh, ehi, siamo in anticipo?» domandai.

Non eravamo in anticipo. Eravamo esattamente in orario, come piaceva a Jamila.

Jamila lanciò un'occhiata al suo telefono. «No, stavo finendo con Ree.»

Espirai un piccolo sospiro di sollievo. Stava andando via.

«Vorrei rimanere oggi», disse Rhiannon, con la malizia che le illuminava gli occhi color whisky. «Vedere come vanno gli sforzi delle PR.»

Il cuore mi sprofondò nello stomaco. Ero completamente fregata.

«Davvero?» chiese Jamila.

«Sarà una noia mortale», dissi. «Parleremo solo di come possiamo migliorare il profilo di Jamila nella comunità.»

«Penso che dobbiamo parlare dell'attività di PR di ieri sera», disse Rhiannon, con un sorrisetto che le incurvava le labbra.

«La conferenza stampa?» chiese Jamila. «È stata giorni fa. Abbiamo già fatto un'analisi a posteriori. So che non posso minacciare la stampa. Assicurati che sia sulla tua lista, Nat.» Mi fece l'occhiolino.

Rhiannon disse: «Perché non racconti a Jamila cosa avete fatto tu e quel bestione dopo il lavoro ieri sera, Natalie?»

«Un bestione?» Jamila inarcò le sue sopracciglia perfette. «Avevi un appuntamento, Nat?»

«N-no.» Desiderai che si aprisse una botola nell'ufficio di Jamila e mi risucchiasse in una prigione. Almeno sarei stata al sicuro dagli occhi acuti di Jamila.

Ma non c'era scampo per me. Avevo solo otto minuti prima che Felicia ci buttasse tutti fuori.

«Stavo... stavo cercando di trovare la talpa. Così, ho teso una trappola.»

«Una trappola?» chiese Jamila. «Per chi?»

Lanciai un'occhiata a Rhiannon, ma lei si limitò a incrociare le braccia sulla sua polo azzurra.

«Per Rhiannon.» Sbuffai un sospiro. «Pensavo che potesse essere lei la talpa.»

Accanto a me, Hannah sussultò.

«Io», disse Rhiannon. «Una delle tue dipendenti di più lunga data. Ho lasciato un lavoro solido con un fondo pensione e ferie illimitate per venire qui. Ricordi quel paio di mesi in cui non venivamo pagati in tempo?»

Jamila annuì, con un'espressione assente.

«Non ho preso ferie per i primi tre anni. Nemmeno un giorno di malattia perché credevo in Jamila quando quasi nessun altro lo faceva. A volte eravamo solo io e Winslow. E, certo, avrei potuto andare in pensione un paio d'anni fa se avessi venduto le mie stock option, ma sono rimasta. Non ho nemmeno voluto una promozione quassù al piano direzionale...»

«L'hai rifiutata», la interruppe Jamila.

«Assolutamente sì», disse Rhiannon. «Tutto quello che voglio è creare un ottimo software. Non voglio una villa sulla spiaggia. Non ancora. Ma quando la vorrò, credimi, starò benissimo. Finché le azioni di Jamilow non crolleranno.»

Chiusi gli occhi. Perché non ci avevo pensato? Come per Winslow e Jamila, la ricchezza di Rhiannon era legata a Jamilow. Non aveva alcun incentivo a sabotare l'azienda.

«Mi dispiace davvero», dissi. «È stato sbagliato da parte mia cercare di corromperla.»

«Hai cercato di corrompere Rhiannon?» La voce di Jamila era tanto forte da sentirsi nel codice postale vicino.

«Sì. Mi dispiace. Non dubiterò più di lei, Rhiannon.»

Rhiannon non disse nulla. Non ero stata perdonata.

«Ti ho permesso di convincermi a fare questa stronzata delle PR. Non farmene pentire.» La voce di Jamila era tagliente come un ghiacciolo. «Rimani al tuo posto, Natalie. Solo pubbliche relazioni. Lascia in pace i miei dipendenti.»

«Io... io...» *Stavo solo cercando di aiutare.* «Capisco.»

«Il cuore di Natalie è nel posto giusto», disse Hannah con una voce quasi troppo flebile da sentire. La guardai sbattendo le palpebre. Non diceva mai nulla davanti a Jamila. Jamila la terrorizzava.

«Non mi interessa dove sia il cuore di Natalie. Ho bisogno che tenga il suo dannato naso fuori dagli affari che non la riguardano.

Capito?» Jamila abbaiò le ultime due parole verso di me, ma Hannah si rannicchiò.

«Capito. Scusa. Ancora. Ora, abbiamo una lista di idee…»

La porta dell'ufficio si spalancò e Felicia apparve sulla soglia, con le mani sui fianchi. «Il tempo è scaduto. Fuori tutti. Jamila ha bisogno di un po' di pace e tranquillità.»

«Ma…»

«Mandaglielo via email», disse Felicia.

Le mie spalle si afflosciarono sotto il peso della delusione. Avevo sprecato la mia occasione di aiutare Jamila.

Rhiannon uscì impettita, col mento alto. «A più tardi, Jamila.»

Hannah sgattaiolò fuori e io la seguii furtivamente. Dopo che Felicia chiuse la porta, indugiai alla sua scrivania. «C'è qualche possibilità che io possa avere cinque minuti con lei più tardi?»

«No. Parte per un viaggio questo pomeriggio.»

«Un viaggio? Dove?»

«Austin. Danno il via ai coding camp questa settimana. Non perde mai il primo giorno.»

«Aspetta. Va ad Austin e passa del tempo con delle ragazze che programmano in un campo che ha fondato lei?»

«Mh-mh.» Felicia aprì il cassetto e tirò fuori la borsa. Se la mise a tracolla, un chiaro segnale che era ora che me ne andassi così lei poteva andare a pranzo.

«È perfetto! Scatteremo qualche foto e le daremo in pasto ai media. Tutti sapranno quanto è straordinaria.»

Felicia strinse le labbra. «Non so quanto Jamila sarà entusiasta di tutto questo. Non è una che sfrutta le adolescenti.»

«Non si tratta di sfruttare le ragazze. Si tratta di attirare l'attenzione sul bene che Jamila sta facendo. Non vuoi che la gente si concentri su quello piuttosto che sui suoi passi falsi con i media?»

«Certo che lo voglio. Ma non sono sicura che Jamila la vedrà in questo modo.»

«Mandami i dettagli del suo volo e andrò con lei. Manterremo un profilo basso. Scatterò qualche foto e la posterò sui social media. Niente giornalisti. Prenoterò persino il mio viaggio. Okay?»

«Immagino che possa andare bene. Ti manderò il suo itinerario via email dopo pranzo.»

Feci un balletto per l'emozione. «Perfetto. Grazie mille!» L'abbracciai.

Lei strinse le labbra e si spazzolò via delle pieghe immaginarie dalla camicetta. «Vedremo se mi ringrazierai ancora quando Jamila scoprirà che ti sei accodata. Buona fortuna.»

«Buon pranzo!»

Praticamente saltellai lungo il corridoio fino al mio ufficio. Avevo trovato il modo perfetto per aiutare Jamila e farle dimenticare il mio errore.

10

NONOSTANTE IL COCKTAIL che aveva davanti sul bancone, l'espressione di Jamila si incupì quando mi sedetti accanto a lei nella sala lounge di prima classe dell'aeroporto.

«Non ti ha detto Felicia che sarei venuta anch'io?» Appesi la tote bag al gancio sotto il bancone.

«Sì, ma non aspettarti che ne sia felice.»

Facendo un cenno al barista, dissi: «So che sei arrabbiata con me. Lo capisco. Ma non potevo lasciarmi sfuggire questa opportunità. Otterremo un bel riscontro sui social e, si spera, questo metterà a tacere le attenzioni negative.»

«Non finanzio i campi estivi per i social media.» Portò il bicchiere alle labbra, ne bevve una sorsata generosa e lo posò. «Lo faccio perché avrei voluto frequentare un campo estivo di programmazione quando ero più giovane, per poter incontrare altre ragazze come me. E per poter vedere un esempio di donna di colore che ce l'aveva fatta nel settore tecnologico.»

Mi strofinai le braccia per la pelle d'oca che mi era venuta. «Lo so. Non voglio intralciare quello che stai facendo. Voglio solo mostrare a tutti il bene che fai. Ampliare il tuo raggio d'azione. Magari altre ragazze vedranno quello che fai e cercheranno qualcosa di simile nelle loro città, o decideranno di tendere una mano a loro volta per aiutare qualcun altro una volta che ce l'avranno fatta.»

«Ce l'avranno fatta» sbuffò lei. «Esiste davvero una cosa del genere? Esiste un piedistallo su cui puoi salire e pensare: 'Basta così. Ce l'ho fatta'? Se esiste, io non l'ho mai visto.»

Bevvi un sorso misurato del mio vino. «Credo che alcune persone siano così. Jackson, per esempio. Lui è felice esattamente dov'è, a programmare e a godersi la vita con la sua famiglia. Ma tu somigli più a mia madre, sempre alla ricerca del prossimo successo.» Non aggiunsi: *Mai soddisfatta di ciò che ha.* Come avrebbe potuto essere soddisfatta di una figlia che non sembrava in grado di capire cosa fare della propria vita?

«Sei così anche tu.» Mi scrutò il viso. «Potresti essere una socialite, indossare abiti eleganti e organizzare feste. E a volte interpreti quella parte.» Arrossii, ricordando la festa disastrosa a casa di Billie. «Ma non ti accontenti di fare solo quello. Cerchi sempre di migliorarti, con tutti quei corsi e quelle carriere.»

«Mmh.» Aveva ragione? Non riuscivo a decidermi su una carriera perché ero sempre alla ricerca della prossima cosa? La risposta non mi convinceva del tutto. «Non credo sia per quello. Penso di dover trovare la cosa che mi piace fare. E una volta trovata, sarò soddisfatta. Felice.»

Inclinò la testa. «Quando la troverai, dimmi com'è.»

«Lo farò.» Sollevai il bicchiere. «Alla felicità.»

Fece tintinnare il suo bicchiere contro il mio. «Alla felicità.»

IL CAMPO estivo si teneva in un residence nel campus dell'Università del Texas. Felicia mi aveva detto che Jamila alloggiava nel dormitorio come le partecipanti, ma io avevo prenotato una camera d'albergo nelle vicinanze. Da un lato temevo che Jamila mi cacciasse via come ospite indesiderata, dall'altro ero disgustata dalle stanze dei dormitori. C'era un motivo se ero rimasta al college solo un anno.

All'interno dell'edificio di mattoni beige, mi sventolai il taccuino sul viso, grata per l'aria condizionata. Erano solo le nove del mattino, ma il mese di maggio ad Austin si stava già facendo sentire. Mi pentii di aver pensato che una camicetta di seta, un blazer e dei jeans fossero un abbigliamento appropriato per un campo estivo di programmazione.

Mi sfilai la giacca e la piegai sullo schienale di una sedia ai margini della sala da pranzo, da dove potevo osservare le ragazze. La loro età variava dai dodici ai diciotto anni, con ogni sfumatura di pelle. Al centro di ogni tavolo rotondo, un groviglio di cavi di alimentazione dei loro portatili convergevano in una ciabatta elettrica.

Mi resi conto del mio errore non appena vidi Jamila sul palco. Il ticchettio dei tasti e il ronzio delle conversazioni cessarono non appena lei salì sulla pedana rialzata di fronte alle porte della mensa.

Il mio errore? Pensare di poter venire ad Austin e rimanere immune alla disinvolta sicurezza di Jamila mentre saliva sul palco con fare sicuro. Indossava degli short di jeans tagliati e una maglietta con il logo del campo estivo sul petto. Le sue gambe toniche sembravano infinite in quegli short. Dovetti mordermi la lingua per evitare che mi cadesse dalla bocca come al lupo dei cartoni animati.

«Benvenute al campo estivo di programmazione!» La voce di Jamila rimbombò attraverso gli altoparlanti fino in fondo alla sala. Le ragazze esultarono e applaudirono. Quando si calmarono, Jamila continuò: «Non molto tempo fa, ero seduta nella mia stanza a casa di mia nonna a imparare a programmare da sola. A quei tempi, avevo uno spesso libro tascabile che avevo preso in prestito dalla biblioteca e un computer fisso di seconda mano che avevo comprato con i soldi guadagnati facendo la babysitter e portando a spasso i cani. Condividevo la stanza con i miei due fratellini, che mi prendevano in giro perché ero una secchiona. Alzi la mano chi è stata chiamata così.»

Molte mani si alzarono nella sala.

«Bene, secchione, abbracciamo la nostra passione e siamone orgogliose. Riappropriamoci della parola *secchiona* e celebriamo noi stesse. Continuiamo a fare ciò che amiamo e a credere in noi stesse nonostante i detrattori che pensano che le ragazze non sappiano programmare. Dimostriamo loro che si sbagliano questa settimana.» Il suo «Che ne dite?» fu sommerso dagli applausi.

Non avevo mai desiderato diventare una programmatrice come i miei fratelli, ma quel giorno avrei voluto esserlo. Avrei voluto aver trovato qualcosa che mi infiammasse come le cento ragazze in quella stanza.

La direttrice del campo, una ragazza latina energica della mia età, prese il posto di Jamila sul palco e parlò per qualche minuto del progetto di programmazione della settimana. Poi le ragazze si misero al lavoro. Le tutor si muovevano tra i tavoli, rispondendo alle domande. Scattai una foto dopo l'altra, cercando di catturare la gioia nei movimenti e nelle espressioni delle ragazze. Jamila si diresse a passo deciso verso una delle ragazze più giovani, che guardava accigliata lo schermo del suo portatile, con le braccia incrociate. Mi avvicinai di corsa per assistere all'interazione.

«Cosa c'è che non va» —Jamila lesse il badge della ragazza— «Ana Maria?»

La ragazza si gettò la pesante treccia nera sulla spalla. «Il mio programma fa la prima cosa, ma poi si blocca. Non fa la seconda anche se gliel'ho detto nel codice.»

«A me succede sempre.» Ma invece di dire ad Ana Maria come risolvere il problema, Jamila le fece delle domande su come avrebbe potuto affrontare il problema. Mentre parlavano, l'espressione accigliata svanì dal volto della ragazza. Scattai foto più in fretta che potei.

Dopo qualche minuto, gli occhi di Ana Maria si illuminarono. «Ecco! Ecco cosa ho sbagliato!» Fissò lo schermo, posizionò il cursore e digitò alcuni comandi. Un secondo dopo, gridò: «Ha funzionato!»

Jamila tese il pugno e Ana Maria glielo batté. «Grande!»

«Grazie, Jamila.» Ana Maria riportò la sua attenzione sullo schermo, e Jamila proseguì.

A pranzo, riuscii a sedermi accanto a lei.

Mi lanciò un'occhiata. «Cosa, non documenterai anche il pranzo?»

«No. Puoi mangiare il tuo panino in pace.» Feci un cenno al suo piatto. «L'ho promesso a Felicia.»

Lei ridacchiò. «Felicia pensa che io non mangi abbastanza.»

«Scommetto che te ne dimenticheresti se non te lo ricordasse lei.»

«Forse. A volte me ne dimentico durante il fine settimana.»

«Ti serve una Felicia per il fine settimana.»

«No, grazie.» Sgranocchiò una patatina. «Mi piace avere i fine settimana per me. Nessuno che mi dica cosa fare.»

«Oh, ma dai. Sei l'amministratore delegato della tua azienda. Nessuno può farti fare qualcosa che non vuoi.»

«Davvero? È questo che pensi?» Jamila bevve un sorso d'acqua. «Tutti mi dicono cosa fare. Il consiglio di amministrazione, Felicia, il mio team di gestione, Kenneth Royal e persino tu, signorina So-Tutto-Io. Non posso nemmeno scappare per un paio di giorni senza che tu mi segua e mi tormenti per sorridere alla fotocamera.»

«Non ti ho tormentata.» Posai la forchetta con un fracasso che fu inghiottito dal rumore della sala da pranzo. «Ho scattato foto spontanee. Non ho mai detto una parola.»

«Mpf. Be', ero sempre consapevole della tua presenza con quel telefono. Tanto valeva che mi tormentassi.»

«Scusa.» Odiavo averle rovinato il divertimento al campo. «Vorresti che smettessi per il resto della giornata?»

«No, va bene. So che stai cercando di aiutare.»

Il mio petto si gonfiò. «Ti prometto che adorerai i post. Ho fatto degli scatti fantastici. Stai facendo così tanto per queste ragazze.»

«Grazie.» Sollevò il panino e diede un morso.

«Ho notato che ti fermi un'altra notte. Andrai a trovare tua nonna?»

Le sue labbra si incurvarono all'ingiù mentre masticava. Deglutì a fatica. «No.»

«Oh. Sta…»

«È morta.» Si tamponò le labbra con il tovagliolo. «Dieci anni fa.»

«Oh.» Le mie mani mi sembravano troppo grandi, così le unii in grembo. «Mi dispiace.»

«Non fa niente. Non eravamo molto unite.»

«Ma tu…»

«Eravamo diverse, okay? Lei non mi ha mai capita, e io di certo non ho mai capito lei.»

Feci una smorfia. Improvvisamente, l'aria condizionata era troppo forte. Rabbrividii. «Scusa.»

«Non preoccuparti. È successo molto tempo fa.» Tornò al suo panino. La partecipante dall'altro lato le fece una domanda, così chiesi alla tutor seduta accanto a me come fosse stata coinvolta nel campo. In men che non si dica, la pausa pranzo era finita.

Il pomeriggio fu più o meno uguale, ancora tempo per la programmazione, poi alcune ragazze condivisero i loro programmi con il gruppo. La cena era prevista come un picnic sul prato, e speravo di scattare altre foto di Jamila che interagiva con le ragazze nella luce della prima serata. Le ombre amavano giocare con l'ossatura di Jamila, accentuando i suoi zigomi forti e il suo labbro inferiore pieno. Non vedevo l'ora di catturarlo in alta risoluzione sul mio telefono.

Mentre seguivo le ultime ragazze fuori dalla sala, vidi Jamila con due uomini giganteschi. Indossavano jeans e polo, una bordeaux e l'altra arancione bruciato. Uno di loro le diede una spinta sulla spalla e l'altro la afferrò bruscamente.

Ma che diavolo?

Scattai per aiutarla.

11

«EHI! SMETTETELA! LASCIALA ANDARE!» gridai.

I due uomini erano grossi come due armadi a due ante, ma ero troppo infervorata per avere paura. Corsi verso il tizio che teneva Jamila e presi a pugni la sua spalla. Il muscolo sotto la sua maglietta bordeaux non cedette di un millimetro, ma lui abbassò lo sguardo.

«E questa cos'è?» Mi afferrò la mano, ma almeno così facendo lasciò andare Jamila. Lei si allontanò, senza fiato.

«Corri! Va' a cercare aiuto!» urlai.

«Oh, lei mi piace,» disse quello con la maglia arancione. «È tosta.»

«Lasciala andare, Jevin,» disse Jamila.

«Ma mi sta aggredendo,» disse lui. «A giudicare dai suoi vestiti, potrebbe essere una causa molto redditizia.»

«Come se avessi bisogno di soldi,» sbuffò lei. «Se non la lasci andare, è capace di tirarti un pugno. E poi ti farà causa *lei* quando si romperà la mano.»

«So come tirare un pugno senza rompermi la mano,» sbottai.

Nello stesso momento, lui disse: «Fare causa *a me*? Improbabile.» Mi lasciò la mano e fece un passo indietro, scrollando le spalle.

«Stai bene?» chiese l'altro uomo. «Vuoi che ti dia un'occhiata alla mano?»

«No. Grazie.» Che razza di aggressori erano quelli? «Jamila, stai bene?»

«Sto bene.» Alzò gli occhi al cielo. «Natalie, ti presento i miei fratelli, Jevin e Jaleel Jallow. Ragazzi, lei è Natalie Jones. Si sta occupando delle mie PR.»

«Chiamami J.J.» Quello con la maglia arancione mi tese la mano. La sua stretta fu sorprendentemente delicata.

«Aspetta. Siete tutti J.J.... tutti e tre.»

Quando sorrise, i suoi denti brillarono bianchissimi contro le labbra piene e scure. La somiglianza di famiglia mi colpì. Perché non avevo capito che era solo un gioco un po' rude tra fratelli e non mi ero fatta gli affari miei?

«Lei è una ragazza. Nessuno le darebbe un soprannome del genere. Lei è Mila. Io sono diventato J.J. perché sono il più grande, e lui è solo Jevin.»

«*Solo* Jevin? Io sono quello bello.» Il suo sorriso era altrettanto smagliante. Anzi...

«Siete gemelli?» Lanciai un'occhiata dall'uno all'altro. Jevin aveva un portamento più disinvolto, e J.J. stava dritto come un pino, ma per il resto erano identici.

«Lo sono,» disse Jamila. «Un vero incubo.»

«Ci stavamo solo vendicando per tutte le angherie che ci hai fatto passare quando eri più grande di noi,» disse Jevin. «Giustizia al cento per cento.»

«Ah.» Mi ricordai del suo discorso di prima. «Questi erano i fratelli che ti chiamavano secchiona.»

«Eravamo dei mocciosi,» disse J.J. «Certo che chiamavamo secchiona la nostra studiosa sorella maggiore. Qualsiasi cosa pur di farle staccare la faccia dallo schermo del computer e farci notare.»

«La domanda è: cosa ci fate qui?» chiese Jamila. «Ricordo distintamente di *non* avervi mandato messaggi.»

«Sappiamo che vieni sempre per il primo giorno.» Jevin si strinse nelle spalle. «Volevamo vederti.»

«E se fossi stata impegnata?»

«Impegnata?» Guardò verso di me, poi le lanciò una seconda occhiata. «Oh, capisco.»

Jamila gli diede una pacca sul braccio muscoloso. «Non in quel senso. Intendevo che sono impegnata con il campo.»

Non in quel senso. Certo che no. Magari.

«Troppo impegnata per i tuoi fratelli che vogliono portarti a cena?» Jevin fece un'imitazione magistrale dell'emoji con gli occhi da cucciolo.

Lei mise le mani sui fianchi. «Non mi appiopperete il conto, vero?»

«Sei miliardaria,» disse J.J.

«Ve la cavate bene,» disse lei. «E chi vi ha pagato gli studi?»

«Tu.» Quando abbassò lo sguardo sulle sue scarpe da ginnastica, colsi un'eco di come doveva essere quando era più piccolo di Jamila. J.J. era quello tranquillo.

«Offriamo noi,» disse Jevin. «Ora andiamo. Anche tu, Natalie. Voglio sapere di questo lavoro di PR.»

Ma durante il tragitto verso il ristorante non ci furono domande di PR per me. Sedetti sul sedile posteriore della Escalade nera di Jevin accanto a J.J., mentre Jamila e Jevin discutevano sul sedile anteriore su dove stessimo andando, sulla guida di Jevin e se tenere l'aria condizionata accesa o i finestrini aperti. Alla fine, lui accostò in un parcheggio di ghiaia accanto a una baracca.

Una vera e propria baracca.

Una sfilza disordinata di tavoli da picnic punteggiava l'erba spelacchiata, e persone di ogni tipo li occupavano, la maggior parte vestita in modo casuale, ma alcuni indossavano abiti da lavoro con le giacche piegate accanto a loro sulle panche.

Poiché non mi muovevo per scendere, J.J. infilò di nuovo la testa in macchina. «Vieni, Natalie?»

«Aspettate, io... pensavo fosse un altro scherzo. Stiamo davvero mangiando qui?»

«I texani non scherzano sul barbecue,» disse. «Questo è il miglior posto per il barbecue di Austin.»

Scivolai fuori dal SUV.

«Trovaci un tavolo, Mila,» disse lui. «Noi ci mettiamo in fila.»

Notai la fila solo quando la menzionò J.J. Si estendeva quasi fino al parcheggio. Mentre i due uomini si dirigevano con calma verso la fine della coda, diverse donne li guardarono. Alcune scossero la testa in segno di apprezzamento.

«Vieni.» Jamila mi prese la mano come se avessi sei anni e mi trascinò a un tavolo da cui un gruppo di ragazzi in jeans e stivali logori si era appena alzato. «Avete finito?» chiese lei con una voce dolce come il miele.

«Sì.» Un uomo alto si mise in testa un cappello da cowboy di paglia e passò una mano su una macchia di salsa sul tavolo. La precisione del suo movimento, insieme ai capelli biondo sabbia e agli occhi azzurri, mi ricordò Cooper Fallon. «È tutto vostro.» Le fece l'occhiolino.

«Grazie, cowboy.» Lei sorrise.

Con le guance in fiamme, cercai di liberarmi la mano in modo che lei potesse ricambiare il flirt come si deve, ma lei la tenne stretta.

Lui prese una bottiglia di birra dal tavolo e la sollevò in un brindisi. «Buona serata.»

«Grazie. Anche a voi.» Si sedette sulla panca e si spostò per farmi sedere accanto a lei.

Ma io non mi sedetti. Presi dei tovaglioli di carta dal rotolo al centro del tavolo e iniziai a pulirlo. «Non devi restare qui con me,» borbottai. «Puoi… puoi chiacchierare con lui, se ti va.» Strofinai una macchia, ma era talmente vecchia da essere parte del legno.

«Chiacchierare con chi?»

«Con quel cowboy.» Glielo indicai con un cenno del capo. Lui e i suoi amici si stavano dirigendo verso il parcheggio.

«Perché dovrei?»

«Lui... voi... stavate flirtando. È il tuo tipo. Non vuoi il suo numero?»

«Flirtando? Eravamo solo amichevoli. È così che si comporta la gente da queste parti. Non c'è malizia.»

«Oh?» Pulii un'altra macchia invisibile.

«E io non ho un tipo,» disse. «A parte le persone intelligenti e interessanti.»

Due parole che, di sicuro, non mi descrivevano. Appallottolai il tovagliolo di carta e cercai un cestino.

«Hai le guance rosse. Ti sei scottata?» Mi scrutò il viso.

Avrei voluto nascondermi, ma l'area da pranzo all'aperto non offriva alcun riparo. «Non lo so. Forse.» Vidi un cestino e mi ci diressi per buttare la palla di tovaglioli di carta. Feci un respiro per cercare di raffreddare il rossore, ma l'aria era tutt'altro che fresca. Anche con il sole sospeso appena sopra gli alberi lontani vicino al fiume, faceva caldo e c'era afa.

«Dimentico sempre quanto sia più forte il sole qui,» disse Jamila quando tornai al tavolo. «Siediti con la schiena rivolta al sole. Non vorrei rovinarti quella bella pelle con una scottatura.»

«Pensi che la mia pelle sia bella?» Spostandomi sulla panca di fronte a lei, mi toccai le guance, che avvamparono al complimento.

«Certo che lo penso.» Alzò gli occhi al cielo. «È come pesche e panna.»

«La tua pelle è stupenda,» mi sfuggì. Poi chiusi gli occhi per non vedere il suo viso. *Che cosa ridicola da dire!*

Ma lei disse: «Grazie.» Quando riaprii gli occhi, mi sorrise, con gli occhi che si increspavano agli angoli e i pomelli delle guance che brillavano alla luce del sole della prima serata.

Avrei fatto qualcosa di sciocco come allungare la mano attraverso il tavolo per toccare il suo viso raggiante se i suoi fratelli non fossero arrivati con passo pesante in quel momento, stringendo bottiglie di birra.

«Il cibo ci metterà un minuto, ma abbiamo preso queste,» disse J.J.

Cercò di passarmi una bottiglia scura, ma alzai una mano. «No, grazie, non mi piace la birra.»

«Niente birra? Cos'altro posso prenderti?»

Non potevo immaginare che quella baracca avesse una decente lista dei vini. «L'acqua andrà bene.»

«So esattamente cosa fa per te,» disse Jevin. Mi fece l'occhiolino e tornò alla baracca.

Un minuto dopo, era di ritorno con un bicchiere di plastica rosso, uno spicchio di lime in equilibrio sul bordo. «'Ranch water' con acqua naturale di accompagnamento.» Posò una bottiglia d'acqua.

Annusai la bevanda frizzante. L'odore di alcol e agrumi si levò da essa. Presi un sorso cauto. Aveva un sapore piacevolmente frizzante e di lime con una punta di alcol. «Cos'è?»

«Acqua minerale frizzante, tequila e una spruzzata di lime. È quello che bevono tutte le ragazze che ci tengono alla linea.»

Presi un altro sorso. «Di solito non bevo tequila, ma questo è buono.»

Lui sorrise, poi inclinò la testa verso la voce gracchiante che proveniva dall'altoparlante appeso alla grondaia della baracca. «Siamo noi. Vieni, J.J.»

I due uomini tornarono un minuto dopo, ognuno con due vassoi di alluminio. Il rettangolo foderato di carta pergamena che J.J. mi mise davanti conteneva una vaschetta di carta piena di manzo affettato sottilmente, un quadrato di pane di mais, una vaschetta più piccola di qualcosa di verde e stufato e una tazza di fagioli brodosi.

«Questo è da dividere, vero?» Presi un pacchetto di salviettine umidificate dal centro del tavolo e mi strofinai le mani.

«Quello è tutto per te. Se vuoi scambiare un po' di verdure per un po' del mio okra fritto, non mi opporrei.»

«Certo, e puoi prendere la carne.»

«Sei vegetariana?» chiese J.J., afferrando la vaschetta di carne e lasciandola cadere sul suo vassoio.

«Sì.»

«Scusa. Mila, avresti dovuto dircelo.»

Lei strinse gli occhi. «Hai saltato il bacon al brunch, ma non pensavo fosse una cosa definitiva.»

Le mie guance si scaldarono di nuovo. Certo che non pensava che l'avrei mantenuto. Non mantenevo mai nulla.

«Da quanto tempo sei vegetariana?» chiese Jevin.

«Dal mio corso di macelleria alla scuola di cucina. Ho dovuto ritirarmi.»

«Ah. Quello basterebbe,» disse J.J. «Io ho smesso di mangiare carne per un po' dopo il mio laboratorio di anatomia macroscopica.»

«Il tuo… cosa?» chiesi. Con la sua polo attillata, J.J. sembrava più un atleta professionista che un cervellone che aveva studiato anatomia.

«Abbiamo sezionato cadaveri alla facoltà di medicina.»

«Facoltà di medicina? Non siete giocatori di linea difensiva?»

J.J. ridacchiò. «Pensi che Mila abbia preso tutto il cervello della famiglia? Certo, abbiamo giocato al college, ma io sono un oncologo e Jevin è un avvocato.»

«Tieni,» disse Jamila, rimuovendo un cucchiaio di cremosa insalata di patate prima di depositare la vaschetta sul mio vassoio. «Mangi ancora latticini, vero?»

«Certo.» Okra fritto, purè di patate e maccheroni al formaggio atterrarono sul mio vassoio. «Aspetta. Non riuscirò mai a mangiare tutta questa roba.»

«Mangia quello che vuoi. Mio fratello e io possiamo spazzolare via tutto quello che non mangi.» Jevin si diede una pacca sulla pancia piatta.

Assaggiai ogni piatto. Erano tutti fantastici. Dovetti restituire i maccheroni al formaggio a Jevin, altrimenti avrei mangiato tutta quella montagna di calorie e carboidrati.

A un certo punto, Jamila mi portò una seconda 'ranch water' e scambiò il posto con J.J. per sedersi accanto a me. Tra le storie divertenti, le battute interne, il sole sulla schiena e il caldo odore di spezie da barbecue nell'aria, tutto assunse una sfumatura rosea.

Forse era il sole che si scioglieva all'orizzonte a colorare tutto di rosa. Forse era la tequila. O forse era la mano di Jamila, appoggiata sulla panca tra di noi, con il mignolo rivolto verso di me. Tutto ciò che dovevo fare era estendere il mio mignolo per toccare il suo.

Le lanciai un'occhiata di sottecchi. Stava ascoltando una storia che Jevin raccontava sul suo cliente, il cui divorzio era stato semplice e lineare finché la moglie non si era rifiutata di separare i loro due cani. Avevano dovuto assumere uno psicologo per animali per un parere sul fatto che separare i cani avrebbe causato dolore e sofferenza a uno o all'altro.

Non mi importava della coppia o dei loro animali. Tutto ciò che mi importava era la lunga colonna del suo braccio, dorata sul retro dal sole al tramonto. Le sue spalle e i tricipiti erano snelli ma definiti, e la sua pelle sembrava seta. Il dorso della sua mano brillava dorato, e immaginai che se l'avessi toccato, sarebbe stato come una pietra di fiume, liscio e caldo.

Doveva essere la tequila a farmi allungare il mignolo per accarezzare il suo. Era satinato e caldo proprio come avevo immaginato. Lei non trasalì né abbassò lo sguardo, ma il suo sorriso si allargò. Lo presi come un segno per intrecciare il mio mignolo al suo, con i lati delle nostre mani accoccolati insieme. Stavo tenendo la mano di Jamila.

Più o meno.

Ma non durò a lungo.

Ritirò la mano dalla mia per allungare entrambe le braccia sopra la testa. La sua maglietta si sollevò, mostrandomi un lembo del suo ventre piatto che avrei voluto baciare.

«Il coprifuoco è alle nove,» disse, «e il campo inizia presto domani.»

J.J. strinse gli occhi. «Non hai intenzione di rendere omaggio a nonna?»

Quello mi risvegliò dalla felice foschia in cui ero scivolata. Questo viaggio mi aveva rivelato i vari strati di Jamila. Austin era il luogo dove teneva i suoi fratelli e i ricordi di sua nonna.

«È per questo che ci avete rapite? Volevate trascinarmi al cimitero?»

«Non ci sei più andata dal funerale.» Lui si strinse nelle spalle. «Immagino che voi due abbiate delle cose da dirvi.»

«È morta, J.J. Non possiamo più parlare. Se potessimo, probabilmente mi urlerebbe contro. La settimana prima di morire, mi ha lasciato un messaggio vocale che mi ha quasi scuoiato l'orecchio. Non oso immaginare cosa avrebbe da dire ora.»

«Riguardo alla tua situazione con le PR?» Jevin mi lanciò un'occhiata.

«Sì.» Jamila alzò gli occhi al cielo senza nuvole. «Probabilmente è lassù a dire a tutti che gran casino ho combinato.»

J.J. sussultò. «Sai che ti voleva bene…»

«Le importava solo che non le creassi problemi. Te lo ricordi.»

«Non fare così,» disse J.J. «Ci voleva bene a modo suo. Ci ha dato una casa…»

«Una casa concessa a malincuore. Una che sono stata felicissima di lasciare quando sono andata al college. Una a cui, grazie al cielo, non ho mai più avuto bisogno di tornare. Ora, avete intenzione di riportarci al campus, o chiamiamo un'auto a noleggio?»

«No, vi riportiamo noi.» Jevin si alzò.

J.J. restò in piedi. «Penso davvero che…»

Jevin posò una mano sulla spalla del suo gemello. «Basta così, amico. Ha sempre seguito la sua strada.»

J.J. annuì, ma non sembrava felice. Nemmeno Jamila. Afferrò il mio vassoio, lo sbatté contro il suo e si diresse a passo di marcia verso il cestino.

Quando mi alzai, il mondo mi girò intorno. Provai a scavalcare la panca con la gamba e barcollai. Mi aggrappai al tavolo per tenermi in equilibrio.

«Aspetta un attimo, piccola.» Jamila mi afferrò il gomito. Come aveva fatto ad arrivare lì così in fretta? Aveva anche la super velocità, oltre all'intelligenza? «Stai bene?»

«Quanta tequila c'era in quei drink?»

Dall'altro lato, il braccio di J.J. si avvolse intorno alla mia vita per sostenere le mie gambe di spaghetti. «Alla gente di qui piace bere forte. Quel secondo drink è stato probabilmente una cattiva idea, considerando il tuo peso corporeo.»

«Ma stava mangiando,» disse Jamila come se non fossi lì. «Non dovrebbe essere così ubriaca.»

«Probabilmente non è una gran bevitrice. Sorseggia un bicchiere di vino per tutta la sera?»

«Maledizione. Cosa dirò a suo fratello?»

Alzai di scatto la testa, colpendo J.J. al mento. «Non dirlo a Jackson.»

J.J. imprecò e si strofinò il mento. «Cavolo, ragazza. Questo lascerà il segno.»

«Come sta la tua testa, piccola?» Jamila mi mise le mani sulla testa e cercò un bernoccolo.

Immaginai che mi stesse passando le mani tra i capelli. «Che bella sensazione.» Poi toccò un punto che inviò un dolore lancinante attraverso il mio cervello annebbiato. «Ahi!»

«Oh. Sei un bel disastro stasera, non è vero?»

I nostri visi erano così vicini che avrei potuto chinarmi e baciarla. Ma non voleva baciare qualcuno così sciatto e infantile come mi stavo dimostrando quella sera.

«Sì,» dissi. Come se non mi fossi già messa in imbarazzo abbastanza, una lacrima mi scivolò lungo la guancia.

Lei mi sollevò il mento e asciugò la lacrima. «Andiamo a riportarti al tuo hotel.»

«La mia auto a noleggio è al campus,» mormorai.

«Non può guidare,» protestò J.J.

«Riportateci al campus,» disse Jamila. «La porto io in hotel, poi la passo a prendere la mattina prima del campo.»

Jamila si sedette dietro nel SUV con me. Normalmente, avrei goduto della sua vicinanza, ma dopo essermi messa in imbarazzo ubriacandomi con due drink, mi afflosciai sul sedile e mi sporsi verso il finestrino aperto, l'aria umida che mi soffiava in faccia per tenere a bada la nausea.

Quando ci lasciarono alla mia Buick a noleggio, i fratelli di

Jamila mi abbracciarono. A Jamila diedero abbracci più lunghi e parlarono a bassa voce con lei per qualche minuto. Ero troppo impegnata a rimproverarmi per ascoltare. Ero venuta qui per aiutare Jamila, e invece eccomi qui, a costringerla a prendersi cura di me.

Dopo che i suoi fratelli se ne furono andati, Jamila mi guidò per il breve tragitto fino al mio hotel. Parcheggiò in uno spazio da dieci minuti di fronte all'ingresso.

«Hai bisogno di aiuto per arrivare in camera?»

«No, sto bene.» La digestione e l'aria fresca avevano fatto il loro dovere, e mi sentivo più stabile. Tutto quello che volevo era nascondermi nella mia stanza per le prossime otto ore. Anzi, forse mi sarei nascosta per il resto della vita. Jamila non avrebbe mai dimenticato quanto fossi stata ridicola quella sera.

«Ehi, piccola.» Jamila mi mise un dito sotto il mento e me lo sollevò. I suoi occhi castani mi trafissero. «Sei sicura di stare bene? Non credo di averti mai vista così silenziosa.»

«Sto bene,» borbottai.

Lei non allontanò il dito e il suo sguardo scese più in basso.

Era a circa trenta centimetri da me. Il suo profumo floreale sbocciò intorno a me nell'auto compatta. La maggior parte del suo rossetto bordeaux era svanita durante la cena, ma una debole traccia era rimasta sulle sue labbra carnose. La lingua le saettò fuori per inumidirle, e il suo labbro inferiore lucido brillò sotto le luci di sicurezza dell'hotel. Mi chiamava, e non riuscii a resistere.

Mi chinai e le sfiorai la bocca con le mie labbra.

Una volta. Due volte. Le mie labbra più secche si tirarono contro le sue, come se la mia pelle non volesse lasciarla andare. Nessuna parte di me voleva lasciarla andare. Le mie mani si levarono come se potessi cingerle il viso.

«Natalie,» sussurrò, rompendo l'incantesimo. Feci un passo indietro, urtando contro la portiera del passeggero.

Gesù. Avevo appena baciato Jamila Jallow. Contro la sua volontà. Quel sussurro non era un sussurro da 'ti voglio'. Era un sussurro da 'fermati subito'.

«Scusa,» gemetti, lottando con la fibbia della cintura di sicurezza.

«Ehi, va tut...»

Finalmente riuscii a sganciare la cintura e mi precipitai fuori dalla portiera, poi corsi come una codarda nella hall dell'hotel.

Non la salutai nemmeno.

12

IL SOLE ERA ANCORA ALTO, anche se a malapena, ma sembrava mezzanotte quando sbattei la portiera della Hyundai e salutai con un cenno della mano l'autista del servizio di ride-sharing davanti a casa mia. La combinazione del dover lottare contro i postumi della sbornia per un'intera giornata al campo di programmazione, il volo dal Texas e lo sforzo aggiuntivo di evitare Jamila il più possibile mi pesava addosso come un macigno.

Per tutto il giorno, avevo desiderato ardentemente un lungo bagno caldo nella mia vasca con la bomba da bagno in edizione limitata, sponsorizzata da una celebrità, che stavo conservando per un'occasione speciale. Anche attraverso la confezione, profumava di miele e prometteva relax a base di erbe.

Aprii la porta ed entrai trascinando i piedi, facendo urtare il mio trolley contro la soglia. Ma invece del beato silenzio di una casa vuota, le mie orecchie furono accolte da un guaito. Bilbo Baggins slittò sulle piastrelle. Quando ritrovò l'equilibrio, mi danzò intorno ai piedi. Mi bloccai, per non pestarlo nel bel mezzo di una giravolta.

Sam era appoggiata allo stipite della porta del corridoio che conduceva al soggiorno. «È Natalie» gridò.

«Certo che sono io» ringhiai. «Io ci vivo qui, a differenza tua».

Mia sorella si ficcò le mani in tasca. «Non ero io quella preoccupata».

Una massa di ricci capelli scuri mi riempì la vista prima che un paio di braccia mi stringessero. «Eccoti qui. Mi sono preoccupata così tanto quando non ti sei presentata per l'aperitivo».

«L'aperitivo? Accidenti». Con il viaggio dell'ultimo minuto, mi ero completamente dimenticata del mio solito happy hour del giovedì sera con Mimi. Ossessionata da alcolici e stuzzichini a buon mercato, ci aveva trovato un bar che offriva una selezione di margarita a metà prezzo, oltre a patatine e salsa a volontà. Anche se non ero sicura che sarei mai più riuscita a bere tequila dopo il disastro del ranch water, o a guardare Jamila negli occhi.

«Mi dispiace essermelo perso». Lasciai andare la maniglia della valigia e abbracciai Mimi. Non era esattamente come una bomba da bagno alla CBD, ma i suoi abbracci erano meravigliosi e mi sciolsi nella sua morbidezza.

«Non fa niente. Sono contenta che tu non sia scomparsa». Mi lasciò andare e si sporse per scrutare il mio viso. «Dove sei stata? Non a lavorare, spero».

«Sediamoci. Sono esausta». Trascinai Mimi in soggiorno e mi lasciai sprofondare nel divano. Mimi si sedette accanto a me, e Sam inspiegabilmente ci seguì e si sedette sulla poltrona preferita di Charles. Bilbo saltò sulla poltrona e si raggomitolò sul suo grembo.

«Mi dispiace per aver saltato l'aperitivo» dissi. «Spero che tu non mi abbia aspettata a lungo».

«Nessun problema. Mateo mi ha raggiunta quando gli ho scritto che non ti eri presentata, poi mi ha accompagnata qui mentre andava al lavoro. Questa settimana fa il turno di notte da tía Rosa».

«Come sta Mateo? Non ce l'ha con me per quello che gli ho chiesto di fare da Jamilow, vero?». Lanciai a Sam un'occhiata colpevole. Non le avevo detto quello che io e Mateo avevamo fatto lunedì sera. Mia sorella, con il suo successo, non si sarebbe mai abbassata a tendere una trappola.

Lei rimase in silenzio, osservandoci con quegli occhi blu ultraterreni che si ritrovava.

Mimi ridacchiò. «Si è divertito un mondo a recitare la parte nel tuo piccolo gioco di spionaggio, anche se ti hanno scoperta. Quella sera, è tornato a casa e...». Le sue guance si imporporarono.

«Non mi dire che avete giocato alle spie!». Risi vedendo la sua espressione colpevole e, improvvisamente, non ero più così stanca.

«A quanto pare, ha una fissa per *Mr. and Mrs. Smith*. A un certo punto potrebbe anche avermi legata a una sedia». Ora tutto il suo viso era paonazzo.

«Wow». Mi sventolai il viso. «Felice di essere stata d'aiuto».

«Nessuna pista sulla talpa?» chiese.

«Nessuna». Aggrottai la fronte. «Ma il campo di programmazione di Jamila è stato oro per le pubbliche relazioni. Ecco perché ho saltato l'happy hour. Siamo andate ad Austin così che potesse essere presente il primo giorno. Ho fatto un milione di foto e, dopo aver oscurato i volti delle ragazze, ne pubblicherò così tante che tutti si dimenticheranno del suo piccolo scivolone». O forse le avrei mandate a Hannah così che potesse pubblicarle lei. Non ero sicura di poter tornare da Jamilow dopo il mio, di scivolone.

«Aspetta un attimo. Sei andata a fare un viaggio con Jamila?». I grandi occhi scuri di Mimi si spalancarono.

«Non è stato come pensi».

«Come è stato, allora?» chiese Mimi.

«Beh, ho iniziato a capirla un po' di più, tipo perché gestisce i campi, e ho anche conosciuto i suoi fratelli. Lo sapevi che aveva dei fratelli?».

Mimi scosse la testa.

«Sono divertenti e fantastici proprio come Jamila. Siamo uscite per un barbecue, e ho bevuto questa cosa, e... e forse mi sono un po' ubriacata e l'ho baciata». Sussurrai l'ultima parte.

Ma Mimi non sussurrò affatto. «Hai baciato Jamila? Finalmente!». Strinse il pugno. «È stato incredibile?».

Mi gettai all'indietro contro i cuscini del divano e mi coprii il viso con le mani per nascondere il rossore. «Incredibilmente umiliante. Praticamente mi ha cacciata fuori dalla macchina. Ho passato tutta la giornata di oggi a nascondermi da lei. Ho persino aspettato su quelle orribili sedie di plastica all'aeroporto invece che nella sala d'attesa della prima classe. Non credo di poterci tornare».

«Oh, no». Mimi mi tolse una mano dal viso e me la accarezzò sul dorso. «Le storie d'amore in ufficio sono il peggio. Quando le cose vanno male, non c'è via di scampo. Ho dovuto lasciare il lavoro quando io e il mio ex ci siamo lasciati».

«*Storia d'amore in ufficio* è un po' esagerato, visto che l'attrazione è totalmente a senso unico».

«Totalmente?» chiese Sam. «Ne sei sicura?».

Mi ero dimenticata che fosse nella stanza. E che non sapesse che avessi una cotta colossale per la mia capa o che fossi bisessuale... e nemmeno nostra madre lo sapeva.

«Non è niente» dissi. «Solo una cotta».

Mia sorella si accigliò. «Perché lo pensi?».

«Perché... perché lei è *Jamila Jallow*, ed è brillante e molto più inquadrata di me».

«Sei brillante e inquadrata anche tu» disse Sam.

«Non sono intelligente come te o Jackson o Jamila. Fingo solo di avere tutto sotto controllo. Non gestisco una startup come te o una fondazione come Mimi».

«Cavolo, io non ho per niente la mia vita in pugno» disse Mimi. «Non so cosa sto facendo. Ero una contabile prima di accettare il lavoro alla fondazione. Passo metà della giornata a cercare su Google come si gestisce una fondazione e l'altra metà a farlo».

«Non ho mai gestito un'azienda prima d'ora» disse Sam. «Mi incontro con Cooper una volta a settimana per fare coaching».

«Ma... ma voi due siete fantastiche nel vostro lavoro!».

«Alcuni giorni sì, e altri decisamente no» disse Mimi.

«Non ti ho mai vista non prenderti ciò che vuoi» disse Sam. «Ti sei inventata un lavoro da Jamilow e hai convinto Jamila a lasciartelo fare. Perché non potresti applicare la stessa cosa a una relazione con Jamila?».

«Uhm... perché è inappropriato? È la mia capa anche se non sono un'impiegata stipendiata. E poi, non è interessata a me».

«Ti ha baciata anche lei?» chiese Mimi.

Ci ripensai, ma era tutto annebbiato dalla tequila. «Al momento pensavo di sì, ma forse no? Avevo bevuto».

«Dovresti parlarle» disse Sam.

«Bello per te dirlo» dissi stizzita. «Non devi affrontarla tu».

«No, ma tu puoi farcelo» disse Sam. «Sei tu la coraggiosa».

«Non è vero!». Le lanciai un cuscino.

Lei lo rilanciò. «Sì che lo è».

«Smettetela, voi due. Sveglierete Bilbo». Mimi mi strappò il cuscino dal pugno. «Nat, sei bellissima e intelligente. Jamila sarebbe una stupida a non volerti. Domani marcerai in ufficio e le parlerai di quel bacio».

Incrociai le braccia. «Sarebbe molto più facile licenziarmi».

«Ma poi Jamila non avrebbe la sua consulente PR per salvarla da questo casino» disse Sam dolcemente. «Ha bisogno di te, e tu hai bisogno di chiarire le cose per poter lavorare insieme».

«E *lavorare* insieme, se capisci cosa intendo». Mimi mi diede un colpetto sul fianco.

«Siete le peggiori» dissi, ma non lo pensavo. Pensavo l'esatto contrario. Mi avevano dato abbastanza speranza per tornare da Jamila.

No, non da Jamila. Intendevo tornare da Jamilow... al mio lavoro.

13

«BUONE NOTIZIE.» Forzai un sorriso mentre mi appoggiavo allo stipite della porta dell'ufficio di Jamila. Avevo cancellato le nostre riunioni quotidiane di PR. Avevo detto che era per la buona pubblicità che ci eravamo guadagnati con i post sul campo estivo di programmazione, ma la verità era che mi vergognavo ancora troppo per stare nella stessa stanza con lei.

«Davvero?» I suoi occhi indugiarono per un secondo sullo schermo prima che mi dedicasse la sua completa attenzione.

«Sì. Le ho procurato un articolo su *Buzz Bizz*. Vogliono un'intervista e delle foto.»

«Fantastico. Fagli mandare le domande e preparerò delle risposte al volo. Felicia ha la mia foto ufficiale.» Tornò a guardare lo schermo e riprese a digitare.

Mi schiarii la gola. «No. Intendo un'intervista vera e propria. Seduta nella suite di un hotel a parlare con un giornalista, seguita da un servizio fotografico.»

La tastiera tacque. «Pensavo avessi detto che erano notizie *buone*. A me sembra che dovrò trovare il tempo nella mia agenda per parlare con qualcuno, che traviserà quello che dico, e che finirò in una situazione peggiore di prima. E in più, le foto. Stare ferma troppo a lungo mi fa venire il torcicollo.»

Lo fece sembrare terribile, ma vedere il lato positivo era uno dei miei superpoteri. «La notizia migliore è che non deve negoziare l'orario. L'ho già fatto io per Lei. L'intervista è domani, sabato, seguita dal servizio fotografico. Stiamo solo aspettando di sapere dove.»

«Mi hai fissato un appuntamento di sabato.» Inarcò le sopracciglia. «Un po' arrogante da parte tua. E se avessi avuto dei piani?»

Trasali. Forse aveva un appuntamento. «Li ha?»

«No. A parte una festa da ballo con Quill.i.am.»

«Non gli dispiacerà rimandare. Questa è un'occasione perfetta per Lei di raccontare la sua storia, per far sì che la gente si concentri sul bene che fa e su Jamilow. Non sull'errore che ha commesso.»

«Credimi, non è stato un errore. Quel tipo se lo meritava.»

«Allora dica loro cosa ha detto.» Mi chiedevo ancora cosa potesse dire un giornalista per far perdere le staffe a Jamila.

«No, grazie. Non voglio dargli un altro minuto dell'attenzione di nessuno, inclusa la mia.»

«Manderò loro un'e-mail dicendo che l'incidente è fuori discussione per l'intervista.»

«Diglielo quando ci presenteremo» disse.

Noi? «Mi vuole lì?»

«Sei la mia specialista di PR. Certo che ti voglio lì.»

Un calore mi ribollì nel petto, e diedi un colpetto allo stipite della porta per mascherare il rossore. Voleva *me*. «Okay.»

———

JAMILA CI FECE un favore a tutti e trovò una location per l'intervista e il servizio fotografico. Sfortunatamente, era un posto con cui avevo una spiacevole familiarità, la villa di Billie Woods ad Atherton. Sebbene fosse la città accanto a quella di Jamila, il quartiere di Billie non avrebbe potuto essere più diverso. Era il tipo di posto in cui mi sarei aspettata che vivesse Jamila: una casa enorme con un prato immenso, il tutto meticolosamente curato. Le case erano molto arretrate rispetto alla strada tortuosa, cosa che avrebbe reso impossibili le chiacchierate sull'avocado da un portico all'altro. Non c'erano biciclette abbandonate nei vialetti o cani che giocavano a riporto in giardino. Una maestosa Rolls-Royce nera passò per la strada. Non si vedeva neanche una Ford o una Toyota.

Come la sera della festa, c'era un post-it sopra il campanello che mi diceva di entrare. Ma quando aprii la porta, dovetti tornare fuori e ricontrollare l'indirizzo.

La casa era vuota. I mobili erano spariti, così come i libri sugli scaffali. Perfino i tappeti erano stati arrotolati e rimossi. Quando ero venuta alla festa, un centinaio di persone aveva riempito lo spazio open space con le loro chiacchiere e risate. Ora era tutto silenzioso.

«C'è nessuno?» chiamai.

«Sono qui dietro.» La voce proveniva dal retro della casa.

Seguii la voce, con i miei tacchi che ticchettavano sulle piastrelle e rimbombavano sulle superfici dure e vuote.

Mi ritrovai in una grandiosa veranda chiusa. Era grande quanto il soggiorno, con porte a vetri stile garage che potevano essere sollevate per aprire la stanza sull'area della piscina esterna. Anche qui erano stati rimossi i mobili eleganti, e ne erano stati portati altri spaiati, tra cui una chaise longue bianca e alcune sedie dall'aspetto industriale. Leggere tende bianche danzavano nella brezza che entrava dalle finestre aperte.

Quando vidi l'attrezzatura del fotografo già montata e la truccatrice che regolava la luce su un tavolo pieghevole, i muscoli dello stomaco si rilassarono. Sembrava tutto pronto per Jamila. Non le avrei fatto sprecare altro del suo prezioso sabato più del necessario.

Chiesi informazioni all'assistente del fotografo sui piani per il servizio. Mi mostrò il salottino vicino che aveva destinato a camerino per Jamila. Un appendiabiti stava accanto a un paravento. Mentre lui abbassava le persiane sulle finestre esterne, controllai che gli abiti di Jamila fossero arrivati sani e salvi. Aveva mandato un paio di tailleur e un tubino. Io avevo aggiunto un paio di jeans, una maglietta del suo campo estivo di programmazione e una camicia a quadri "buffalo" da mettere sopra per far emergere il suo lato umano.

Era tutto in ordine.

Un lato della stanza era allestito per le foto. Dall'altro lato c'era un'area salotto per l'intervista. Due divani color cuoio erano uno di fronte all'altro, separati da un tavolino da caffè. Un paio di poltrone a orecchioni marrone scuro chiudevano gli angoli. Il vaso di margherite africane che avevo ordinato era l'unica nota di colore nello spazio. Speravo fossero abbastanza simili a quelle che avevo visto sul suo portico da far sentire Jamila più a suo agio.

Mi presentai alla giornalista, Nita D'Alessio. Avevo già letto i suoi articoli. Sebbene avesse una decisa inclinazione anticapitalista, i suoi pezzi erano solitamente equi e presentavano i titani della tecnologia che intervistava come esseri umani.

«Si ricordi, Jamila ha stabilito che non discuteremo dell'incidente su TikTok» dissi. «Mi ha chiesto di interrompere qualsiasi domanda su quell'argomento.»

«È quello che tutti vogliono sapere.» Nita si toccò il mento con un dito. «I lettori sarebbero più comprensivi se sapessero cosa l'ha fatta scattare.»

Esattamente quello che avevo pensato. «Non vuole dare a quel tipo più attenzione di quella che ha già ricevuto.»

«Giusto. È uno stronzo.»

«Davvero? Lo conosce?»

«Certo. È quello da cui stai alla larga alle feste, se capisce cosa intendo.»

Arricciai le labbra. «Che schifo.»

«Esatto. E il suo COO, Winslow Keating-Ashworth? È off-limits?» Diede un'occhiata alla piscina. «Dev'essere stato un divorzio interessante.»

Interessante? Ne avevo sentito parlare un paio di volte, ma non riuscivo a immaginare che qualcosa riguardante Winslow fosse affascinante quanto Jamila. «Restiamo concentrati su Jamila. È lei la star di Jamilow.»

«Okay.» Nita scrollò le spalle. «Lei può sedersi su questo divano.» Indicò quello su cui non era puntata la telecamera. «Jamila si siederà sull'altro. Io sarò sulla poltrona a orecchioni.»

«Capito. Dobbiamo approvare qualsiasi video dell'intervista prima che venga pubblicato.»

«Certo. È principalmente per la trascrizione, ma le faremo sapere se volessimo pubblicarne una parte. Le invierò il file. Avrà la facoltà di approvare, ovviamente.»

«Perfetto.»

I peli sulla nuca mi si rizzarono un secondo prima che Nita dicesse: «Ah, eccola.»

Quando mi voltai, dovetti lottare per impedire al mio viso di fare smorfie strane. Jamila avanzò verso di noi come se fosse la padrona di casa, vestita con pantaloni di denim da weekend — sfidavo chiunque a chiamare jeans quei pantaloni a gamba dritta stirati di tutto punto —, una giacca di camoscio color cuoio, una morbida camicetta color guscio d'uovo, e tacchi bassi. Nessuno, nemmeno io, sfoggiava l'abbigliamento da lavoro come Jamila. Lo faceva sembrare naturale, come se fosse nata con indosso un gessato.

Volevo crogiolarmi nella sua luce riflessa.

Mi riscossi e stampai un sorriso sul volto. «Jamila, questa è Nita D'Alessio. Nita, ti presento Jamila Jallow.»

Mentre le donne si stringevano la mano, Nita la squadrò. Quando Jamila eseguì la sua ispezione della giornalista, la gelosia mi trafisse le viscere. Avrei voluto che Jamila prestasse così tanta attenzione a me.

Ci accomodammo mentre il tecnico eseguiva il controllo dell'audio. Fatto ciò, Nita iniziò con alcune domande sul prossimo lancio di Jamilow che Jamila gestì con disinvoltura, gli occhi che le scintillavano mentre parlava della genialità del suo team e accennava al prodotto, evitando attentamente di svelare dettagli reali su cosa facesse o sulla partnership che lo rendeva possibile.

Cambiando argomento, Nita disse: «Mi racconti come ha creato Jamilow.»

«Lo sanno tutti.» Jamila fece un gesto vago con la mano.

Nita si sporse in avanti. «Mi accontenti.»

Avrei voluto avere il coraggio di farlo anch'io. Di parlare in modo così allusivo come aveva fatto Nita, di offrire a Jamila una sbirciatina alla propria scollatura, anche se — mi guardai — non avevo tutta quella scollatura da mostrare. Accavallai le gambe e tenni la bocca chiusa.

«L'ho creata a Stanford.» Jamila si appoggiò ai cuscini del divano. «Beh, immagino di aver iniziato l'app durante le mie pause da Stanford. Quando ero a casa durante le vacanze invernali del mio primo anno, andai a una festa con i miei amici del liceo. Come si fa, no?» Fece l'occhiolino.

Nita annuì e scarabocchiò sul suo blocco note.

«C'erano alcuni dei ragazzi più giovani e mi fecero delle domande. Non tanto su Stanford, quanto sull'andare al college in generale. Il processo era opprimente per loro. Mi resi conto che alcuni di loro non avevano nessun familiare che fosse andato all'università.» Jamila si sporse in avanti, i gomiti sulle ginocchia. «Mia nonna era andata al college. Era un'insegnante. Fece tutto il possibile per spronarmi. Così raccontai loro un po' di come avevo fatto e diedi loro il mio numero.

«Poi, quando tornai a casa di mia nonna e parlai con i miei fratelli, mi resi conto che anche loro erano piuttosto sprovveduti. Giocavano a football e sarebbero stati reclutati, ma non capivano come valutare le loro opzioni. O cosa avrebbero fatto a livello accademico una volta arrivati lì. Dopo aver parlato con loro, capii che potevo fornire un servizio a ragazzi come loro. A ragazzi come i miei amici.»

Avevo già sentito la storia, ma ora che avevo conosciuto i suoi fratelli, capivo come i consigli di Jamila potessero aver portato al loro successo. Inclinai la testa, ansiosa di cogliere ogni parola e di esaminarla sotto quella nuova luce.

«Così ho programmato un'app per rispondere alla maggior

parte delle domande che i miei amici avevano sull'andare al college.» Un fuoco ardeva negli occhi di Jamila. «Test standardizzati, voti, aiuti finanziari, domande e moduli, borse di studio. Era pensata solo per essere utile ai ragazzi della mia vecchia scuola. Ma poi, parlando con alcuni dei miei compagni di classe come Winslow, che avevano tutti i vantaggi che io non avevo, mi resi conto che non erano solo i ragazzi come i miei amici del liceo a poterne beneficiare. Chiunque poteva. Così la resi più grande. Le diedi un'interfaccia IA in modo che potesse prendere le informazioni dai ragazzi e fornire un piano e consigli personalizzati.»

«Ha collaborato con Winslow Keating-Ashworth» disse Nita.

«Sì. Non era bravo quanto me a programmare, ma aveva idee per il lato commerciale delle cose. E anche delle conoscenze. Fu lui a dire che avremmo dovuto orientare l'app verso il life coaching. Cose semplici come una routine mattutina, fare liste, mettere via il telefono la sera o farsi valere con i professori.»

«E i coach umani?» la incalzò Nita.

Jamila ridacchiò. «Seguii un corso di psicologia e imparai che le persone possono essere molto più complicate di quanto l'intelligenza artificiale possa gestire. Quindi pianificammo di integrare l'IA con l'accesso a terapeuti, ma avevamo bisogno di finanziamenti per quello. Fu allora che iscrivemmo l'app a un concorso. Non vincemmo, ma ottenemmo l'interesse di uno dei giudici, e lei ci diede il nostro sostegno iniziale.»

«E l'ha liquidata qualche anno dopo?» disse Nita.

Mi accigliai. Non lo sapevo.

«Non volevo che nessun altro dettasse legge. Non ho mai voluto…» Jamila fissò per un momento fuori dalla finestra la piscina scintillante.

«Cosa non ha mai voluto?» insistette Nita.

Jamila scosse la testa e finalmente rivolse lo sguardo verso di me. «Non volevo raccontare la storia della mia vita a qualche giornalista. Preferirei concentrarmi sulla mia attività.»

Avrei voluto poterla liberare dall'intervista. Era ingiusto che un cretino qualunque potesse istigarla a fare un commento incauto e sconsiderato, e che solo Jamila ne pagasse il fio. Ma quella era la vita di una donna nel settore tecnologico. Jamila lo aveva accettato. Anche se non avrebbe mai potuto prevedere che quindici anni dopo si sarebbe trovata qui, nella villa vuota di qualcuno, a condividere dettagli scomodi della sua vita. Le rivolsi un sorriso comprensivo.

«Ma non si è tirata indietro da altre partnership» disse Nita. «Ha collaborato con coach, terapeuti e servizi di preparazione al college, quindi con chi collaborerà prossimamente?»

Jamila sorrise, compiaciuta. «Suvvia, Nita, sa che non posso commentare a riguardo.»

Un calore mi pizzicò la pelle. Assistere alla chimica tra Jamila e Nita mi fece sentire una voyeur. Anche l'operatore si sentiva a disagio? Guardai il ventilatore a soffitto, desiderando di poterlo accendere con la pura forza di volontà.

«L'articolo non uscirà fino a dopo il suo lancio» disse Nita. «È sicura di non volerne parlare?»

«Mi chiami dopo il lancio.» Jamila fece l'occhiolino. «Sarò lieta di parlarne allora.»

«Fantastico. Prenderò il suo numero quando avremo finito.»

Volevo correre fuori e tuffarmi nelle fredde profondità della piscina. Dove non avrei dovuto guardare Jamila sedurre la donna che avevo portato per salvare la sua reputazione.

14

RIMASI in silenzio mentre Nita e Jamila mi ignoravano.

Non avevo il diritto di essere gelosa, mi ricordai con amarezza. A Jamila non importava di me, o almeno, non in quel modo. L'avevo baciata senza neanche preoccuparmi di chiederle il permesso, che di sicuro mi avrebbe negato. Aveva tutto il diritto di flirtare con chi voleva, dove voleva.

Nita fece un'altra domanda che non sentii, e lasciai che il mio sguardo vagasse sulla giornalista. Era formosa in un modo in cui né io né Jamila lo eravamo. Forse a Jamila piacevano le donne più in carne. Come me, aveva i capelli lunghi e folti, ma i suoi erano color cioccolato, non biondi. La sua pelle aveva un colorito olivastro, non pallido come il mio. I suoi occhi scuri erano acuti, e mostravano un'intelligenza che chiaramente incuriosiva Jamila.

In più, era sicura di sé in un modo che io fingevo soltanto di essere. Sapevo dalle mie ricerche che faceva la giornalista da più di dieci anni, scrivendo per testate sempre più prestigiose. E ora aveva un articolo di punta per *Buzz Bizz* con tanto di servizio fotografico personalizzato. Era così sicura di ciò che voleva dalla vita. La sua carriera era in ascesa, e io non riuscivo a scegliere un settore, figuriamoci ad avere successo in uno.

Nita era tutto ciò che io non ero. Non c'era da stupirsi che a Jamila piacesse.

Jamila si mosse per accavallare le gambe, il che mi mise in allarme: qualcosa non andava. Normalmente, occupava più spazio possibile, ma ora sembrava rannicchiarsi. Scuotendomi di dosso la mia introspezione, tornai a concentrarmi sulla conversazione.

«Tutti sanno che Jamila Jallow era una stella a Stanford e che ha creato un'app da un milione di dollari meno di un anno dopo la laurea. Ma pochi sanno che è cresciuta modestamente in Texas.»

«Di solito non ne parlo.» Lanciò un'occhiata nella mia direzione.

Lo presi come un segnale di aiuto. «Non deve parlare di nulla di cui non vuole parlare.»

«Il suo impegno con i corsi di programmazione ha ricevuto molta attenzione sui social media di recente» la incalzò Nita. «Cosa si cela dietro il suo interesse nell'offrire corsi gratuiti a ragazze svantaggiate?»

Jamila le rivolse un sorriso pericoloso. «Voglio dare un contributo alla comunità di Austin e offrire alle ragazze le opportunità che vorrei aver avuto io.»

«Opportunità che vorrebbe aver avuto? Non c'erano corsi di programmazione nella sua scuola?»

Jamila scoppiò in una risata secca. «No. Il mio liceo non offriva nemmeno corsi di livello avanzato. Trovai un lavoro estivo per potermi permettere la retta di un community college locale e seguire i corsi di matematica e scienze avanzate che la mia scuola non offriva.»

«Considererebbe la sua famiglia economicamente svantaggiata?»

«No.» Jamila incrociò le braccia. «Avevamo abbastanza da mangiare, una famiglia e una comunità che ci sostenevano. Avevamo tutto ciò di cui avevamo bisogno.»

«Focalizziamoci sul presente, su quello che Jamila fa per dare il suo contributo» dissi, prima che Nita potesse fare un'altra domanda. «Jamila, può parlarci ancora dei corsi? Da quanto tempo li organizza?»

Le spalle di Jamila si rilassarono mentre si lanciava nel racconto della storia dei corsi. Ma, come Nita, mi interrogavo sulla vita di Jamila prima di Stanford. Era piombata nella mia vita già formata, una studentessa universitaria determinata. Lei e i suoi fratelli ora avevano successo, e sosteneva che da piccoli avessero avuto abbastanza. Aveva accennato al suo rapporto teso con la nonna, ma non aveva detto una parola sui suoi genitori. Qual *era* la storia di Jamila?

Chiaramente, non voleva raccontarla, e Nita smise di insistere. Dopo un'altra mezz'ora, terminarono l'intervista, si scambiarono i numeri di telefono e Nita se ne andò ancheggiando, lasciando che i tecnici finissero di smontare il set. Il fotografo chiamò Jamila. Scattò qualche foto di prova, regolò le luci e provò di nuovo. Quando fu soddisfatto, mandò Jamila a cambiarsi.

Riemerse dal camerino con un tailleur giallo burro di Alexander McQueen. La giacca era lunga e affusolata. Rischiai di ingoiare la lingua quando mi resi conto che la indossava senza niente sotto. L'unico bottone era proprio alla base delle costole, offrendo a me, cioè, al fotografo e al mondo intero, una lunga scollatura a V sulla sua pelle satinata.

«Cosa ne pensi, Nat?» Sollevò le braccia e piroettò, in stile Wonder Woman, per mostrarmi come la giacca si allargasse sulla schiena appena sopra il suo sedere formoso fasciato dai pantaloni attillati.

«Wow.» Mi aggrappai al bracciolo della sedia che avevo avvicinato per guardare. «Sei... sei fantastica» dissi, abbastanza forte da superare il ritmo martellante della musica da discoteca che il fotografo aveva messo.

«Pensi? Non si direbbe dalla tua espressione.» Mi rivolse un sorrisetto da sopra la spalla.

Maledetta, sapeva esattamente quanto mi piacesse quel tailleur.

La truccatrice le diede un ritocco, poi il fotografo le fece cenno di avvicinarsi. Indicò a Jamila di stendersi sulla chaise longue bianca. Dopo aver scattato una dozzina di foto, le chiese di appollaiarsi sulla sedia con i gomiti sulle ginocchia divaricate e di guardare dritto nell'obiettivo con lo stesso sorrisetto che aveva rivolto a me. La sua espressione sfidava chiunque a sottovalutarla.

Di certo io non lo facevo. Jamila era potente, sicura di sé. Non avrebbe esitato ad agire se avesse sentito che la sua azienda era minacciata. Ed era per questo che aveva assunto l'investigatore. Non era paranoica. Sapeva che qualcosa non quadrava, e non avrebbe mai permesso a una fuga di notizie di mettere in pericolo la sua azienda.

«Nat.»

Quando alzai lo sguardo, Jamila torreggiava su di me. Mi si era avvicinata di soppiatto come un ninja.

«Ehi.» Sbattei le palpebre una dozzina di volte per riordinare i pensieri. «Che c'è?»

«Ora metto un vestito. Mi aiuti con la cerniera?»

«Oh, uhm...» Sola con Jamila, sarei stata tentata di fare di nuovo qualcosa di ridicolo, qualcosa che non avrei dovuto. Come baciarla. Mi guardai intorno in cerca di qualcun altro che potesse aiutarla. Ma le mie ginocchia traditrici mi fecero alzare in piedi. Supposi che avrei fatto qualsiasi cosa mi avesse chiesto. «Certo.»

La seguii nel camerino. Afferrò il tubino dalla stanga porta abiti e si diresse dietro il paravento nell'angolo. Dopo un minuto di imbarazzante attesa dall'altra parte, iniziai a sfogliare gli altri abiti sulla stanga per distrarmi.

«Ti sono sempre piaciuti i vestiti, vero?»

Mi voltai. Jamila sbirciava dal bordo del paravento. La giacca e i pantaloni gialli erano gettati sopra di esso. Era nuda?

Mi schiarii la gola. «Amo ancora i vestiti. Lascia che te li appenda.»

Feci un passo verso il centro del paravento per evitare la tentazione di sbirciare. Dopo aver sollevato il tailleur, ancora caldo del suo corpo, resistetti all'impulso di affondarci il naso e inalare il suo profumo. Allungai una mano oltre il paravento. «Gruccia?»

La gruccia di legno premette contro il mio palmo, e mi affaccendai a sistemare il completo.

«Pronta.» Uscì da dietro il paravento, premendo una mano sul petto per evitare che il vestito le scivolasse giù.

Il tubino era di un intenso rosso papavero con un profondo spacco frontale. Il corpetto a barchetta diviso le si aggrappava a malapena alle spalle e rivelava una V di pelle tra i seni. Professionale ma seducente, l'abito avrebbe attirato ogni sguardo in qualsiasi stanza Jamila fosse entrata. Non riuscivo a staccare gli occhi dalla sua silhouette slanciata.

Si voltò. «Cerniera, per favore.»

L'apertura era profondamente scollata sulla schiena, sotto le scapole. La cerniera partiva dall'osso sacro, lasciandomi intravedere la fascia in pizzo rosa petalo delle sue mutandine. Non aveva nemmeno provato a tirarla su. E non indossava il reggiseno.

«Tutto bene, Nat?» Si guardò di nuovo alle spalle e fece un sorrisetto a qualunque espressione sciocca stessi facendo.

«Uhm, sì.» Mi lanciai verso di lei e cercai di non posare i palmi sudati sulla misto lana e seta. Il fotografo si sarebbe lamentato se avessi lasciato un'impronta. Pizzicai il tessuto alla base della cerniera e, con l'altra mano, tirai lentamente il cursore su per la sua schiena.

«Sai,» disse «se non ti conoscessi, penserei che ti interesso.»

Le mie dita scivolarono via dalla cerniera. «Cosa... cosa te lo fa pensare?»

«Oh, non so, forse il modo in cui non riesci a smettere di fissarmi oggi. E poi c'è stato quel bacio l'altra sera quando eri ubriaca, o non te lo ricordi?»

Mi stava offrendo una via d'uscita. Sarebbe stato così facile dire che non ricordavo. Dare tutta la colpa alla tequila. Ma non ero quel tipo di persona. Forse avrei nascosto la verità per un po', come avevo fatto con i miei genitori quando avevo abbandonato la scuola di cucina e quando avevo perso l'auto, ma non ero una bugiarda.

«Me lo ricordo. E mi dispiace.»

«Ti dispiace?» Aspettò che avessi tirato su tutta la cerniera, poi si girò con la grazia di una ballerina per fronteggiarmi.

«Sì. Io, uhm, non ho chiesto prima. E poi, so che non le interesso.»

«Ah sì?» Inarcò le sopracciglia. «Lo sai per certo.»

«Io... sì?» Come diavolo si aspettava che rispondessi?

«Sei sicura di essere attratta da me?» Con i suoi tacchi beige, torreggiava su di me. Si mise le mani sui fianchi. «Non è che sei solo bi-curiosa?»

Mi raddrizzai più che potei, ma le arrivavo comunque solo al mento. «Sono bisessuale, ne sono sicura. Ho un po' di esperienza.» Avevo baciato una ragazza al college e, per usare le parole immortali di Katy Perry, mi era piaciuto. Così ne avevo baciate altre.

«Davvero?» Il suo sguardo si fissò sulle mie labbra. Me le leccai. Indossava un rossetto lucido color vinaccia, da baciare, e io barcollai in avanti. «Interessante.»

Lasciando cadere una mano lungo il fianco mentre l'altra restava appoggiata sull'anca, uscì dalla stanza ancheggiando.

Rimasi a bocca aperta a fissare la porta. Che diavolo era appena successo? Significava che Jamila Jallow era interessata a me? Mi stava prendendo in giro? Ripassai la conversazione. Non aveva mai detto esplicitamente che le piacevo. O che voleva baciarmi.

Lo voleva?

Come uno zombi, uscii barcollando dal camerino e mi lasciai sprofondare su una sedia per guardare il servizio fotografico. Stavo forse dando troppo peso a quello sguardo intenso che di tanto in tanto vagava verso di me? O all'oscillazione esagerata dei suoi fianchi quando si girava seguendo le indicazioni del fotografo? All'occhiolino sfacciato che mi lanciò quando mi sorprese a fissarla a bocca aperta?

Quando il fotografo finalmente la lasciò andare, mi fece un cenno. La seguii nel camerino improvvisato. Mi voltò le spalle senza una parola, e io abbassai la cerniera, fermandomi in fondo.

Lasciai il mio indice sospeso sopra l'elastico delle sue mutandine, desiderando avere il coraggio di chiederle se potevo toccarla.

Ma non lo feci.

«Penso che dovremmo festeggiare» disse, tornando dietro il paravento.

«Festeggiare?»

«Che questa ridicola messinscena sia finita. Tieni, prendi.» Il vestito rosso fluttuò in un arco sopra il paravento e lo afferrai.

Odorava del suo profumo floreale, e feci di tutto per non affondarci la faccia. Con attenzione, lo infilai su una gruccia e lo appesi alla stanga.

Riemerse indossando i pantaloni e la giacca di prima. «Cena per festeggiare? Offro io.»

«Uhm, certo.» Sebbene fosse da stupidi torturarmi passando ancora più tempo con lei, non riuscii a resistere.

Sbuffò. «Non sembrare così entusiasta.»

«Sono entusiasta» protestai. «Dove vuoi andare?»

«Ti dispiace se prendiamo cibo da asporto a casa mia? Non vedo l'ora di togliermi questi tacchi e lavarmi la faccia.»

Santo cielo.

15

QUELLA SERA, mi stravaccai sul divano di Jamila. I contenitori decimati del cibo cinese erano sparsi sul tavolino e Quill.i.am spingeva col naso una pallina scricchiolante per gatti dentro la sua teca. Un episodio classico di *Star Trek* andava in onda in televisione.

Mise in pausa Patrick Stewart sullo schermo, mandando in fumo il mio falso senso di sicurezza.

«Allora… ti piaccio.» Si sedette per terra, con la schiena contro il divano. I leggings che indossava quella sera erano di un rosa tenue che mi ricordò, con un certo imbarazzo, la sbirciatina che avevo dato alle sue mutandine.

Misi entrambi i piedi a terra e guardai verso Quill. Puntava il suo minuscolo naso rosa in aria, in ascolto.

«Credo che tu lo sappia», dissi seccata.

«Interessante.»

«Me l'hai già detto.» Ancora non sapevo cosa significasse.

«È per questo che mi stai aiutando con le PR?»

«No!» Mi voltai per guardarla. «Ti sto aiutando perché hai bisogno di aiuto. Il fatto che tu mi piaccia… è una cosa a parte.»

«Ho iniziato a piacerti quando sei venuta a lavorare da Jamilow?»

«Perché tutte le domande le fai tu? Forse ne ho anch'io qualcuna.»

«Forse sì. Ma credo che sappiamo entrambe come funziona, tesoro.»

Abbassai lo sguardo sul mio grembo. Certo che sapevo come funzionava. Jamila era sempre al comando. Era una delle cose che mi mandavano su di giri.

«Da quanto?» La sua voce era morbida, ma la costrizione che conteneva era d'acciaio.

«Da quando avevo, tipo, quattordici anni. In realtà, è stato solo allora che mi sono resa conto che mi piacevi allo stesso modo in cui mi piaceva Harry Styles. Probabilmente è iniziato anche prima.»

«Aspetta. Non sei mica uscita davvero con Harry Styles, vero?»

«Oh, mio Dio, magari. Anche se odierei uscire con qualcuno con i capelli più belli dei miei.»

«Non c'è pericolo.» Si passò una mano tra i ricci corti. Desiderai potermi sporgere e seguire la sua mano con la mia per mostrarle quanto mi piacessero.

«Da così tanto?» Mi fissò con i suoi occhi scuri. La luce della televisione le metteva in risalto gli zigomi.

«Sì, ho scoperto allora di essere bisessuale. Pensavo che fosse solo una parte scomoda della mia personalità, però. Una che potevo ignorare. Perciò sono uscita solo con ragazzi. Per colpa di mia Madre.» Arricciai il naso.

«E cosa direbbe Audrey se sapesse che mi hai baciata?»

Sbuffai. «Conosci mia Madre. Pensa che io valga qualcosa solo quando interpreto la perfetta piccola ragazza di buona società. Ha rinunciato a farmi trovare una carriera e vuole che mi sistemi e le dia altri nipotini. Il lavoro di PR che sto facendo per te è l'unica cosa che le impedisce di spingermi tra le braccia di qualche uomo ricco. Forse una donna ricca andrebbe altrettanto bene?» La sbirciai con la coda dell'occhio.

Lei rise, forte e sfacciatamente. «Forse. Anche se sono più difficili da trovare. Maledetto patriarcato. Non mi interessano le storie a lungo termine. Scusa, tesoro.»

Certo che non le interessava il per sempre e di sicuro non con me. Mi vedeva come una ragazza ridicola con le stelle negli occhi. Avrei dovuto prendere la borsa e andarmene prima di umiliarmi più di quanto non avessi già fatto.

«Parlami dell'esperienza che hai menzionato prima. Esci solo con ragazzi, ma…» Inarcò le sopracciglia.

Le mie guance avvamparono. «Io, uhm. ho avuto degli appuntamenti di studio al college, con delle ragazze. Ci siamo baciate e toccate un po'.»

«Siete venute?» domandò.

«A volte. Poi, dopo…»

«Quando eri alla scuola di moda, o quando avevi il negozio di fiori?»

«Non sapevo che avessi seguito la mia carriera così da vicino.» Risi. «Nessuno dei due. Quando facevo lo stage presso l'azienda di organizzazione di eventi.»

«Ti sei fatta una damigella d'onore?» I suoi occhi si spalancarono.

«No. Gli invitati erano off-limits.»

«E tu segui sempre le regole.»

«Per lo più.» La liberazione di Larry era stata l'eccezione. «Comunque, a volte il team usciva dopo gli eventi, e qualche volta sono andata a letto con qualcuno che ho conosciuto al bar. A volte un ragazzo. A volte una ragazza. E tu? Ti ho vista uscire sia con uomini che con donne.» In effetti, era andata a molti eventi con Cooper Fallon. Prima che si fidanzasse con la sua ex assistente.

«Sì, ho sempre saputo di essere bisessuale. Al liceo sono uscita più con ragazze che con ragazzi. Mi piaceva il sesso, molto, ma l'ultima cosa che volevo era rimanere incinta e perdere la possibilità di andare al college. Le ragazze erano più sicure.»

«Lo erano?» chiesi. Lo aveva detto con un'amarezza inaspettata.

«Beh, a parte per la mia popolarità. Al liceo ero la nerd lesbica. Che spasso.»

Cercai di immaginare una Jamila nerd al liceo, ma non ci riuscii. Era così sicura di sé, così elegante. Mi morsi il labbro. Avevo avuto un assaggio della sua storia ad Austin, poi un altro oggi. Ne volevo di più.

«Ad Austin, hai parlato di vivere con tua nonna e i tuoi fratelli. Com'era?»

Si passò una mano sul viso. «Grazie per aver sopportato i miei fratelli, a proposito. So che possono essere un po' un peso.»

Sorrisi. «Sono divertenti. E ti idolatrano.» *Proprio come faccio io.*

Lei sbuffò. «Non ne sono sicura, ma siamo sempre stati uniti. Nostro padre faceva il camionista, e stava via anche una settimana di fila. La Mamma lavorava part-time, e ci lasciava con una vicina che non era molto gentile. Ora mi rendo conto che prendersi cura di tre bambini scalmanati era chiedere tanto, ma eravamo un po' noi contro di loro, capisci? Cercavo di tenere i ragazzi fuori dai guai e li difendevo quando non ci riuscivo.»

Distolse lo sguardo. «Comunque, Papà morì quando io avevo sei anni e i gemelli tre.»

Le posai una mano sulla spalla. «Mi dispiace tanto.»

Lei fece spallucce. «È successo tanto, tanto tempo fa.» Si rivolse verso il televisore, ma sapevo che non stava vedendo il Capitano Picard.

«È stato un duro colpo per mia mamma», disse. «Allora non lo capivo, ma adesso sì. Era diventata l'unica fonte di reddito per tre bambini piccoli, due dei quali non ancora in età scolare. Non poteva permettersi il mutuo e anche l'asilo. Non senza un sostegno. La Mamma aveva rotto i ponti con i suoi genitori da quando era rimasta incinta di me al liceo.»

Quando si fermò, Quill.i.am iniziò il suo esercizio notturno sulla sua ruota cigolante.

«Sognavano cose più grandi per lei, sai? Voglio dire, anche lei le voleva, ma i preservativi possono fallire. Gli Stati Uniti saranno anche la terra delle opportunità per molti, ma questo non include le ragazze che restano incinte a diciassette anni.»

Ora capivo le fidanzate liceali di Jamila. Le strinsi la spalla.

«Così ci trasferimmo da Nana, la madre di Papà. Era dello stesso avviso. Pensava che avrebbero dovuto abortire e andare al college come avevano programmato e costruirsi una vita. Probabilmente aveva ragione. È quello che avrei fatto io. Ma poi non sarei qui, quindi...» Fece spallucce.

«Sono contenta che ti abbiano avuta.»

Un sorriso le balenò sul viso. «Mia nonna criticava la Mamma per non avere un lavoro migliore — faceva la cameriera — per non essere tornata a studiare e per avere più figli di quanti potesse mantenerne. Credo che serbasse un po' di rancore anche verso di me, per aver rovinato i sogni che aveva per suo figlio.»

Scivolai sul pavimento accanto a lei e le misi un braccio attorno alle spalle. «Non è stata colpa tua.»

Lei appoggiò la spalla ossuta contro il mio petto. «So che non lo è stata, ma Nana e io eravamo come l'olio e l'acqua. Da sempre.»

«E tua madre? Eravate unite?»

«Non tanto. Lavorava sempre. Diceva che era per i soldi. Io sospettavo che volesse stare fuori casa e lontana dalle lamentele di Nana e lontana da noi bambini, che le ricordavamo Papà. Poi le si presentò un'opportunità a Houston, in un programma di formazione per direttori di ristorante. Quando se ne andò, disse che sarebbe tornata alla fine del programma per trovare un lavoro come direttrice ad Austin.

«Ma le cose non andarono così. Non so se fu una sua scelta o no. Avevo nove anni e pensavo che gli adulti potessero fare tutto ciò che volevano. Certo, pensai che l'avesse scelto lei. Rimase laggiù e disse che non poteva portarci con sé, dato che lavorava sempre e non guadagnava abbastanza per coprire il doposcuola e tutto il resto. Mandava dei soldi a Nana per noi. Non molti, ma avevamo sempre delle scarpe da ginnastica nuove per l'inizio della scuola e dei vestiti per la chiesa la domenica.»

«I soldi non sono l'unica cosa di cui i bambini hanno bisogno.» Noi ne avevamo in abbondanza, ma c'era comunque un vuoto nella nostra famiglia a causa della morte di nostro padre. Charles ne riempiva una parte, specialmente per me che ero la più piccola, ma c'era una parte del mio cuore che nemmeno lui avrebbe mai potuto raggiungere.

«Nana ci voleva bene, ma non era la persona più calorosa. L'ultima cosa che voleva era che crescessimo stentando come i nostri genitori, quindi ci spronava molto.

«Ripensandoci, lo apprezzo. Non sarei dove sono oggi senza le sue pressioni. Ma allora, ero arrabbiata. Proteggevo sempre J.J. e Jevin da lei, li coprivo quando combinavano qualche guaio. Ho imparato a falsificare la sua firma sulle loro note scolastiche.» Ridacchiò. «Ne prendevano sempre. Quando la rete di amiche di chiesa di Nana le raccontava quello che avevano fatto, ero io ad asciugare le loro lacrime e a dire loro che andavano bene così.»

Cercai di immaginare Jamila come una madre surrogata. Era una tale forza al lavoro, spingeva tutti a dare il massimo. Anche con Jackson e Cooper era intensa, ma ricordavo dei momenti in cui li aveva incoraggiati con una pacca sulla schiena o quando li aveva confortati con un abbraccio. Potevo immaginarla fare lo stesso con i suoi fratelli. Forse era per quello che aveva formato un trio con Jackson e il suo compagno di stanza del college. Lontano da casa, aveva bisogno di una famiglia surrogata e di un paio di ragazzi da tenere fuori dai guai.

Mi permisi di stringerla più vicino per inspirare il suo profumo floreale. La sua spalla spigolosa mi pungeva il seno, ma non mi importava. «Avevi ragione. Se la sono cavata alla grande. E anche tu.»

«Ce la siamo cavata.»

«Meglio che alla grande.» Poi le chiesi quello che mi incuriosiva da quando avevo visto casa sua. «È per questo che hai comprato questa casa? Perché mandavi tutti i tuoi soldi a casa per mantenere la tua famiglia?»

«In parte è per questo. Non sono cresciuta come te. Mia nonna ha vissuto frugalmente per tutta la vita e aveva finito di pagare la casa quando ci siamo trasferiti da lei. La sua pensione e quello che mandava la Mamma coprivano cibo, vestiti e tasse, ma non c'era mai niente in più. Ho visto quanto potesse essere precaria la vita, quindi ho scelto una casa che potevo pagare in contanti. È comoda, ed è tutto ciò di cui ho bisogno. È più che sufficiente.» Le sue spalle si erano tese fino quasi a toccarle le orecchie.

Le accarezzai il braccio. «Certo che lo è. È una casa bellissima. Anche il tuo quartiere è carino. Persino la tua vicina con gli avocado.»

«Mi ha messo nei guai per quella storia, sai. Non mi hai detto che la signora González aveva bisogno di aiuto con il suo albero. Mi ha fatto una ramanzina la volta dopo che l'ho vista.»

«Ops.» Quando avevo visto Jamila con la felpa che le scivolava dalla spalla, avevo dimenticato tutto il resto.

«Ha detto qualcosa su una Mercedes elegante. Non è la macchina di Audrey? Che ne è stato della tua?»

Sussultai. Mi aveva raccontato la sua storia. Era ora di condividere la mia.

«Tecnicamente, ho ancora una macchina», dissi. «Ricordi. I miei genitori me l'hanno regalata per il mio diciottesimo compleanno. È quella graziosissima BMW coupé rossa.»

«Ricordo bene. Non ho mai creduto che la gente regalasse vere e proprie *macchine* per un compleanno. E poi dove si trova un fiocco rosa così grande?»

«Non lo so. Ma tutte le mie amiche del liceo hanno ricevuto una macchina con un fiocco sopra.»

Jamila borbottò qualcosa e scosse la testa. «Allora cos'è successo? L'hai distrutta?»

Trattenni il respiro nonostante la vergogna che mi pesava sui polmoni come un fermacarte di cristallo al piombo. «No. Ho conosciuto questa donna il mio primo giorno di scuola di cucina. Chiamiamola… Ruby. Abbiamo iniziato come compagne di studio. Ci incontravamo in un caffè vicino alla scuola e ripassavamo i nostri appunti prima degli esami. Una volta sono andata a casa sua a fare delle crostate. Non riuscivo a fare la pasta frolla e lei ci sapeva fare. Le sue croste erano friabili, tenere e... magiche.» Sospirai, ricordando.

«Mia nonna faceva sempre un'ottima pasta frolla», disse Jamila. «Io non ci ho mai preso la mano.»

«È difficile, vero? Comunque, siamo rimaste lì dopo a guardare *The Great British Bake Off*. Ne parlavano tutti e io non l'avevo mai visto. Mi ha preso in giro, poi ha iniziato a farmi il solletico e all'improvviso ci stavamo baciando.» Sapeva di burro, come la sua pasta frolla.

Jamila mi accarezzò il ginocchio.

Ero contenta che al buio non potesse vedere le mie guance in fiamme. «La settimana dopo, sono arrivata in ritardo al caffè e lei mi ha vista arrivare con la mia BMW. È, sai, non molto discreta nel quartiere intorno al college. Mi ha fatto delle domande, così le ho detto che me l'avevano regalata i miei.»

Jamila si mise a sedere. «Non l'hai fatto.»

Mi mancò il suo calore. «È stato ingenuo da parte mia. Ora lo so. Mi ha chiesto se poteva guidarla e, ovviamente, le ho detto di sì. Siamo andate in giro per un paio d'ore. L'ha persino portata sulla 101. Dopo siamo finite in questo ristorante sulla spiaggia. Ho pagato io, ovviamente, e abbiamo camminato sulla sabbia tenendoci per mano e poi ci siamo baciate contro il molo.» I suoi capelli ramati scompigliati dal vento erano morbidi contro la mia guancia.

«Oh, ragazza.» Jamila scosse la testa.

«Guarda, pensavo che significasse qualcosa, okay? Così quel venerdì, dopo lezione, sembrava tutta triste e le ho chiesto perché. Ha detto che doveva andare a Sacramento per aiutare sua madre a fare delle commissioni. Shopping natalizio e cose del genere. Ha detto che sua madre aveva il cancro. E che la sua macchina era andata. Non poteva permettersi di ripararla in quel momento. Così le ho detto di prendere in prestito la mia macchina. Voglio dire, chiunque l'avrebbe detto, no?»

«Nossignore.»

Sospirai. «Beh, io l'ho fatto. Sono stata felice per tutto il weekend di aver aiutato lei... e sua madre. Quando è tornata il lunedì, era così grata e dolce. Ci siamo baciate di nuovo lì nel corridoio della scuola. Si era dimenticata di portare le chiavi, e io ero così al settimo cielo che non ci ho pensato.»

«Ragazza...» Questa volta, Jamila sorrise con indulgenza.

«Lo so, lo so. Ora sembra ridicolo, ma non ci ho pensato. Stavo aiutando la mia ragazza. Arrivò la settimana degli esami, e la vita era un delirio. Sapevo che lo era anche la sua, e ho lasciato correre. Pensavo che ci saremmo viste dopo gli esami e che allora mi avrebbe restituito le chiavi.

«Ma dopo gli esami, mi ha fatto ghosting. Quando l'ho capito, era troppo tardi. Sono andata a casa sua e se n'era andata. La macchina non era nel parcheggio. Era semplicemente... sparita. E così anche Ruby.» Il mio cuore si era sbriciolato come la sua pasta frolla quando il suo padrone di casa mi disse che si era trasferita. Non c'era spazio per la tristezza per la macchina.

«Cosa hanno detto Audrey e Charles?»

«Pensi che gliel'abbia detto?»

«Come hai fatto a non farlo? Sono passati cinque mesi.»

Feci spallucce. «Ogni volta che me lo chiedono, invento una scusa. Non ho voglia di guidare. Ho prestato la macchina a un'amica. Entrambe cose vere. Dato che faccio sempre cose del genere, alzano gli occhi al cielo e guidano loro. A volte chiedo ai miei fratelli di accompagnarmi o chiamo un Uber.»

«Dimmi che hai sporto denuncia alla polizia.»

Sussultai. «No. Immagino di aver sperato che rispondesse alle mie chiamate o ai miei messaggi. Ho pensato che quando fosse arrivato il momento di rinnovare la revisione sarebbe stato un suo problema, e che allora me l'avrebbe riportata o mi avrebbe contattata o qualcosa del genere, ma non l'ha mai fatto.»

Mi coprii il viso con una mano. Jamila non avrebbe mai permesso che le accadesse una cosa del genere. Nessuno ci avrebbe mai provato. Non con una donna così forte e sicura di sé. Il tipo di donna che non sarei mai potuta essere.

16

MI SENTIVO COSÌ LEGGERA dopo aver raccontato a Jamila di come fossi stata ingannata che mi sembrava di fluttuare. Non percepivo neanche la consistenza non proprio felpata del tappeto del suo salotto.

«Piccola, hai un cuore troppo tenero». Voltandosi verso di me, Jamila prese una mia ciocca di capelli e se l'arrotolò attorno al dito. Mi godetti la lieve trazione.

«Ruby aveva bisogno di aiuto. O almeno, così credevo».

«Cerchi sempre di aiutare la gente… persino me».

«Aiutare gli altri mi fa sentire bene».

Lei sorrise, ma il suo era un sorriso un po' triste. «Ti ha fatta sentire bene?»

«Sì. Le ho creduto sulla storia della madre malata. Spero fosse vero e di esserle stata d'aiuto».

«No, piccola. Ti ha fatta *sentire* bene?» Mi tirò la ciocca di capelli con un po' più di forza.

«Oh. *Oh.* Intendi dire, se mi ha fatta venire? No, ci siamo solo baciate».

Le dita di Jamila si fermarono. «Puoi venire anche solo baciandoti. Se lo fai nel modo giusto».

Stavo ancora elaborando la cosa quando mi chiese: «E le tue avventure senza impegno dopo il college? Con loro venivi?»

Mi mossi sul tappeto. «Di solito. Non sempre con i ragazzi. A volte può essere difficile per me… ehm, rilassarmi».

«Eri piuttosto rilassata quando mi hai baciata ad Austin».

Mi nascosi il viso tra le mani. «Ugh, vorrei avere uno di quei neuralizzatori di *Men in Black*. Ti farei dimenticare quella sera».

«Perché dovrei dimenticare quella sera?» Mi scostò le dita dal viso.

«Sono in un imbarazzo tremendo, okay? E mi dispiace. Non ti ho nemmeno chiesto il permesso prima di baciarti».

«Vero. Ma questo non significa che io sia arrabbiata per questo».

«Ma sei rimasta lì impalata! Non ti sei mossa!»

«Ero solo sorpresa, tutto qui. Non sapevo che la sorellina di Jackson fosse bisessuale, e non sapevo che ti piacessi».

Una sensazione di leggerezza mi esplose nel petto e si fermò alla base della gola. Quando parlai, la mia voce era un soffio. «E adesso cosa ne pensi?»

«Sono intrigata». Mi percorse la gola con un dito e si fermò nell'incavo tra le clavicole, proprio dove quella leggerezza si era annidata. «Anche se ci sono alcune ragioni per cui dovrei mantenerlo un interesse puramente intellettuale».

No! Il cuore mi martellava contro le costole. «Ragioni?»

Lei si tirò indietro e le elencò sulle dita. «Primo, sei una mia dipendente».

«Ti sto aiutando con le PR», protestai. «Sono entrata nel tuo ufficio e ho preteso di aiutarti».

«Secondo, hai dieci anni meno di me. Abbiamo esperienze di vita completamente diverse».

«Gli opposti si attraggono. Non è quello che dice Paula Abdul?»

Jamila alzò gli occhi al cielo. «Non eri nemmeno nata quando è uscita quella canzone. E poi, ha fatto un video con un fottuto gatto dei cartoni animati. Che diavolo ne sa, lei?»

«Secondo me aveva ragione». Incrociai le braccia.

Jamila mi percorse il braccio con un dito, ma le sue parole smentivano quel tocco sensuale. «Terzo, e questo è il vero ostacolo insormontabile, sei la sorellina del mio migliore amico».

«Un ostacolo insormontabile? Jackson non è il mio padrone. Non ha voce in capitolo sulla mia vita sentimentale».

Jamila mi affondò una mano tra i capelli e mi grattò il cuoio capelluto con le sue unghie corte. «Dici davvero?»

«Mh-mh». La mano di Jamila su di me era il paradiso. Osai allungare un dito verso la sua mascella e seguirne la linea fino alla lunga colonna del collo, come avevo desiderato fare per tutto il pomeriggio.

Rabbrividì, poi si sporse verso il mio tocco. «Tenendo conto di tutte le ragioni che ti ho dato per cui questa non può essere altro che una cosa casuale, da amiche con benefici limitati, che ne diresti di riprovare?»

Il mio cervello si bloccò. «Amiche con benefici limitati?»

«Ti ho detto che non faccio cose a lungo termine. Specialmente con le sorelle dei miei amici. Ma possiamo grattare via quel prurito che hai per me. Sarei disposta ad aggiungere qualche sporadica sessione di baci alla nostra amicizia».

Un brivido mi percorse tutto il corpo, fino a farmi battere i denti. Scossi via la sua mano e intrecciai le mie in grembo. «Mi stai prendendo in giro, vero?»

«No, piccola». Appoggiò la mano sul cuscino del divano dietro di me. «Senti, mi hai aiutata molto nelle ultime due settimane. Ormai sei una donna fatta e finita. E sono un po' curiosa di sapere come sarebbe».

«Sei curiosa», dissi, piatta. «Mi baceresti per soddisfare la tua curiosità».

«Se questo è quello che vuoi ricavare da ciò che ho detto, va bene». Fece spallucce, ma il suo sguardo bruciava su di me, tutt'altro che noncurante.

La guardai, socchiudendo gli occhi. «Anche tu hai una cotta per me».

«Non è quello che ho detto».

Strinsi le labbra. Mi stava offrendo un bacio, forse qualche palpatina sopra i vestiti, come esperimento. Senza impegno.

Era abbastanza? No.

Ma non potevo nemmeno rinunciarci.

«Perché devi essere così maledettamente stronza?» domandai prima di chinarmi e baciarla, con forza.

Si irrigidì, come aveva fatto in macchina martedì sera. Ma poi le sue labbra si ammorbidirono. Premetti contro di lei, leccandole il carnoso labbro inferiore.

Si aprì per me, e io mi feci strada dentro, cercando, esplorando, affamata.

Si tirò indietro, lasciandomi ansimante.

«Calmati, piccola. Ci penso io».

Si chinò verso di me e inclinò le labbra sulle mie, stuzzicando, avanzando, ritirandosi. Ogni volta che la inseguivo, si tirava indietro. Poi ricominciava, dolcemente, dandomi lentamente di più. Alla fine, imparai che se mi fossi rilassata, mi avrebbe dato tutto quello che volevo. Tutto quello di cui avevo bisogno.

Il suo petto premeva contro il mio. Desideravo ardentemente sentire la sua pelle contro la mia.

Feci scorrere la mano dal suo collo, sulla spalla, fino al seno. Sfregai il palmo sulla piccola rotondità e sentii il capezzolo indurito attraverso la sua canottiera sottile. Dio, non portava il reggiseno. Se l'avessi saputo, non sarei riuscita a formulare un pensiero coerente per tutta la sera.

Me lo stavo immaginando, o premeva contro il mio palmo, eccitata quanto me? Non mi aveva toccata in nessun punto normalmente coperto dai vestiti, ma ogni parte di me era illuminata a giorno come l'albero di Natale di Union Square. Sfregai le cosce l'una contro l'altra, premendo la cucitura dei jeans contro il mio clitoride gonfio. I miei respiri si fecero più veloci.

Aveva ancora la mano tra i miei capelli e mi tirò le radici. Una scia di scintille mi partì dal cuoio capelluto, scese lungo la schiena e si attorcigliò nel mio ventre. Sarei venuta così? Non volevo. Non volevo venire finché non mi avesse toccato la pelle.

Staccai le labbra dalle sue e la baciai sulla guancia fino all'orecchio, dove il suo profumo floreale si mischiava con quello di cocco del suo prodotto per capelli, e mi ritrovai in un giardino tropicale con il desiderio del mio cuore. «Jamila, ti voglio», sussurrai.

Lei gemette nel mio orecchio. «No, piccola. Non stasera».

«Cosa?» Le leccai il lobo dell'orecchio. «Sei sicura?»

«Ce la prenderemo con calma. Non vuoi conservare qualche beneficio per dopo?» Le sue dita scivolarono sulla mia nuca, mandandomi brividi lungo la schiena.

«No». La parola mi uscì imbronciata.

«Beh, io sì». Si allontanò e la sua mano lasciò la mia pelle.

«Perché?» mi lamentai.

«Non voglio bruciare tutto subito. Voglio che tu continui a tornare per averne ancora».

«Mi sembra che ti piaccia stuzzicare». Misi il broncio.

Si chinò e mi diede un leggero bacio proprio lì. «Possiamo smettere subito».

«No!»

«Sembri una che non è abituata a sentirsi dire di no».

Aveva ragione. Era uno dei tanti privilegi di essere una Jones. «Non spesso, immagino».

«Da me lo sentirai spesso. Faremo le cose a modo mio. Oggi, il mio modo prevede che tu te ne vada a casa. Anzi, ti chiamo subito un'auto». Afferrò il telefono dal tavolino e lo usò.

«Quando ti rivedrò?»

«Lunedì al lavoro». Quando alzò lo sguardo dallo schermo, la sua espressione era innocente, ma i suoi occhi avevano una scintilla maliziosa.

«Ma non mi bacerai al lavoro».

«Questo è poco ma sicuro. Però dopo ti porterò fuori a bere qualcosa».

«Davvero?» La speranza divampò nel mio cuore.

«Promesso». Si chinò per un altro bacio leggero, sigillando l'accordo. «Ora, andiamo. La tua auto sarà qui tra cinque minuti». Si alzò e mi tirò su dal pavimento.

«In cinque minuti, posso aiutarti a pulire tutto questo». Indicai i contenitori del cibo d'asporto.

«Va bene». Ne raccolse alcuni, io afferrai il resto e la seguii in cucina.

Quando il suo telefono emise un suono, mi accompagnò alla porta d'ingresso e passò il pollice sulle mie labbra gonfie di baci. «Notte, piccola. Ci vediamo lunedì».

17

IL VENERDÌ SUCCESSIVO, mentre programmavo i post per i social media, Hannah cacciò un urletto.

«Controlla la tua email», disse. «Subito.»

«Era un urletto di gioia o uno da "siamo fritte"?» chiesi, cambiando finestra sul portatile.

«Guarda, guarda, guarda!» Sgattaiolò intorno alla mia scrivania e si sporse sopra la mia spalla indicando un'email non letta. «È l'articolo di *Buzz Bizz* e le foto. Apri, apri, apri!»

Cliccai sull'email e aprii gli allegati. Scorsi l'articolo con lo sguardo. Le parole *composta, sicura di sé, razionale* e *diretta* balzarono fuori dalla pagina. Tutti buoni segni. Avrei dovuto rileggerlo con calma più tardi.

«Guarda le foto.» Hannah mi sfilò il mouse e cliccò per aprirle.

Jamila riempì il mio schermo, sofisticata e aggraziata ma anche con i piedi per terra. O per lo meno, con i piedi per terra per quanto potesse apparirlo qualcuno che indossava un abito da mille dollari. «È bellissima, non trovi?»

«Favolosa.» Il sorriso di Hannah mise in mostra i suoi denti perfetti.

«E l'articolo? L'hai letto?»

«La fa sembrare una dea scesa in terra. Esattamente l'opposto di com'era apparsa in quella clip su TikTok. Hai fatto un ottimo lavoro, capo.»

L'eccitazione mi frizzò nello stomaco. «Chiederò se possiamo avere il video dell'intervista, così potremo mettere qualche clip su TikTok. Soffocheremo tutta la roba negativa.»

«Già chiesto. Sarà un successone.»

Mi alzai e le tesi le braccia per un abbraccio. «Abbiamo fatto un ottimo lavoro. Grazie.»

Mi stritolò, stropicciandomi la camicia inamidata. «Credo che tu abbia un futuro nelle PR.»

Non mi ero mai sentita così in nessuna delle mie altre carriere. Nemmeno quando avevo preparato una crosta per torte che non faceva completamente schifo. «Forse hai ragione.»

Un colpo di tosse proveniente dalla soglia ci interruppe. Felicia era lì, con una busta in mano.

Lasciando andare Hannah, aggirai la scrivania. Felicia mi porse la busta.

«Cos'è?» chiesi, infilando un dito sotto la linguetta.

«La busta paga.» Si voltò per andarsene.

«E quella di Hannah?» Com'era possibile che io avessi ricevuto una busta paga e lei no?

«Io ho impostato l'accredito diretto», disse Hannah. Vedendo la mia espressione interrogativa, continuò: «Il mio stipendio va direttamente sul mio conto in banca. Non l'hai mai fatto prima?»

Arricciai il naso. «Non ho mai avuto un lavoro pagato prima d'ora. Solo volontariato e tirocini non retribuiti. Era il mio patrigno a occuparsi delle finanze del negozio di fiori.»

Lei ridacchiò. «Deve essere bello.»

Felicia lasciò che il suo disprezzo si manifestasse nel labbro arricciato. «Deve esserlo.»

Avvampai. «Io… io…» Non potevo accettare i soldi di Jamila. Volevo solo aiutarla. E non potevo nemmeno fare la figura della ricca viziata davanti a quelle due donne così laboriose. «Devo vederla.»

Stringendo la busta tra le dita, marciai verso l'ufficio di Jamila, bussai alla porta e la spalancai.

Winslow sedeva sulla sedia di fronte a Jamila. La sua postura era rilassata, una caviglia appoggiata sull'altro ginocchio. I pantaloni rosa lampone rivelavano i calzini a pois pastello, così vivaci da far lacrimare gli occhi e in totale contrasto con le sue brogue bicolori. Disse con voce strascicata: «Quale emergenza di PR è sorta adesso?»

Jamila alzò le mani, con i palmi rivolti in avanti. «Giuro, non ho fatto niente. Ho fatto l'intervista proprio come mi hai detto tu. E ho lavorato come una matta per tutta la settimana.»

Lunedì sera, Jamila mi aveva portata fuori a bere qualcosa come aveva promesso, ma aveva continuato a guardare il telefono che le esplodeva di messaggi. Il controllo qualità aveva trovato un altro problema nel codice, e il team di sviluppo si stava affannando per risolverlo. Era un'impresa senza fine: non appena risolvevano un problema, ne erompeva un altro. Sembrava ancora che qualcuno remasse contro di loro, ma non Rhiannon. Questo lo sapevo, ormai.

Dopo un drink, mi ero impietosita e le avevo detto di tornare in ufficio. Tutto ciò che avevo ottenuto era stato un fugace bacio sulla guancia. Jamila era corsa ad aiutare i programmatori, e non c'erano stati altri baci. Avevo dovuto riciclare quelli di venerdì a casa sua per alimentare le mie fantasie.

Non che mi stessi lamentando. Quei baci a casa sua erano stati incendiari.

«Non è una questione di PR.» Incrociai le braccia. «È una questione di Risorse Umane.»

«Uh-oh.» Winslow ridacchiò. «Vi lascio risolvere la cosa tra voi.»

«Le Risorse Umane rientrano nelle operazioni.» Jamila sollevò un sopracciglio.

«Non quando si tratta di casi speciali.» Lui sollevò un dito. «Non ho avuto niente a che fare con la sua assunzione. È stata tutta farina del tuo sacco.»

«Mi sembra di ricordare che tu fossi a favore dell'assunzione di una specialista di PR», disse lei.

Lui finse di pensarci. «No. Non ne ho alcun ricordo.» Mi passò accanto con aria disinvolta e si chiuse la porta alle spalle.

«Che c'è, Natalie?» Jamila si appoggiò il mento sulla mano. Delle ombre le si addensavano sotto gli occhi.

Qualcosa mi punse nel petto. Fui quasi sul punto di voltarmi e seguire Winslow fuori per dare a Jamila qualche momento di pace, ma la questione era importante. Riguardava noi e la strana situazione di amici di letto che aveva instaurato.

Sollevai la busta. «Ti avevo detto che non volevo essere pagata.»

Lei roteò gli occhi. «E *io* ti ho detto che stai lavorando per me. Le persone che lavorano vengono pagate. Sto pagando anche Hannah, anche se, tecnicamente, nessuno l'ha assunta.»

«L'ho assunta io. Tu hai bisogno di lei.»

«Allora, ipso facto, tu sei una mia dipendente. Non permetto a dei non-dipendenti di assumere persone per lavorare alla Jamilow.»

Merda. Aveva senso.

«Ma… ma cosa significa?»

Un sorriso le incurvò le labbra, sebbene i suoi occhi rimanessero spenti per la stanchezza. «Beh, piccola, essere una dipendente significa che ricevi uno stipendio ogni due settimane, il governo ci mette le tasse e noi ti forniamo i benefit, così se stai male, puoi andare in ospedale.»

«Non ho bisogno di benefit o di uno stipendio. Non se questo significa che tu e io…»

«Non possiamo avere l'altro tipo di benefit?»

«Hai mai avuto dei benefit con una dipendente?»

«Certo.»

Sventolai l'assegno e la piccola finestra di plastica tintinnò. «Con una *tua* dipendente?»

«Assolutamente no.»

«Allora io lo...» Pizzicai la parte superiore della busta per strapparla.

«No!»

Mi bloccai.

«Nat, ho bisogno di te. Che tu lavori qui. Le cose sono molto più tranquille adesso.» Lanciò un'occhiata fuori dalla finestra. «Niente più furgoni dei telegiornali. Grazie a te. Non voglio che te ne vada.»

«Ma io voglio *questo*.» Gesticolai tra di noi, ancora non sicura di cosa fosse *questo* ma determinata a tenermelo stretto con entrambe le mani.

«Allora ci proveremo. Non posso prometterti niente se non una cosa informale. Se una di noi due decide che non funziona, possiamo chiuderla qui. Senza rancore. Amiche come prima. Okay?»

I suoi denti sfiorarono il suo labbro da baciare. Il suo sguardo era freddo, come se non le importasse, ma quel singolo gesto mi diede la speranza che forse a lei importasse quanto a me.

«E avremo un'esclusiva?» chiesi.

Sbuffò. «Cavolo, ragazza, pensi che abbia il tempo di guardarmi in giro?»

Non era una gran offerta, ma era il massimo che potessi ottenere. «Okay.»

Un sorriso le spuntò sul viso. «Okay.»

«E adesso?» Piegai l'assegno e lo misi in tasca. «Ci stringiamo la mano? Ci baciamo?»

«Non ci baceremo nel mio ufficio. Ci sono dei limiti. E questo è uno di quelli.»

«Capito. Drink stasera?»

«Il team sta spingendo per rispettare una scadenza. Non posso andarmene mentre loro stanno ancora lavorando.»

«Giusto.» Il suo lavoro era più importante di qualunque cosa informale stessimo facendo. «Immagino che...»

«Domani», si affrettò a dire lei. «Ti porterò fuori io. E poi, ho un regalo per te.»

«Un regalo?» Sorrisi. «Adoro i regali.»

«Vieni qui.» Prese qualcosa dalla sua scrivania, poi si diresse verso la finestra che si affacciava su uno spicchio del parcheggio. Mi porse l'oggetto di plastica nera.

«Un portachiavi elettronico?»

«È una vera seccatura venire quaggiù da San Francisco ogni giorno senza macchina. Clicca.»

Cliccai il pulsante di sblocco e si sentì un debole bip. Lo feci di nuovo, questa volta concentrandomi. Una Porsche cabriolet rosso mela metallizzato fece lampeggiare i fari.

Fissai Jamila a bocca aperta. La BMW dei miei genitori era stata una cosa. Non conoscevo nessuno che regalasse un'auto a un'amica. Nemmeno gli amici di letto lo facevano.

«Non le fanno rosa», disse. «Ho chiesto. E ho detto loro che potevano evitare il fiocco gigante.»

«Non puoi regalarmi un'auto. Non è quello che fanno le a…» Dovetti soffocare la parola *fidanzate*. «Non è quello che fanno le amiche.»

«I datori di lavoro lo fanno sempre. È un leasing. Chiamala auto aziendale.»

«Ma…» Non sapevo quale fosse la politica della Jamilow sulle auto aziendali, ma sospettavo che le specialiste di PR che si erano assunte da sole non le ricevessero dopo meno di un mese di lavoro.

«Guidala fino a casa mia domani. Andremo a un appuntamento.»

Un appuntamento. Un vero appuntamento. In un regalo esagerato.

«Okay.» Chiusi il pugno attorno al portachiavi. «Questo è normalmente il punto in cui ti bacerei.»

I suoi occhi castani ardevano nei miei e la sua voce uscì roca. «Tienilo per domani.»

Non seppi come riuscii a uscire dall'ufficio di Jamila, ma fluttuai lungo il corridoio fino a quello mio e di Hannah.

«Tutto sistemato?» chiese Hannah.

«Cosa?» Quello che avevo fatto era tutto tranne che sistemato.

«La tua busta paga.»

«Oh, giusto.» Stordita, la tirai fuori dalla tasca.

Ma che diavolo ci si faceva, con un assegno?

18

FUI ABBASTANZA audace da preparare una piccola borsa per la notte per il mio appuntamento con Jamila, ma lo fui meno quando me la misi in spalla e scesi le scale in punta di piedi. Speravo che la mamma e Charles avrebbero dormito fino a tardi dopo il loro arrivo da Parigi la sera prima, ma mentre passavo furtivamente davanti alla sala da pranzo, la mamma mi chiamò: «Natalie, tesoro. Siamo qui».

Sospirando, posai la borsa nell'ingresso ed entrai in sala da pranzo. La mamma era seduta a capotavola, con Charles alla sua destra e Sam alla sua sinistra. Mia sorella passò una fetta di banana sotto il tavolo al suo mostriciattolo distruggi-borse.

«Fatto buon viaggio?» chiesi, chinandomi a baciare la guancia della mamma.

«Meraviglioso» disse lei, lanciando un dolce sospiro a Charles. «Così romantico. Siediti, ti raccontiamo tutto».

«Bleah, no grazie». Calarsi nei panni della piccola peste di casa fu facile. Presi una fragola dalla fruttiera. «Sto uscendo».

«Dove vai?» La mamma posò la tazzina sul piattino con un piccolo schiocco.

«Da Jamila. E potrei fermarmi a dormire da lei».

«A dormire?» Le sopracciglia della mamma si inarcarono. «Jamila ti sta facendo lavorare troppo?»

Io speravo che mi avrebbe spinta forte stasera, dritta contro la sua testiera. Mi ficcai la fragola in bocca per non dover rispondere.

Sam alzò lo sguardo dal telefono. «Ultimamente Nat ha lavorato molto. L'ho a malapena vista mentre voi due eravate via».

La fulminai con lo sguardo. Traditrice.

«Jamila è un'ottima influenza» disse Charles. «Può darti la direzione di cui hai bisogno».

«Scommetto che la dà, la direzione» borbottò Sam. Stava facendo uno spuntino in cucina sabato sera scorso, quando ero tornata da casa di Jamila con i capelli arruffati e il rossetto sbavato fino al mento.

«Quand'è che il tuo appartamento sarà di nuovo pronto?» le chiesi seccata.

«Non litigate, ragazze» disse nostra madre stancamente. Aveva pronunciato quella frase così spesso nel corso degli anni che doveva esserle rimasta incisa in gola. «Natalie, stavamo parlando dell'influenza di Jamila su di te».

Le mie guance avvamparono. Dovevano essere rosse come le fragole sul tavolo. «È contenta del mio lavoro finora. Le ho procurato un fantastico articolo su *Buzz Bizz*».

«Tesoro, nessuno dubita della tua voglia di successo. Hai solo bisogno di concentrazione». Charles mi rivolse un dolce sorriso. «Jamila ne ha da vendere. Speriamo che ti si attacchi un po'».

Trattenni uno squittio. Speravo che ci saremmo strofinate un po' a vicenda, a letto.

Ridacchiando, Sam si voltò per dare un mirtillo a Bilbo Baggins.

«Okay, me ne vado» dissi. «Ti mando un messaggio se mi fermo a dormire. Potrei saltare il brunch domani».

«Prima di andare» disse la mamma, «dobbiamo parlare del picnic del prossimo weekend».

«Picnic?» Mi bloccai sulla soglia.

«Il picnic annuale del Memorial Day del deputato Crawford.

Andremo e coglieremo l'occasione per parlargli del nostro programma di alfabetizzazione».

«No» disse Sam.

Avrei voluto poter ignorare la mamma in quel modo, ma non ero mai stata così forte.

«Natalie, cara, chi porti?» chiese la mamma.

Sbattei le palpebre. L'anno prima ero andata con Daniel van der Poel. Spesso andavamo agli eventi come amici, ma la gente stava iniziando ad associare i nostri nomi in modo più serio. Normalmente, non ci avrei pensato due volte a presentarmi al picnic con lui, ma non volevo turbare il delicato equilibrio di qualunque cosa fosse questa storia con Jamila, specialmente dopo la débâcle della festa di Natale di Billie Woods.

«Io… non lo so. Me n'ero dimenticata».

«Dimenticata? Non è da te. Porta Daniel. Chiamo sua madre».

«No!» Feci una smorfia non appena lo dissi. Certe cose richiedevano delicatezza, ed ero stata del tutto sgarbata.

«Cosa? Non avete mica litigato, vero?».

«No. È solo che… non ci siamo visti molto ultimamente».

«Si vede con qualcuna?»

«Non lo so».

«Si è appena lasciato con Bella Waddingworth» disse Charles.

Entrambe ci voltammo verso di lui con gli occhi sgranati.

«Che c'è? Le voci girano. Sabato scorso ho giocato a golf con Bob Waddingworth».

«Allora è il momento perfetto per uscire con lui» disse la mamma. «Devi sistemarti. Daniel è una buona scelta».

«Sistemarmi? Ho solo ventisei anni!»

«Io avevo solo un anno più di te quando ho avuto Jackson».

«Uff. Erano altri tempi, mamma. Non sono pronta a sistemarmi con nessuno». Di certo non con Daniel van der Poel, a cui interessava più il suo portafoglio di investimenti che chiunque avessi mai visto frequentare.

«Un fidanzato fisso ti darebbe la concentrazione di cui hai bisogno».

Lasciai che le parole di mia madre rimanessero sul tavolo come il piatto di pancetta, con il grasso che si rapprendeva sulla sua superficie fredda.

Dopo una pausa, dissi: «Hai lasciato che Jackson, Andrew e Sam si facessero una carriera prima di spingerli a frequentare qualcuno».

«Natalie». Gli occhi della mamma si addolcirono. «Potresti avere più successo come spalla che come donna in carriera. Come me».

Certo, mi piaceva aiutare le persone. Ma questo non significava che avessi rinunciato a trovare una carriera. Però mia madre aveva rinunciato a credere in me, e questo mi ferì. «Ciao, mamma. Devo vedermi con Jamila».

«Pensa a quello che ti ho detto» mi gridò dietro. «Telefonerò alla madre di Daniel».

«No, grazie» gridai dall'ingresso, raccogliendo la borsa.

Dopo quel bacio magico con Jamila, il pensiero di andare da qualche parte con uno come Daniel mi ripugnava. Anche se non avessi mai potuto portare Jamila a un picnic politico, avrei preferito diventare un'eremita come mia sorella piuttosto che recitare di nuovo la parte della socialite.

RIMANEMMO a casa di Jamila solo il tempo necessario perché lei mettesse un cesto da picnic nel retro della decappottabile rossa e si legasse Quill.i.am comodamente al petto in un marsupio morbido. Quando lui si rannicchiò tra i suoi seni e chiuse gli occhi, lo invidiai un po'. Poi ci mettemmo in viaggio, con Jamila al volante.

Durante il viaggio di un'ora verso sud, parlammo della sua settimana di lavoro. Avrei voluto prestare attenzione al gergo da programmatori dei miei fratelli quando parlavano di codici, così da poter capire il problema che Jamila descriveva. L'aveva tenuta occupata tutte le sere della settimana, ma avevano trovato una soluzione nel tardo pomeriggio di venerdì che la rendeva euforicamente ottimista riguardo alla data di lancio, a sole tre settimane di distanza. Tamburellava sul volante a ritmo di una canzone di Lizzo che passava alla radio.

«Stiamo andando a Santa Cruz?» chiesi infine mentre prendevamo l'uscita.

«Sì». Fece un gran sorriso. A un semaforo, premette un pulsante e il tettuccio si ritrasse in uno scomparto nel retro dell'auto.

Feci un respiro profondo di aria salmastra. «In spiaggia?»

«Yep».

«Avresti dovuto dirmelo. Avrei portato un costume da bagno».

«Più che altro una muta». Rabbrividì. «L'acqua è gelida. E poi» disse con un sorriso da lupo, «mi piace quel vestito che hai addosso».

«Questo?» Sbattei le ciglia e lo guardai come se non sapessi esattamente cosa stessi indossando: un minidress rosa intenso così corto che a malapena riuscivo a sedermi senza scoprire tutto. Aveva un'apertura provocante appena sotto il seno che, speravo, avrebbe tentato le dita di Jamila a seguirne il contorno.

«Sai bene che mi piace». Tornò a guardare la strada.

«Non è che farei il bagno oggi. Il costume sarebbe per prendere il sole». Come un fiore, inclinai il viso verso il sole.

«Mmm. Forse avrei dovuto dirti di portare un costume» mormorò con voce roca.

Sì, per favore. «Potrei prenderne in prestito uno dei tuoi».

«Si può fare». Mantenne gli occhi sulla strada e le mani sul volante mentre attraversavamo la città.

Ci fermammo davanti a una casa a due piani che era enorme rispetto alla sua di Menlo Park. Nello stretto spazio tra essa e quella vicina, intravidi una spiaggia sabbiosa e l'acqua blu oltre. Questa era il tipo di casa che mi sarei aspettata possedesse. Ma ora che la conoscevo meglio, capivo il suo bisogno di non dovere mai niente a nessuno. Rispettavo la sua modesta casa a Menlo Park. E mi meravigliai di questa casa al mare. Jamila doveva averci speso svariati milioni, in contanti.

Sorridente, Jamila mi lasciò ammirarla per un momento, compiacendosi della mia espressione sbalordita, prima di aprire la porta. Afferrò il cesto da picnic con una mano e le mie dita con l'altra e mi trascinò dentro.

La casa sfarzosa, una delle tante raggruppate intorno a un tratto di spiaggia sabbiosa, aveva un open space disseminato di mobili bassi e mostrava una magnifica vista sull'oceano. La luce del sole scintillava sull'acqua blu e la sabbia dorata era punteggiata dagli ombrelloni e dai teli da mare delle famiglie venute a giocare sulla sabbia e tra le onde.

«Prima si mangia o prima si va in spiaggia?» chiese, posando il cesto sull'isola della cucina.

«Possiamo fare entrambe le cose? Se hai un telo da mare, possiamo pranzare fuori».

«Certo». Andò a un armadietto e ne tirò fuori uno. Da un altro armadietto, prese uno scampolo di tessuto color lilla. Indicò una porta. «Puoi cambiarti lì dentro».

Portando il costume nel bagno di servizio, mi sfilai il prendisole e mi infilai nel bikini. Avrei voluto avere meno cellulite sulle cosce e aver pensato a farmi una lampada. Almeno mi ero depilata dappertutto nella speranza di passare un po' di tempo nuda con Jamila. Incontrai il mio sguardo nello specchio. Indossando il costume di Jamila, cercai di incanalare un po' della sua sicurezza. *Uscirai di qui... no,* marcerai *fuori di qui... e ti comporterai come se te la meritassi.* Annuendo al mio riflesso, uscii con passo deciso.

Jamila era in cucina e indossava già un due pezzi bianco molto più castigato del bikini che mi aveva dato. La sua distesa di pelle liscia mi seccò la bocca come la sabbia là fuori. Volevo toccarla ovunque e vedere se la sua pelle era setosa come sembrava.

Si schiarì la gola e io riportai di scatto lo sguardo sul suo viso. Delle amiche con potenziali benefici si squadravano a vicenda? Mi serviva un manuale di istruzioni per questa cosa.

Ma anche lei mi stava fissando. In particolare, le mie tette.

«Dovresti tenerlo quel costume» disse, con la voce roca. «A me non sta così».

Il bikini lilla aveva coppe a triangolo, e un po' della mia pelle fuoriusciva da dove copriva lo spandex. Audacemente, le guardai il top. Il suo seno era circa una coppa più piccolo del mio, ma si adagiava perfettamente nel top all'americana. I suoi capezzoli erano turgidi, e desiderai sfregarci sopra i palmi delle mani.

Si schiarì di nuovo la gola.

«Andiamo?».

«Dov'è Quill? Viene con noi?»

«No, l'ho messo nel suo terrario a fare un pisolino. Ha la pelle sensibile. A proposito…» Prese una bottiglia di crema solare e me la porse. «Spalmatela per bene, Imperatrice Diurna. Sembri uno di quei vampiri di Twilight».

Le lanciai un'occhiata inespressiva. «Divertente».

Tuttavia, feci come aveva detto e mi spalmai la crema solare dal collo alle dita dei piedi.

«E il viso?» chiese.

«Il mio trucco ha il filtro solare».

«Girati. Ti metto la crema sulla schiena».

Mi voltai, contraendo i glutei per cercare di farli sembrare sodi come i suoi. Al secondo in cui le sue dita toccarono la mia nuca, rabbrividii.

«Hai freddo?»

«Sì» mentii. Chiaramente, il nostro contatto pelle a pelle non la stava turbando come turbava me. La mia pelle fremeva mentre continuava dalla nuca lungo la spina dorsale fino al laccetto posteriore del bikini, poi su ogni scapola. Poi, santo cielo!, infilò le dita sotto il laccetto e le fece scivolare giù per la schiena, fino al punto solleticante alla base della colonna vertebrale.

«Anche un po' sotto il laccetto dello slip» disse, infilandoci dentro due dita. Erano solo i suoi polpastrelli che scivolavano sulla parte più alta del mio sedere, ma non potei farne a meno. Ogni pelo del mio corpo si rizzò. «Non vorrei che ti scottassi». Rabbrividii di nuovo e dovetti trattenere un gemito.

All'improvviso, sentii le sue labbra al mio orecchio. «Più tardi. Prima un po' di spiaggia per te. E il pranzo.»

Mi strinsi contro di lei, sentendo il calore della sua pelle sulla mia schiena. «E se volessi prima qualcos'altro?»

«Abbiamo passato cinque minuti a metterci la protezione. Prendiamo un po' di sole.»

«E tu?» Mi voltai e le tesi la mano per il flacone. «Tutti hanno bisogno di protezione UV.»

«Io sono a posto.» Afferrò un indumento dal bancone e se lo infilò dalla testa. Il copricostume era di un bianco velato, con maniche lunghe che nascondevano le sue curve allettanti e le arrivava a metà coscia. «Letteralmente. Andiamo.»

Lei prese il cesto da picnic e io la coperta. Uscendo, si mise in testa un cappello da sole gigante, poi ne ficcò un altro sulla mia. «Adesso siamo a posto entrambe.»

Uscimmo sulla terrazza di legno e scendemmo una rampa di scale fino alla sabbia. Trovammo un posto a diversi metri dalle famiglie, con una vista libera sulla spiaggia.

Scossi la coperta per stenderla e Jamila disfece il cesto. Tirò fuori una bottiglia di acqua frizzante, formaggi, cracker, uva e fragole. Selezionando con cura un assaggio di tutto, lo mise su un piatto di melamina che mi porse, prima di fare lo stesso con il suo. Versò l'acqua in due bicchieri di acrilico trasparente.

«Che eleganza,» la presi in giro.

«Cosa ti aspettavi? Cibo precotto? Ti ho invitata io.»

Sgranai gli occhi. «Quindi questo è cibo da appuntamento? Non da amici?»

«Cibo da appuntamento.» Avrei voluto vedere i suoi occhi dietro gli occhiali da aviatore a specchio. «Se non fosse per il divieto di alcolici in spiaggia, ti avrei portato dello spumante, principessa.»

Mordicchiai un cracker, assaporandolo per il gesto romantico che rappresentava.

«Ti piace?»

«Sì. Molto.» Le posai una mano sul ginocchio, che era rivolto verso di me sulla coperta. Era setoso come sembrava.

Mi sollevò la mano dalla gamba e la tenne per un istante prima di posarla sulla coperta. «Preferirei non farlo qui.» Addolcì le parole con un sorriso, ma sentii delle punture al petto.

«Perché no? Quei ragazzi laggiù si stanno baciando.» Indicai con il mento un ragazzo e una ragazza adolescenti. Si erano messi un asciugamano addosso, ma chiunque poteva vedere che lui aveva una mano sotto il pezzo di sopra del bikini di lei. «Pensavo che tu fossi dichiarata.»

«La mia bisessualità non è un segreto, ma cerco di non renderla un affare di nessuno se non mio. Inoltre, se non ricordo male, tu non sei dichiarata. Non con la tua famiglia.»

Feci una smorfia, pensando alla guerra nucleare che ne sarebbe seguita se avessi portato una donna al picnic politico del Memorial Day. «Non esattamente.»

«È meglio mantenere un basso profilo. Ricorda, sono una donna nera nel settore tecnologico. Ho tutti gli occhi puntati addosso. Non è quello che mi direbbe il mio consulente di PR?» Mi fece l'occhiolino.

Gemi. «Immagino di sì. Anche se oggi speravo di non essere la tua PR e di essere solo»—feci un respiro profondo—«la tua persona.»

Sostenne il mio sguardo e le sue labbra si incurvarono maliziosamente. Lo desideravo da tanto, essere l'oggetto dell'attenzione di Jamila Jallow. Nonostante il caldo della giornata, i peli sulla mia pelle esposta si drizzarono. Mi strofinai una mano sulla pelle d'oca sul braccio.

Rompendo il nostro contatto visivo, Jamila frugò nel cesto. «Prova questi. Sono spiedini di caprese.»

Tirai fuori un piccolo spiedino di mozzarelline, pomodorini e foglie di basilico, condito con una glassa balsamica. Ne staccai un morso con i denti. «Mmm,» dissi.

«Sono buoni, vero? È la prima cosa che ho imparato a fare per le feste dopo aver capito che la salsa Rotel e il caviale texano non sarebbero andati bene nel Nord della California. Nemmeno nel modo in cui li faceva mia nonna, con un po' di chorizo piccante dentro.»

«Salsa Rotel?»

«Santo cielo, non sai nemmeno cos'è.»

«È triste che tu abbia dovuto rinunciare ai tuoi cibi preferiti quando ti sei trasferita qui.»

Fece spallucce. «Ho dovuto rinunciare a un sacco di cose. Ne è valsa la pena. Ho la mia azienda e nemmeno Pavel Thakor può fermarmi. Spaccheremo il culo a Moo-Lah con questa nuova app. Sto per sbattergliela in quella sua faccia presuntuosa. A meno che non abbiamo fermato la fuga di notizie, e allora sarà lui a sbatterla in faccia a me.» Si accigliò e posò il piatto.

«Pensi che potrebbero battervi sul tempo?»

«Siamo vicinissimi, ma questi bug continuano a rallentarci. Vorrei sapere quanto manca a loro per il lancio.»

«Non pensi che ci sia spazio per entrambi sul mercato?»

«Non lo so. Se ci battono di qualche giorno, probabilmente non è un grosso problema, anche se odierei che si prendesse tutta la stampa e ci facesse sembrare degli imitatori. Se si tratta di settimane…» Alzò le mani. «Potrebbero consolidarsi. Sarebbe difficile riconquistare quote di mercato.»

«Perché hai deciso di lanciare un'app di life coaching?»

Fece spallucce. «Era il mio sogno.»

Sbuffai. «Sognavi di creare un'app per aiutare le persone a capire quale percentuale del loro stipendio mettere in un fondo pensione?»

«No.» Tracciò un disegno sulla coperta da spiaggia. «Crescendo, tutto ciò che volevo era una casa dove mi sentissi benvenuta.»

Il mio corpo si gelò. «Non ti sentivi benvenuta a casa?»

«La nonna non ci voleva. Lo mise in chiaro. Voglio dire, ci voleva bene, ma io ero sempre d'intralcio. E i miei fratelli?» Ridacchiò amaramente. «Erano sempre nei guai, capisci?»

«Sì.» Jackson era stato un piantagrane. Potevo solo immaginare le catastrofi in cui si sarebbero cacciati in due come lui.

«Così sognavo dei modi per andarmene per conto mio. La nonna parlava sempre di college, e sapevo che quella era la via d'uscita. Ma le cose erano molto diverse da come erano state quando ci era andata lei. I miei insegnanti delle medie non erano molto meglio. Erano andati nelle università locali. Io? Io volevo qualcosa di più grande.»

«Certo che lo volevi.» Volevo toccarla e portar via l'amarezza che le incurvava le labbra.

«Mi feci un mazzo tanto per prendere buoni voti e scelsi i corsi più difficili che potevo. Il mio consulente scolastico se ne accorse. Mi parlò di Stanford, ma nessuno della mia scuola ci era mai andato. Disse che avevo più possibilità di entrare se fossi andata al liceo privato in centro. Offrivano corsi avanzati, e alcuni dei ragazzi erano stati persino accettati nelle università della Ivy League.

«Ma la nonna non poteva permettersi la retta di una scuola privata. Così presi un appuntamento con il diacono della mia chiesa. Era un amico della nonna e, pensavo, un mio amico. La chiesa raccoglieva sempre fondi per le comunità in Africa. Immaginai che avrebbero aiutato un ragazzo della loro stessa comunità. Andai nel suo ufficio e gli chiesi se poteva procurarmi una borsa di studio.» Guardò l'acqua come se il diacono fosse lì in piedi tra le onde.

Aspettai che continuasse, ma non lo fece. Si limitò a fissare l'oceano. Le toccai leggermente un piede. «Cosa disse il diacono?»

Trasali, come se avesse dimenticato che fossi lì. «Non vorrai sentirmi blaterare su quello che mi è successo quando avevo quindici anni.»

«Sì, invece. Ci tengo a te e voglio sapere cosa ti ha portata qui, su questa spiaggia, fin dal Texas.»

Serrò la mascella. «Disse che, certo, poteva aiutare. Poi mi chiese cosa gli avrei dato in cambio. Iniziai a dirgli che avrei ripagato la chiesa quando avessi trovato un lavoro, ma non era quello che voleva. Quando mi toccò, non seppi cosa fare. Fu solo quando mi infilò una mano dentro la camicia che gliela scacciai e corsi fuori dal suo ufficio.» Si scosse e roteò le spalle. «Ti rendi conto di quanta terapia mi ci è voluta per raccontare questa storia, vero?»

Deglutii per il nodo che avevo in gola. «Oh mio Dio, Jamila. Mi dispiace così tanto. Cosa disse tua nonna?»

«Lei… lei non mi credette. Disse che il diacono non avrebbe mai fatto una cosa del genere e che dovevo essermi sbagliata.»

Sussultai. «No!»

«Sì. Dopo quell'episodio, io e lei non parlammo molto. E non lo dissi mai a nessun altro. Né ai miei fratelli né al mio consulente scolastico. Nessuno in chiesa. Pensavo di potermi fidare del diacono, o almeno della nonna, ma non potevo. L'unica persona a cui l'ho mai detto è stata la mia terapista. E adesso tu.»

Rimasi per un momento con il dono della sua confidenza. Non l'avrei mai detto a nessuno, nemmeno a Jackson, che probabilmente sarebbe andato a picchiare quel diacono, o almeno si sarebbe assicurato che i suoi dati personali trapelassero sul dark web.

«Hai trovato un modo per andare al liceo privato?»

«No. Rimasi dov'ero, facendomi il mazzo a scuola e, quando ebbi l'età, in un lavoro pomeridiano in uno di quei posti di tecnologia, sai, dove ti riparano il telefono quando rompi lo schermo? Adoravo essere la cazzuta nel retrobottega che riusciva a risolvere i problemi difficili.»

«Ma quello è hardware. Come sei passata al software?»

«Ricorda, sono un po' più grande di te e le app non erano nemmeno una cosa diffusa, davvero, quando ero al liceo. Misi le mani su uno dei primi smartphone nel negozio di riparazioni e ne vidi le possibilità. Programmai un gioco per divertire i miei fratelli, e a loro piacque, così lo caricai sull'app store. Ebbe successo, e quando lo misi nella mia domanda per Stanford, mi notarono.»

Tutto ciò che a me era servito per entrare al college erano stati il nome della mia famiglia e voti decenti. E poi avevo gettato al vento quell'opportunità. Insieme a tante altre che mi erano state date. Posai il mio piatto. La mia voce tremò quando chiesi: «Stanford è stata tutto ciò che speravi?»

«Beh, sì. Era molto più difficile del mio liceo, ma amavo la sfida. Sviluppai una rete di contatti. Fu lì che incontrai Winslow e, tramite lui, Billie, e divenni amica di Jackson e Cooper. La tua famiglia mi accolse in un modo che non avevo mai sentito ad Austin.»

«E non ti sei mai guardata indietro?»

«Più o meno.» Inclinò la testa da un lato all'altro, facendo dondolare il suo enorme cappello.

«Aspetta, cosa hai fatto?»

Si morse il labbro come se volesse trattenersi, ma poi si sporse in avanti. «Avrei voluto che ci fosse stato un modo per mamma di trovare un alloggio che potesse permettersi, così non avrebbe dovuto supplicare la nonna per un posto dove stare. Quella era la mia idea originale, sai? Creare un luogo per riunire le persone in difficoltà. Qualcuno che non poteva pagare il mutuo ma aveva una stanza, e qualcuno che aveva bisogno di una stanza ma non poteva permettersi un intero appartamento.»

«Perché l'hai cambiata?»

«Sapevo programmare, ma non capivo molto di affari, non a vent'anni. Fu allora che mi misi in società con Winslow. Era una matricola con la testa per gli affari. Mi mostrò delle ricerche di mercato e mi convinse a orientare l'app verso gli affitti a breve termine. Considerammo di accettare pubblicità da complessi di appartamenti e catene alberghiere nazionali, ma alla fine vendemmo l'app. Un anno dopo, divenne quell'app per affittare la propria casa che usano tutti. Usammo i soldi per sviluppare In the Know, che fu la nostra prima app come Jamilow.»

Osai intrecciare le mie dita con le sue sulla coperta, e lei non mi fermò. «Penso che la tua visione originale fosse bellissima. Pensi che ci farai mai qualcosa?»

«Oh, c'è ancora. Ho creato una nuova versione che le persone possono usare gratuitamente. La chiamiamo KnowHome. Devi solo sapere dove cercare. La usano abbastanza persone per affittare stanze e cose del genere da rendermi soddisfatta.»

«Davvero? Non ne avevo idea.»

«Non la pubblicizziamo. Ha abbastanza passaparola nelle comunità giuste, quindi chi ne ha bisogno di solito riesce a trovarla.»

«È incredibile.» Jamila si sforzava così tanto di sembrare dura all'esterno che mi sentii onorata che mi avesse concesso uno sguardo al suo lato tenero.

«Le altre cose ci tengono a galla. Le proiezioni di Winslow su questa app di consulenza finanziaria sono alle stelle. Anche se, se Moo-Lah ci batte, si prenderanno gran parte di quelle entrate. KnowHome sarà in pericolo. Essendo un servizio che non genera ricavi, è la prima cosa che il consiglio vorrà tagliare.»

«Moo-Lah non vi batterà. Non glielo permetteremo.»

Mi strinse le dita, poi mi lasciò andare. «No, non glielo permetterò.»

Arricciai il naso per come aveva cambiato il mio *noi* in *io*, ma lo dimenticai non appena pronunciò le parole che mi fecero battere forte il cuore.

«Penso sia ora di rientrare e lavarti via quella protezione solare.»

19

APPENA FUMMO DENTRO, buttai il cappello da sole sul pavimento e mi strinsi contro Jamila. Le permisi di spingerla contro la porta e di baciarla, un morbido incontro di labbra prima di infilarle la lingua in bocca per assaggiare il suo fuoco.

Un istante dopo, si girò di scatto e mi premette contro la porta. Mi prese il viso tra le mani e contrattaccò, esplorandomi la bocca. Gemetti a quella dolce invasione.

«Ricorda chi comanda qui, piccola», mi mormorò all'orecchio.

Sussultai quando mi fece scorrere una mano lungo il fianco fino al sedere e passò un dito lungo l'elastico dello slip del costume.

«Qui sei un po' sensibile».

Rabbrividii con tutto il corpo.

Lei ridacchiò. «Forse molto sensibile. Ci arriveremo tra un minuto. Prima, togliamoci di dosso questa crema solare con una doccia».

Lasciando i resti del picnic e la coperta sabbiosa vicino alla porta sul retro, mi condusse lungo il corridoio fino a una grande camera da letto. Sotto un ventilatore a soffitto che girava pigramente, un enorme letto con la struttura in metallo era fatto con lenzuola bianche.

Senza fermarsi, Jamila mi trascinò nel bagno privato. Era di buone dimensioni, più o meno come il mio a casa dei miei genitori, tutto piastrelle bianche con dettagli grigi. C'era un'enorme vasca da bagno in un angolo e una cabina doccia nell'altro. Accese il soffione e fece un passo indietro.

«Mettiti di fronte allo specchio».

Obbedii, dandole le spalle e tremando di anticipazione.

«Ti va bene?», domandò, osservando il mio viso nello specchio.

«Sì». Le mie pupille erano enormi. I suoi occhi erano così scuri che non riuscivo a capire dallo specchio se anche i suoi lo fossero, ma il modo in cui il suo sguardo vagava sul mio corpo mi diceva che era molto, molto interessata a ciò che c'era sotto il mio bikini.

Mi slacciò i laccetti sulla schiena, poi quelli sul collo, e il pezzo di sopra cadde a terra.

«Ooh, piccola. Hai saltato un punto».

Aveva ragione. Non ero andata sotto il costume come aveva fatto lei sulla schiena, e i lati dei miei seni avevano ciascuno una striscia rosa dove il pezzo di sopra del bikini si era spostato.

«Ti metterò dell'aloe dopo la doccia».

«Dopo la doccia?». Cercai di incrociare il suo sguardo nello specchio, ma il suo era fisso sul mio corpo. Speravo che potesse ignorare la mia scottatura e concentrarsi sulle parti di me che voleva toccare. «Pensavo che avremmo fatto la doccia insieme».

Il suo sguardo si fissò sul mio. «Cosa direbbe Jackson se lo facessimo?».

«Ti ho detto che Jackson non ha voce in capitolo sulla mia vita sentimentale. E nemmeno mia madre», aggiunsi, più per me che per lei. «Inoltre, non gliene parlo. Non verrebbe fuori».

«Intendi dire occhio non vede, cuore non duole?».

«Esatto».

Si morse il labbro, come volevo fare io. Anzi, come avrei fatto io. Mi voltai, mi alzai in punta di piedi e la baciai con tutta la fame che si era accumulata in spiaggia, esplorando il sapore dolce della riduzione di balsamico sulla sua lingua. Poi le mordicchiai il labbro inferiore e carnoso.

Lei gemette. «Spogliati. Ti raggiungo sotto la doccia».

«Aspetto». Mi sfilai gli slip del bikini e uscii dal costume.

Mi scrutò dalla testa ai piedi, poi si leccò le labbra. Afferrò l'orlo del suo copricostume e se lo sfilò da sopra la testa. Scattai una foto mentale di lei nel bikini bianco, memorizzando ogni curva, compreso il modo in cui i suoi fianchi si allargavano leggermente sopra gli slip a vita alta.

«Girata», dissi, con la voce roca. «Sgancio io».

Le slacciai il gancio superiore, poi quello in mezzo alla schiena e lo gettai a terra. Le misi le mani sui fianchi. «Posso?».

«Sì».

Infilai i pollici nel pezzo di sotto del suo costume e glielo feci scivolare giù lungo le gambe. Facendo un respiro profondo, tornai a mettermi di fronte a lei. Ammirai i capezzoli scuri che sormontavano i suoi piccoli seni, la linea impeccabile del suo ventre teso e il triangolo di peli curati sopra il suo sesso. Volevo esplorare ogni centimetro della sua pelle nuda.

«Vieni», disse lei. «Togliamo tutta quella crema solare».

«E la sabbia. Non dimenticare la sabbia». Perché diavolo stavo parlando della sabbia quando avevo una Jamila nuda che mi invitava a entrare nella sua enorme e fumante doccia?

«Non preoccuparti, piccola. Ti toglierò ogni granello da tra le dita dei piedi. Ehi, hai un fermaglio o qualcosa per i capelli?».

«Nella mia borsa…». Sembrava lontanissima, all'ingresso della casa.

«Non fa niente. Ci penso io». Prese una cuffia da doccia da un gancio sul muro, poi mi raccolse i capelli in una coda di cavallo e li avvolse sulla mia testa. Tirò un po' e feci una smorfia.

«Scusa, i capelli si sono aggrovigliati con il vento. Te li spazzolo dopo». Mi mise la cuffia sui capelli e la sistemò dietro le orecchie.

Prendendomi per mano, mi condusse sotto la doccia. Volsi le spalle al soffione principale, in modo da poterla guardare in faccia. Fece una regolazione e i getti del corpo si attivarono, freddi all'inizio ma si riscaldarono rapidamente. Prese una spugna di mare e una bottiglia di bagnoschiuma da una mensola.

«Aspetta. Io, uhm…». Abbassai lo sguardo sulla spugna.

«È un'altra situazione-aragosta? Sul serio, queste cose vengono raccolte in modo sostenibile. Sono più simili a piante che a SpongeBob SquarePants».

Arricciai il naso.

«Nessun problema». Rimessa la spugna sulla mensola. «Userò le mani».

Versò il liquido inodore nella mano e lo strofinò fino a farlo schiumare. Iniziò con lunghe carezze lungo il mio collo. Rabbrividii alla leggera pressione.

«Ti piace?», domandò.

«Non lo so. Non mi è mai piaciuto prima». Una o due volte, un ragazzo mi aveva messo una mano sulla gola, ma l'avevo respinta, sicura di non essere un'appassionata di asfissia erotica. Ma le mani di Jamila erano diverse, più morbide, affidabili. «Forse potrebbe piacermi. A te piace?».

«Non molto. Ma potremmo provare più tardi».

Mi piaceva il suono di un *dopo*. Conteneva la promessa che la nostra storia casuale non si sarebbe limitata a una o due volte come tutte le mie altre scappatelle.

Mi fece scivolare le mani sulla spalla destra e giù per il braccio, fino alla punta delle dita. Poi ripeté il movimento sulla spalla e sul braccio sinistro. Il suo tocco gentile era come il sole, come la pioggia, come il lambire delle calde onde dell'oceano. Non era abbastanza, eppure era troppo, tutto allo stesso tempo.

Trattenni il respiro mentre le sue mani insaponate aleggiavano sul mio petto.

«Girata», disse.

Mi mossi finché l'acqua non mi colpì il petto, lasciando che il getto lavasse via la schiuma dalle mie braccia. Di nuovo, iniziò dal mio collo, non solo lavando via la protezione solare, ma impastandomi i muscoli finché non mi sentii abbastanza senza ossa da scivolare giù per lo scarico insieme all'acqua saponata. Poi mi lavò la parte superiore della schiena, massaggiandomi di nuovo le spalle e le scapole. Continuò lungo la colonna vertebrale con una pressione deliziosa.

Quando raggiunse la parte bassa della schiena, disegnò un cerchio alla base della mia spina dorsale. Rabbrividii.

«Questo è il punto», disse. «Sei come un gatto».

«Un gatto?».

«A loro piace essere grattati proprio sopra la coda. Da piccola, portavamo di nascosto del cibo ai gatti randagi sulla veranda sul retro. Quello era il loro punto preferito».

Scossi il sedere per godermi al massimo la sensazione. «Capisco perché».

Mi fece scivolare entrambe le mani sui glutei e rimasi senza fiato.

«Aha. Sei una tipa da sedere. Non l'avrei mai detto. Forse ti piace una piccola sculacciata insieme ai giochi di respiro».

«La sculacciata?». Sembrava piuttosto umiliante. «Non credo...».

Smack. Non mi colpì forte, ma il suono rimbombò sulle piastrelle e sul vetro. Piccole onde d'urto mi riecheggiarono lungo la spina dorsale. Sussultai.

«Oh, non credi?», domandò con noncuranza.

Non era solo l'acqua a scorrere tra le mie gambe, adesso. Strinsi i muscoli del pavimento pelvico. «Forse».

Lei ridacchiò. «Girata».

Mi girai così velocemente che scivolai, ma Jamila mi afferrò il gomito. «Attenta, piccola».

Si riempì di nuovo il palmo con il sapone, poi lo spalmò sulle mie clavicole, sul petto e poi, saltando i seni, sulla pancia. La tirai in dentro, desiderando che fosse tonica come la sua.

«Niente di tutto questo», disse. «Mi piace la tua morbidezza. Rilassati».

Lo feci, godendomi il getto dell'acqua sui muscoli della schiena che Jamila mi aveva massaggiato.

Mi passò la punta di un dito intorno al seno. «Ti brucia?».

«Cosa?».

«La scottatura». Le fece scivolare un dito sul lato del mio seno.

«No. È piacevole».

Mi disegnò il contorno del seno con due dita. Poi, finalmente, finalmente, mi sfiorò i capezzoli con i pollici. Gemetti.

Ripeté il gesto, con più fermezza. La sensazione schizzò giù fino al mio centro, mettendolo in massima allerta. I miei muscoli si contrassero. Mi sfregò di nuovo i capezzoli con i pollici.

Allungai la mano verso di lei, afferrandole la parte bassa della schiena e tirandola a me. Disperatamente, allungai il collo per baciarla, ma riuscii a raggiungere solo la sua mascella. Se mi fossi alzata in punta di piedi, sarei scivolata di nuovo, trascinandoci giù entrambe. Una gita al pronto soccorso sarebbe stata tutt'altro che sexy.

Alla fine, chinò la testa e mi baciò, infilandomi la lingua in bocca mentre continuava a stuzzicarmi i capezzoli. La pressione saliva tra le mie gambe. Come se potesse sentirlo, si allontanò.

«Non ancora, piccola. Questo è il mio orgasmo».

«Ma non ti ho ancora toccata». Poteva venire toccandomi, guardandomi?

«Il tuo orgasmo è mio. Lo comando io. Tu verrai quando sarò pronta io».

Oh. Ohh. «Oh».

Tornò ai miei capezzoli, roteando, pizzicando, finché non strinsi gli occhi per assaporare la beatitudine. Improvvisamente, le sue mani sparirono.

Aprii gli occhi.

Si inginocchiò. Con un sorriso malizioso, disse: «Ho dimenticato di farti le gambe».

Mise in scena il gesto di versarsi altro bagnoschiuma in mano, poi me lo spalmò sul fianco destro, poi sulla coscia, davanti e dietro. Sfiorò il mio ginocchio, il polpaccio, lo stinco, la caviglia. Le mie gambe tremavano.

«Non possiamo dimenticare queste dita sabbiose», disse. «Aggrappati alla mia spalla».

Le afferrai la spalla mentre mi sollevava il piede per passarlo tra le dita. Lo posò a terra e poi prese l'altro piede. Mi strofinò tra le dita, poi la pianta del piede, poi il dorso. Dei brividi mi salirono lungo la gamba e si fermarono al punto d'incontro tra le mie cosce.

Posando di nuovo il mio piede sulle piastrelle, iniziò una lenta e sensuale risalita sulla mia caviglia, sulla parte inferiore della gamba, sul ginocchio. Trovò il punto solleticante dietro il mio ginocchio e ridacchiò quando sussultai. «Tornerò qui, più tardi».

Un altro *dopo*. I brividi si intensificarono.

Ma quando risalì lungo la mia coscia, facendo scorrere le dita all'interno, dimenticai tutto del dopo. C'era solo l'adesso, adesso, adesso, con la mia attenzione concentrata sul punto in cui le sue dita incontravano la mia pelle. Lunghe e agili, le sue dita premevano sulla mia pelle, danzando verso l'alto, tamburellando di nuovo. I miei respiri si fecero corti e superficiali.

Finalmente trovò il punto sensibile sulla mia coscia, proprio sotto la mia fica. Il suo tocco era leggero come una piuma, non abbastanza.

«Sì?», domandò.

«Sì. Sì! Ancora. *Ti prego*».

Ridacchiando, mi sfiorò le piccole labbra. Un fuoco divampò nel mio bacino. Ancora. Ne avevo bisogno ancora.

«Spostati un po' a destra», disse. Quando lo feci, il getto mi colpì la parte bassa della schiena, incendiandola e facendomi gemere.

«Brava la mia ragazza.» Poi, finalmente, me lo concesse. Quando le sue dita scattarono verso il mio clitoride, le ginocchia mi vacillarono.

«Tieniti forte» mi ordinò.

Le afferrai le spalle. Aumentò la pressione sul mio clitoride, circondando la punta gonfia. Il mio orgasmo si avvicinava impetuoso.

«Posso… posso venire?»

«Brava bambina» disse. Le sue parole di lode mi fecero sentire come se avessi ingoiato il sole. Luce e calore ardevano da ogni mio poro. «Sì. Vieni.»

Mentre strofinava più velocemente, mi lasciai andare. Mi permisi di sentire tutto: l'acqua che mi martellava la schiena e mi colava lungo le gambe, il suo respiro caldo sul mio sesso e le sue dita, quelle dita magiche, che mi strappavano l'orgasmo. Urlai, poi gemetti mentre lei continuava il movimento, prolungando il mio orgasmo finché non mi sentii come una boa in balia delle onde dell'oceano.

Alla fine, mugolai. «Basta.»

«Per ora» disse. Ma le sue dita si fermarono e si staccarono dal mio corpo. «Riesci a reggerti in piedi da sola?»

Le stavo ancora stringendo le spalle. «Scusa.» La lasciai andare e mi alzai. Le ginocchia ressero. A malapena.

«Va tutto bene, piccola.» Il suo tono mi tranquillizzò.

Si alzò e si versò altro bagnoschiuma in mano. Si lavò in modo efficiente.

«Aspetta» dissi quando si passò una mano sul petto. «Posso farlo io?»

«Non stavolta. Mi si sta raggrinzendo la pelle. Ho bisogno di un po' di crema, poi ci sposteremo a letto.»

«Te la metto io la crema» dissi, con l'acquolina in bocca al pensiero di spalmargliela sulla pelle.

«No, piccola.» Chiuse l'acqua. «Io voglio la mia parte a letto.»

———

JAMILA SCOSTÒ le coperte dell'enorme letto, rivelando lenzuola bianche e fresche di bucato. Si sdraiò sul lato più lontano e diede dei colpetti allo spazio accanto a sé.

Mi inginocchiai sul letto, non tanto perché non sapessi cosa fare, quanto perché era una posizione migliore per ammirarla. La sua pelle aveva una patina lucida data dalla crema che si era spalmata. Aveva un profumo così incredibile che ne avevo presa un po' anch'io e me l'ero massaggiata su braccia e gambe.

Ora era nuda, con le dita dei piedi tese verso i piedi del letto e le braccia aperte a T. Le sue curve erano delicate sul suo corpo snello, i seni si appiattivano un po' quando stava sdraiata supina. Sotto il profumo floreale, persisteva un odore più terreno di eccitazione, il mio e il suo. Chiusi gli occhi e lo inspirai.

«Ci hai ripensato?» chiese.

Le palpebre mi si spalancarono. «No, sto solo... assaporando il momento.»

«Sei sicura? C'è ancora tempo per tornare a essere solo amiche, senza i privilegi.»

«No, sono pronta. Allarga le gambe.»

Il suo unico movimento fu l'inarcarsi delle sopracciglia.

«Non comando io, adesso?» chiesi. «Come hai comandato tu per il mio orgasmo?»

Ridacchiò. «Forse stavolta sono io quella che riceve piacere, ma comando sempre io, piccola. Non dimenticarlo.»

Deglutii e attesi le sue istruzioni.

«Brava bambina.»

Eccola di nuovo. Quella sensazione di piacere che mi illuminava.

«Puoi toccarmi. Inizia dai seni.»

Non se lo fece dire due volte. Tracciai una linea dalla sua clavicola lungo lo sterno, poi disegnai un cerchio intorno al suo seno destro.

«Non così leggero, mi fai solletico. Mettici più forza» disse.

«Ricevuto, capo.» Mi preparai a stringere.

«Non mi piacciono le sfacciate. Usa quella tua bocca impertinente con me.»

Non osai rispondere, nemmeno con un «sì, ti prego». Stringendole la base del seno, le leccai la punta con la lingua. Le sfiorai il capezzolo con il pollice e poi ripetei l'operazione con il seno sinistro, prima di tornare al seno destro per cerchiarlo con la lingua. Lo succhiai, osservando la sua reazione. Quando inarcò la schiena, capii di averle dato piacere. La soddisfazione mi scaldò fino alle dita dei piedi.

Non mi fermai. Tenevo la bocca e le mani piene di lei, inebriata dal suo sapore floreale.

I suoi respiri si fecero più corti finché il suo petto non ansimò sotto di me.

«Okay, brava bambina» disse alla fine. «Metti quella bocca tra le mie gambe. Prima sulla mia figa, poi sul clitoride.»

Obbedii, baciandole lo stomaco fino al punto in cui il suo profumo sbocciava. Mi posizionai tra le sue gambe aperte e mi presi un secondo per ammirare le sue labbra scure che circondavano il suo centro rosa e scintillante.

Mi chinai per assaggiarla, partendo dal centro e muovendomi a spirale lungo le sue labbra, tenendomi lontana dal clitoride come mi aveva ordinato.

«Più forte» pretese.

Usai più forza per accarezzarla con la lingua, come avrei fatto con un gelato extra-freddo. Ma Jamila era tutto tranne che fredda. Era calore, seta e dolcezza sulla mia lingua. Non me ne sarei mai voluta andare.

«Così, piccola. Proprio così.»

Mentre ero inginocchiata tra le sue gambe, l'aria fresca mi colpì la fica bagnata. Ero eccitata quanto lei. I suoi leggeri grugniti mi dicevano che amava quello che stavo facendo. Le infilai la punta della lingua dentro, poi la feci risalire quasi fino al clitoride, per poi riscendere.

Quando ansimò, affondai il viso in lei, volendo prolungare il suo piacere e il momento il più a lungo possibile.

«Spostati» disse, con la voce tesa. «Ginocchia vicino al mio petto. Culo quassù.»

Feci come mi aveva ordinato. Eravamo parallele, non proprio un sessantanove, e lei aveva una vista completa del mio culo. Un rivolo umido mi colò lungo l'interno coscia.

«Torna al lavoro. Sul mio clitoride, ora.»

Appoggiando un gomito sul letto accanto al suo fianco, le

passai l'altro braccio sopra. Usando i pollici, la aprii bene, rivelando il suo clitoride gonfio. Iniziai con delicatezza, ricordando quanto diventasse sensibile il mio clitoride, ma lei sibilò: «Più forte» dandomi uno schiaffo sulla natica.

«Sei sicura di volerlo fare con la mia bocca sul tuo clitoride? Ci sono, tipo, un miliardo di nervi quaggiù.»

«Sei una brava bambina» disse, tracciando una linea dalla mia guancia bruciante fino a un centimetro dal mio centro. «Non mi farai del male.»

La sbirciai da sopra la spalla. Mi guardava dal cuscino, con gli occhi socchiusi per il piacere.

«Mai.» Tornai al lavoro, cerchiandole il clitoride una volta con la lingua prima di chiudervi le labbra attorno e succhiare con tutta la forza che avevo. Mise la mano dove ne avevo bisogno, questa volta non strofinando, ma premendo, a ricordarmi che era lei a comandare, ma anche a rassicurarmi che si sarebbe presa cura di me. Incavai le guance.

«Porca *puttana*, ragazza. Sì!»

Mentre succhiavo, mi massaggiò la fica e poi mi infilò un dito tra le gambe per toccarmi il clitoride. Scintille mi corsero lungo la schiena. Porca miseria. Ero vicina quanto lei.

Continuai.

Alternai succhiare e leccare finché non gridò, irrigidendo le gambe. La sua mano su di me si fermò. La accompagnai dolcemente fuori dall'orgasmo con leccate e baci più morbidi finché non si rilassò. Desiderosa di coccole — se me l'avesse permesso — appoggiai una mano sul letto per tirarmi su.

«Fermati» gracchiò. «Non abbiamo finito.»

«Ma…» La mia protesta morì quando cominciò a strofinarmi velocemente, e il mio orgasmo ruggì avvicinandosi. Appoggiai la guancia sulla sua coscia e osservai il delizioso disastro umido che avevo fatto della sua bella fica mentre lei mi accarezzava, pizzicava e toccava finché le mie gambe non tremarono e tutto si contrasse. Gemei di sollievo.

«Così è una brava bambina» disse mentre le ginocchia mi cedevano e crollavo sul letto su un fianco.

Alzai lo sguardo verso il suo sorriso pigro. «Perché è stato così eccitante? Cosa c'è che non va in me?»

«Non c'è niente che non va in te, piccola. Sei programmata per compiacere le persone. Ecco perché ti piace così tanto.»

«Ci può stare, immagino. E tu sei programmata per comandare?»

«Assolutamente, cazzo.»

«Deve essere bello.» Come sarebbe stato eccitarsi a dare ordini alla gente e farsi ascoltare?

Sbuffò. «Tranne quando mi mette nei guai.»

«Intendi con quel giornalista?»

Mi accarezzò il fianco come accarezzava Quill. «Sì, quello… e una volta a letto.»

Non volevo assolutamente pensare a Jamila a letto con qualcun altro, non con il mio centro che vibrava ancora per il suo tocco, ma Jamila non si apriva mai su nulla di personale. Avrei preso tutto quello che voleva darmi. «Davvero? Cos'è successo?»

Guardò il soffitto e io trattenni il respiro. Era così riservata.

«Era un'altra storia di sesso tra amici, ma con un ragazzo. È autoritario quanto me.»

«Difficile da immaginare» scherzai.

«Lo so, eh?» Tracciò una lunga linea lungo la mia coscia. «Stavamo scopando… era una di quelle scopate per noia, sai? Eravamo insieme, a guardare un qualche ridicolo vecchio film. *Cantando sotto la pioggia*, credo.»

Tutto il calore si prosciugò da me e fu sostituito dal ghiaccio. Doveva per forza parlare di Cooper Fallon. Era il suo film preferito.

«Comunque, lui ha detto 'Stiamo bene insieme, Mila.' E io ho risposto 'Sì, siamo buoni amici.' Poi lui ha detto 'E se fossimo qualcosa di più?', e a quel punto ho iniziato a dare di matto.

«Ha iniziato a parlare di unire le nostre aziende, sinergie e via dicendo… era un imprenditore anche lui. La cosa non mi piaceva.

La Jamilow era mia. E di Winslow, ovviamente. Poi, mentre ero ancora lì seduta con la bocca aperta, ha detto 'Dovremmo sposarci. Così è tutto cinquanta e cinquanta, e tu sei protetta.'»

Spalancai gli occhi. «Protetta?»

Mi indicò. «Esatto! Così ho detto 'Protetta da cosa, esattamente?', e lui ha iniziato con questa stronzata su come avremmo condiviso il rischio e bla bla bla. Ripensandoci, sono sicura che avesse a cuore i miei interessi, ma tutto quello che ho sentito è stato che non potevo farcela da sola. Che avevo bisogno della sua protezione dal fallimento. Che avrei voluto una specie di vecchio matrimonio di convenienza. Che non sapevo cosa fosse il vero amore, o che non lo volevo.» Fissò un punto lontano.

Credeva nell'amore. Poteva presentare una spessa corazza, ma sotto sotto era vulnerabile e romantica come me. Un formicolio mi danzò sulla pelle.

«Cos'è successo dopo?» chiesi.

Si concentrò di nuovo su di me. «L'ho cacciato dal mio appartamento, non gli ho parlato per settimane.»

Ricordavo quel periodo strano subito dopo la laurea, quando i rapporti con Cooper si erano fatti gelidi. Jackson non poteva invitarli entrambi contemporaneamente. Aveva cercato di estorcere la storia a entrambi, ma erano rimasti in silenzio. Aveva provato a costringerli a stare insieme, ma nessuno dei due si era mosso.

«Mi ha lasciato tipo un migliaio di messaggi di scuse in segreteria e di testo. Mi ha mandato una stanza piena di fiori. Era prima che uno di noi due facesse soldi, quindi non avevo idea di dove avesse trovato il denaro.» Fece una pausa, ricordando.

«E poi?» Erano ancora amici di letto? No, non potevano esserlo. Cooper era fidanzato, ora. Eppure, trattenni il respiro.

«Alla fine ho capito quanto fosse difficile per lui scusarsi e quanto mi mancasse la sua amicizia. Abbiamo parlato e risolto, ma non abbiamo mai più scopato. E non ha mai più detto una parola su una fusione, nemmeno di tipo matrimoniale.»

Il mio petto si rilassò. Almeno non dovevo competere per il suo affetto con Cooper Fallon, che era intelligente e sicuro di sé e tutto ciò che Jamila doveva volere in un partner. Non sarei mai stata alla sua altezza. Mi sentii abbastanza magnanima da dire: «Sono contenta che abbiate fatto pace.»

«Anch'io. Non voglio che nient'altro rovini di nuovo la nostra amicizia.» Ridacchiò. «Ora vieni qui e fai un pisolino. Quel sole mi ha sfinita.»

Grazie a Dio Jamila era una a cui piacevano le coccole. Avevo bisogno delle sue braccia intorno a me dopo la storia di una relazione di sesso tra amici andata a male.

20

«CHE COSA STAI FACENDO?» Jamila entrò strascicando i piedi in cucina, con un paio di pantofole foderate di lana e una vestaglia di seta con una stampa di draghi che copriva tutti i punti segreti che avevo adorato la notte prima.

«Ti preparo la colazione» dissi, gettando nella padella le cipolle e i peperoni tagliati a cubetti perfetti. La cucina della casa al mare di Jamila era ben fornita, come avevo scoperto girovagando poco dopo l'alba.

«Io non faccio colazione.» Non faceva colazione? Mi afflosciai. Si trascinò verso la macchinetta del caffè ed emise un grugnito quando trovò la caraffa piena di caffè caldo. Dopo aver scelto una tazza dal ripiano, la riempì e sorseggiò senza prima soffiarci sopra.

Mescolai le verdure nella padella. Si sarebbe persa la mia abilità perfetta con il coltello — almeno in quello avevo preso il massimo dei voti — e la splendida omelette che le stavo preparando. Non ci avevano insegnato a prepararle alla scuola di cucina, ma avevo guardato Telma abbastanza volte da sapere come fare.

All'improvviso, si chinò sulla mia spalla, soffiandomi sulla guancia il suo alito amaro di caffè. «Ti guarderò mangiare. Mi è piaciuto ieri sera, molto.»

Il mio viso divenne caldo come la padella. Non avevo nemmeno pensato al mio aspetto la notte scorsa. Alla maggior parte dei ragazzi non importava. Anzi, sembrava che pensassero che più disordine c'era, meglio era. La mia esperienza con le donne era che ci squadravamo sempre a vicenda, facendo paragoni, giudicando. Jamila era la persona più talentuosa e impeccabile che conoscessi. «Ti è piaciuto davvero?»

«Sì.» Fece scivolare una mano sotto la mia maglietta e mi accarezzò lo stomaco. «È stato fantastico. E il tuo sedere è adorabile.» Me lo strizzò sopra i pantaloncini.

Mugolai e mi premetti contro la sua mano. *Adorabile.* Detto da una bellezza come Jamila, significava qualcosa.

Annusò. «Attenta a quelle. Si stanno un po' bruciacchiando.» Abbassai lo sguardo sulla padella. I bordi delle cipolle avevano iniziato ad annerirsi.

«Ops.» La tolsi dal fuoco in fretta e furia e le versai su un piatto. La maggior parte era recuperabile. Versai le uova che avevo precedentemente sbattuto e iniziai a spostarle nella padella mentre cuocevano. «Sei sicura di non volerne una?»

«No, penso meglio a stomaco vuoto.»

«Okay.» La gioia di cucinare era svanita. Avevo immaginato di far scivolare un'omelette perfettamente soffice su un piatto di fronte a lei e di vedere i suoi occhi castani illuminarsi alla vista del banchetto che le avevo preparato. Ora mi avrebbe guardato mangiare. Era decisamente meno allettante.

Così come l'omelette. Perché aveva un aspetto così grumoso? Quelle di Telma non erano mai così. Sperando in un miracolo culinario, sparsi le cipolle e i peperoni al centro, togliendo quelli bruciacchiati. La lasciai riposare un minuto mentre i bordi si sollevavano, segnalando che erano troppo cotti.

Quando la feci scivolare sul piatto, non si piegò a metà come facevano sempre quelle di Telma. Si afflosciò. Poi si spaccò. Avevo creato non un semicerchio perfetto di soffice bontà, ma un disastro metà troppo cotto, metà crudo.

«È questo che ti hanno insegnato alla scuola di cucina?»

Jamila aveva osservato l'intera débâcle. Ovviamente.

«Forse avrebbero trattato le omelette il prossimo semestre. Se non avessi abbandonato.» Fissai per un momento la strapazzata poco invitante nel mio piatto, poi la buttai nella spazzatura. «Mangerò della frutta.»

Jamila mi mise un braccio intorno alle spalle. «Non fa niente. Io non riesco nemmeno a tagliare una cipolla senza affettarmi un pollice. Il mio chef mi lascia dei pasti pronti da scaldare all'inizio di ogni settimana. Almeno ci hai provato.»

«Non ho mai cucinato nemmeno a casa. Forse è per questo che non ero all'altezza della scuola di cucina.»

«Ehi. Ehi.» Attese che la guardassi. «Hai lasciato la scuola di cucina per il tuo cuore tenero e amante degli animali.»

«Immagino.» Fissai la superficie fredda e lattiginosa del mio caffè. «Portiamo il caffè in terrazza?»

«Mah. Restiamo dentro. Uscire in spiaggia ieri è stato un rischio. Non vorrei sfidare la sorte.»

«Un rischio? Mi sono solo scottata un po'.»

«No, piccola. Voglio dire, è una spiaggia pubblica. Qualcuno potrebbe vederci. Insieme.»

«Ma noi stiamo insieme. Giusto?»

«Piccola.» Le sue labbra si incurvarono all'ingiù. «Io non faccio le cose sul serio. E poi, che direbbe il mio consulente di PR se la mia faccia finisse su tutto Instagram accanto alla tua? Non sei esattamente una persona di basso profilo. Torneremmo al punto di partenza, con l'attenzione sulla mia vita privata e non sull'a-zienda, dove dovrebbe essere.»

«Hai ragione. Certo che hai ragione.» Dirlo, anche due volte, non mi fece sentire meglio. Mi ero svegliata al suo fianco, incapace di credere di aver ottenuto esattamente ciò che volevo e piena della speranza di poterlo mantenere. Ma non era così che la vedeva Jamila. Ero un'avventura, non valevo il rischio per le pubbliche relazioni.

Jamila allungò la mano oltre di me per prendere un paio di mirtilli dalla ciotola di frutta. Se ne mise uno in bocca. «Dai. Puoi darne uno a Quill. È adorabile guardarlo mentre li rosicchia.»

Afferrandomi la mano, mi trascinò in camera da letto dove era allestito l'habitat di Quill.i.am.

Era davvero adorabile da guardare. E quando Jamila mi baciò mentre ridevo, sembrò che tutto potesse andare per il meglio.

«CATTIVE NOTIZIE» disse Hannah mentre entravo fluttuando in ufficio il lunedì.

«Cosa c'è?» Posai la borsa del portatile, e la mia attenzione si acuì. Il sabato e la domenica mattina con Jamila erano stati fantastici, ma avevo un lavoro da fare. Mancavano solo un paio di settimane al lancio, e dovevo tenere tutto insieme fino ad allora.

«Foto.» Toccò lo schermo del suo telefono e il mio vibrò nella borsetta. Mi aveva mandato un link con un messaggio. Ignorai le mie numerose notifiche dei social media e cliccai sul link.

«Foto di Jamila?» Sentii lo stomaco gelarsi. La prima immagine la mostrava in ginocchio sulla nostra coperta da picnic in spiaggia. La successiva mostrava me seduta accanto a lei, ma il cappello floscio mi nascondeva il viso. Accidenti, non mi ero resa conto di come quel bikini mettesse in mostra i rotolini intorno alla vita. Jamila non aveva detto una parola.

Inorridita, sfogliai il resto delle immagini. Per fortuna, chiunque avesse scattato le foto non si era preoccupato di inquadrare la mia faccia. In ognuna, o il mio cappello o quello di Jamila la oscuravano. Ma nell'ultima foto, avevano catturato la mia mano sul suo ginocchio. Non si poteva fraintendere la sensualità della posa. Hannah arricciò le labbra e mi lanciò uno sguardo eloquente. Non ammisi nulla. «Nessun problema. La bisessualità di Jamila non è un segreto. E guarda, ci sono un sacco di like.»

«Mi piace danno più visibilità, non una riprova sociale.» Prima che potessi anche solo analizzarli, Hannah disse: «I commenti sono misti. Alcuni adorano che Jamila si stia godendo la sua vita da bisessuale, altri la condannano su una spiaggia per famiglie...»

«Non stavamo facendo niente!» sbottai. Poi feci una smorfia.

«Non fare quella faccia» disse Hannah. «Sei fiera della tua bisessualità, proprio come lei. Forse in futuro, non lasciare che Jamila si faccia fotografare in una posa civettuola con la sua dipendente, okay?»

Fiera della mia bisessualità era un po' più di quanto mi sentissi a mio agio. Cosa direbbe mia madre se vedesse queste foto? Mi riconoscerebbe anche senza vedermi in faccia. Riconoscerebbe sicuramente l'anello di rubini che brillava sul mio dito mentre poggiava sul ginocchio di Jamila. Feci girare la fede.

«Certo che no» dissi. «Mi dispiace.»

«Andrà tutto bene, finché... merda.»

«Cosa?» Abbassai lo sguardo sul telefono e vidi che Pavel Thakor, CEO di Moo-Lah, che avevo iniziato a seguire, aveva commentato. Cliccai per leggerlo.

Sono felice di vedere che la signorina Jallow si sta divertendo. Nel frattempo, a @moo-lah_corp, stiamo lavorando sodo su un'app rivoluzionaria. #lavoriamopervoi #piùvelocepiùfortemigliore

Il mio telefono vibrò per una notifica. Un altro link da Hannah. Lo cliccai.

Il video partì in silenzio con i sottotitoli. Era Jamila, stamattina, a giudicare dalla luce, con le sue splendide labbra piegate in un ghigno. La didascalia diceva: *Fottetevi. I miei fine settimana sono affari miei.*

«Aspetta, cosa?»

«I sottotitoli sono edulcorati. Jamila ha mandato a quel paese un altro giornalista che le ha chiesto delle foto.»

Buttai la testa all'indietro e fissai il soffitto in pannelli fonoassorbenti del nostro ufficio. «Perché?» gemetti.

«Non hanno mostrato la domanda. Deve averla fatta infuriare.»

Guardai di nuovo il video. Questa volta, sentii un pizzico al cuore. *I miei fine settimana sono cazzi miei.* Come se fossi il suo intrattenimento del fine settimana, non degna di essere menzionata per nome. E certamente non con la parola *fidanzata.*

Ma aveva detto che la nostra era una cosa informale. Mi aveva ricordato che dovevamo rimanere nascoste. Proprio mentre la foto veniva scattata. Non mi stava proteggendo. Stava proteggendo se stessa *da* me.

«Credo che dobbiamo andare a parlarle.» Feci scorrere via il video e controllai l'ora. «Possiamo entrare subito prima della riunione degli sviluppatori.»

«Questa volta passo» disse Hannah. «Sarà di cattivo umore.»

«Vigliacca» dissi con pacatezza.

«In più, ora è con Winslow.»

«Perché? Si vede con lui il mercoledì.»

«Stanno pianificando una cena per domani sera con quel tizio del partner finanziario. E poi Winslow è in ferie per il resto della settimana.»

«Si incontrano con Kenneth Royal della First Arbiter?» Jamila non aveva detto una parola ieri.

«Sì, a La Colombe Bleue.»

«Hai detto che Winslow si prende le ferie? L'app esce tra due settimane. Non dovremmo essere tutti al lavoro fino ad allora?»

«È il weekend del Memorial Day.» Hannah fece spallucce. «Immagino abbia dei piani.»

«Sembra comunque un pessimo momento per andare in vacanza. Scommetto che Moo-Lah non...» Abbassai lo sguardo sullo schermo, dove avevo aperto il profilo di Pavel Thakor. Il suo post più recente era una foto di lui seduto all'aperto a parlare con un gruppo di uomini. La foto era così ravvicinata che non riuscivo a distinguere nulla sullo sfondo. Avrebbero potuto essere in un circolo esclusivo, sulla terrazza di un ristorante o persino fuori dal suo edificio. Sembrava rilassato, con la testa rovesciata all'indietro in una risata. Strizzai gli occhi sull'immagine, poi la ingrandii. Dietro Thakor c'era la parte inferiore di un paio di pantaloni attillati color lampone. Ingrandii ulteriormente, ma l'immagine si sgranò. Erano delle brogue bicolori blu e marroni?

Avevo il vago sospetto di sapere a chi appartenessero.

«Stai bene?» chiese Hannah. «Non ti ho mai vista così immobile.»

«Sto bene.» Feci uno screenshot. «Torno subito.»

Stringendo il telefono, mi diressi lungo il corridoio verso l'ufficio di Jamila. Mi fermai alla scrivania di Felicia.

«Winslow è lì dentro con lei?» chiesi.

«Sì. Ma uscirà tra un minuto.» Indicò Rhiannon, che marciava verso l'ufficio di Jamila seguita dal suo team. Con la sua camicia blu, sembrava un uccellino azzurro arrabbiato che guidava il suo stormo.

«Perché ho la sensazione di essere l'unica a fare il mio stramaledetto lavoro?» Mi squadrò da capo a piedi. Il suo sguardo si soffermò sulla mia mano. «E a non peggiorare le cose?»

Il fuoco mi salì dalle guance alla fronte. «Me ne sto occupando.»

«Sì, certo.» Sollevò il naso con un gesto tagliente degno di mia madre.

Un'ondata di calore mi divampò nel petto, ma fui salvata da una risposta sconsiderata quando la porta di Jamila si aprì e Winslow uscì con le sue brogue bicolori. Oggi, i suoi pantaloni erano azzurro polvere con minuscole bandiere americane ricamate. Riguardai la foto sul mio schermo. Vorrei poter dire se le scarpe nella foto fossero blu e marroni o nere e marroni o marroni con una strana ombra.

Non mi fidavo di me stessa per dire qualcosa a Jamila, specialmente con un pubblico.

«Winslow, una parola?» Indicai con la testa la piccola sala riunioni a poche porte dall'ufficio di Jamila.

«Certo» disse con un sorrisetto.

Rimuginando sul suo sorrisetto, aspettai di aver chiuso la porta della sala riunioni prima di parlare.

Girai il telefono perché potesse vedere la foto. «Cosa ci faceva a parlare con la concorrenza?»

Strizzò gli occhi sullo schermo. «Io non sono in quella foto.»

Ingrandii i pantaloni e la parte superiore delle scarpe e glieli mostrai. «Ne è sicuro?»

«Tutti indossano pantaloni e scarpe del genere. Perché dovrebbe pensare che fossi io?»

«Non è una bella immagine essere visti a parlare con un concorrente quando tutti sanno che c'è una talpa.»

«Sono con Jamila dal primo giorno. Da prima che fondasse l'azienda. Cosa sta insinuando esattamente?» Incrociò le braccia.

Un dubbio sottile iniziò a farsi strada nella mia mente. Aveva ragione sul fatto che non era l'unico pezzo grosso della tecnologia a indossare pantaloni ridicoli e scarpe costose. C'erano un sacco di rampolli di buona famiglia nella Bay Area. (Dovrei saperlo; ero uscita con la mia buona dose di essi.) Ma non potevo permettermi un altro scivolone come quello che avevo fatto accusando Rhiannon. Jamila mi avrebbe aggredita come aveva fatto con quel giornalista.

«A proposito di foto incriminanti, vedo che ha fatto un ottimo lavoro di PR.» Sollevò un sopracciglio. «Questo è un tentativo piuttosto debole di deviare l'attenzione dall'essere stata colta con le mani nella marmellata.»

«Non so di cosa sta parlando.» Cancellai lo screenshot.

«Senta, lei è una brava ragazza, quindi le darò un consiglio amichevole» disse. «Conosco Jamila da molto tempo. Si stressa e si sfoga, se capisce cosa intendo. Sembra che lei sia il suo ultimo sfogo.»

Mi tolsi un pelucco dalla manica della giacca. «Non so perché mi stia dicendo questo.»

«Lei sembra il tipo di ragazza che prende le cose a cuore. Jamila no. Le sue piccole scappatelle non significano nulla. Chieda a Cooper Fallon.»

Non potei farne a meno. Lo fissai, a bocca aperta.

Ridacchiò. «Sì, sono qui da così tanto tempo. Ho visto le conseguenze. Jamila è solo per le cose occasionali. Non si fiderà mai di nessuno abbastanza da far diventare una cosa più seria di così.»

Quante volte mi aveva ricordato che non faceva le cose sul serio? Più di quante volessi ricordare.

Mi passò accanto e mise la mano sulla maniglia della porta. Ma prima di girarla, si voltò a guardarmi. «Le darò questo consiglio: si concentri sulle sue responsabilità. E non si preoccupi di pensare che Jamila sarà mai qualcosa di più di una scopata. Non è quel tipo di donna.»

Aprì la porta e se ne andò, lasciandomi in piedi nella sala riunioni, sgonfia.

Aveva ragione. Mi aveva avvertita lei stessa. Perché mi ero lasciata sperare che si sarebbe innamorata di me? Ero solo la sorellina carina ma fastidiosa di Jackson. Non sarei mai stata quella giusta per lei.

Non come lei lo era per me.

21

«TE NE VAI PRESTO?» chiese Hannah martedì sera, mettendosi in spalla la borsa del portatile.

Sbattei le palpebre, volgendo lo sguardo dalla porta aperta del nostro ufficio al suo viso. «Sì. Voglio solo scambiare due parole con Jamila prima».

Era la sera della cena con Kenneth Royal, l'amministratore delegato della First Arbiter, ed ero in ansia per lei. Non ci eravamo parlate da quando, il giorno prima, le foto erano uscite sui media. Io e Hannah avevamo fatto tutto il possibile per inondare i social con le foto del camp di Jamila, con frammenti video dell'intervista di Nita e con qualsiasi altra cosa fossimo riuscite a trovare per distrarre l'attenzione, ma la storia continuava a degenerare.

Tutti volevano conoscere l'identità della misteriosa ragazza di Jamila. Avevo stalkerato Jamila sui social abbastanza a lungo da sapere che queste cose seguivano sempre lo stesso schema: una volta identificata, avrebbero scavato nel suo passato, l'avrebbero seguita per qualche giorno, avrebbero pubblicato un paio di sue foto poco lusinghiere mentre mangiava o sudava dopo un allenamento, per poi scaricarla con la stessa rapidità con cui l'avrebbe fatto Jamila. Rivelarmi come la ragazza di Jamila non l'avrebbe aiutata minimamente. Per non parlare di quello che avrebbe detto mia madre.

No, grazie.

Avevo passato più tempo sui social di quanto avrei dovuto, anche per essere una consulente di PR, passando al setaccio i commenti in cerca di un indizio che la "bellezza da spiaggia" di Jamila fossi io. Finora, niente. Ma ogni notifica, ogni numerino rosso che aumentava, mi stringeva sempre più lo stomaco.

«Buona fortuna» disse Hannah. «A domani».

«Buona serata». Finsi di guardare lo schermo.

Un minuto dopo che Hannah fu uscita, colsi un lampo di color lavanda. Jamila stava passando, a grandi passi lungo il corridoio. Corsi alla porta dell'ufficio e la raggiunsi mentre passava.

«Ehi, Jamila». Mi misi a correre per stare al passo con le sue lunghe falcate.

«Natalie». Non c'era alcuna dolcezza nel modo in cui lo disse.

«Lo sviluppo procede bene?»

«Veramente no. Abbiamo avuto un altro intoppo. Vorrei restare per dare una mano, ma stasera abbiamo questa stramaledetta riunione». Spinse la porta di sicurezza per accedere al corridoio principale.

Accelerai il passo per raggiungerla. «Con il… socio?» dissi a bassa voce, dato che eravamo fuori dall'area riservata.

«Sì, e sarà un casino pazzesco. Non riesco a capire se è più incazzato per le foto o per il potenziale ritardo sulla tabella di marcia». Borbottò le ultime parole mentre apriva di spinta la porta del bagno. Si avvicinò allo specchio per controllarsi il rossetto.

«Posso aiutare?»

«Non a meno che tu non abbia una bacchetta magica per far sparire i bug dal mio codice».

«Mi dispiace, in quello non posso aiutarti. Ma posso dare una mano con l'aspetto PR. Posso parlargli dell'articolo di *Buzz Bizz* e delle altre nostre iniziative di PR».

Mi guardò accigliata attraverso lo specchio. «Sei libera stasera?» Lanciando un'occhiata alle toilette, aggiunse: «Per incontrarlo?»

«Sì, sì, certo. Qualsiasi cosa ti serva». Lo stomaco mi frizzo come champagne. Forse mi avrebbe lasciato fermare da lei anche quella notte. Ci saremmo riconnesse. Non mi sarei sentita così abbandonata e bisognosa.

«Okay, allora». Richiuse il tubetto di rossetto. «Andiamo».

———

DURANTE IL TRAGITTO verso la città, Winslow sedette sul sedile anteriore del SUV di Jamila e la informò su chi si sarebbe occupato delle sue varie attività mentre lui andava a trovare la nonna ricoverata in ospedale. Quando seppi del suo infarto, mi sentii un po' in colpa per averlo criticato perché se ne andava.

Nel frattempo, io sedevo in silenzio sul sedile posteriore. Parlavano di cose dall'aria importante come catene di approvvigionamento e campagne di marketing. In confronto, il mio lavoro, con i suoi post sui social media, i "mi piace" e i servizi fotografici, sembrava una cosa frivola.

Quando Jamila si fermò davanti al posteggio del valet di fronte a La Colombe Bleue, mi sentii finalmente nel mio elemento. Ero stata in quell'elegante ristorante dozzine di volte con i miei genitori e qualche volta con degli accompagnatori. Il posteggiatore aprì la portiera, io uscii e mi lisciai le pieghe della gonna a tubino. Mi tenni dritta e impettita e mi diressi verso l'ingresso, senza nemmeno fermarmi, perché sapevo che il portiere l'avrebbe aperto in tempo.

Al podio del maître, mi accolse Frankie. «Signorina Natalie. Non La aspettavo stasera. I signori Hayes La raggiungeranno?»

«No, stasera ceno con la signorina Jallow. Ci troverai un buon tavolo, vero? Qualcosa di riservato? Abbiamo una riunione importante che richiede discrezione».

«Certo, certo». Frankie annotò qualcosa sulla piantina dei tavoli.

Jamila alzò gli occhi al cielo. «Sul serio?»

«Non vorrai mica intrattenere il nostro ospite accanto alle cucine» dissi. «In più, non credo che la vostra partnership sia di dominio pubblico. Non vorremmo sederci in vetrina e dare alla gente motivo di fare congetture».

«Questa sì che è una buona idea» disse Winslow.

«Questa sì?» dissi. «Io ho un sacco di buone idee».

Stavolta fu lui ad alzare gli occhi al cielo.

Frankie ci condusse a un tavolo in un'alcova appartata, dove non saremmo stati osservati.

«Perfetto» dissi mentre Frankie mi adagiava il tovagliolo in grembo e mi porgeva un menu. «Grazie, Frankie».

Jamila non attese Frankie. Si stese il tovagliolo in grembo e allungò una mano per la lista dei vini. «Cosa non darei per un whiskey».

Frankie chiese: «Posso portarLe qualcosa dal bar?»

«No, grazie. Devo tornare in ufficio stasera».

Svanì così la mia speranza di una replica dello scorso fine settimana. A quel punto, avrei voluto aver guidato la cabriolet, per non dover prendere un Uber fino all'ufficio la mattina dopo.

«Il vostro cameriere sarà da voi tra un momento». Frankie fece un inchino e si allontanò.

«Cosa ne pensi, Winslow, cabernet o pinot nero?» chiese Jamila.

Restai seduta, incredula. Perché non aveva chiesto a me del vino? Ero praticamente cresciuta in quel ristorante. Avrei potuto dirle che i cabernet erano banali e che le sarebbe andata meglio con un malbec. Ma non l'aveva chiesto a me. Attorcigliai il tovagliolo in grembo.

Mentre discutevano sulla scelta del vino, scorsi un uomo che riconobbi. Le tempie argentate di Kenneth Royal, l'abito grigio, la cravatta blu e i mocassini neri comunicavano al mondo che era un dirigente di banca. Ecco un modo per rendermi utile.

Mi alzai. «Signor Royal, benvenuto. Non so se si ricorda di me.

Sono Natalie Jones, e lei conosce Jamila Jallow e Winslow Keating-Ashworth».

Jamila sembrava irritata, ma era stata irritata per tutta la sera. Non riuscivo a capire se stesse ancora pensando al bug o se fosse una nuova seccatura. «Buonasera, Kenneth. Grazie di averci incontrati». Il suo "grazie" suonò come vetro smerigliato in gola.

«Dobbiamo parlare dello stato della nostra partnership». Si sedette di fronte a Jamila ma si voltò per squadrarmi. «Tu sei la figliastra di Charles Hayes».

«Esatto. Ci siamo conosciuti alle feste dei miei genitori».

«Charles è un uomo intelligente». Mi scrutò da capo a piedi. «Tu non sei quella che possiede una società di software. Sei la mondana».

Serrando i denti, mi raddrizzai sulla sedia. «Mi occupo delle pubbliche relazioni di Jamila».

«Capisco. Post sui social media e cose del genere?» Lo disse come se avesse in bocca dei broccoli scotti.

«Sì, e…»

Jamila mi interruppe. «Kenneth, concentriamoci sulle tue preoccupazioni».

Mi appoggiai allo schienale della sedia. Perché mi aveva portata lì se poi mi avrebbe ignorata?

«Non sono sicuro che Jamilow sia un buon partito per la FA, con tutto questo trambusto» disse Royal. «È stata una cosa dopo l'altra. Prima, il matrimonio scandaloso di Winslow e poi il suo sordido divorzio. Tu hai tirato un pugno a quella giornalista e ti sei lasciata fotografare in spiaggia con una specie di svampita in bikini. Ora hai avuto un altro alterco con un reporter. Jamilow sembra più una soap opera che una società di software a cui la nostra augusta istituzione finanziaria vuole legare la propria reputazione».

Si appoggiò allo schienale, lasciando che le schegge di quella granata volassero ovunque.

Svampita in bikini? Jamila mi aveva portata lì perché mi scusassi?

L'espressione di Jamila era di pietra. «Jamilow è un'azienda innovativa che genera più idee creative in una sola mattina di quante ne produca la tua banca polverosa in un anno. Ecco perché vi state associando a noi. E allora se c'è un po' di dramma? Metti insieme un gruppo di artisti, e ci sarà sempre un po' di teatralità. In ogni caso, posso promettere che non ci saranno altre crisi isteriche con i media prima del lancio».

Mi fissò dritto negli occhi.

Ora capivo perché ero lì. Era il suo modo di mostrarmi la posta in gioco nella sua vita. Non aveva spazio per una relazione pubblica con me o per l'inevitabile attenzione che avrebbe attirato. Il mio compito era appianare tutto per il pubblico e far sembrare Jamilow un partner adatto per un'anonima società di servizi finanziari.

Beh, io di appianare le cose me ne intendevo. Era per questo che ero stata cresciuta. Inarcai le sopracciglia, e il nostro cameriere scivolò verso il tavolo.

«Gradiremmo una bottiglia del Nicolás Catena Zapata, per favore. E per me un vodka tonic».

«Davvero, Nat?» borbottò Jamila. «Questa è la mia riunione».

Rivolgendole il mio sorriso più smagliante, dissi: «Lo faccia doppio».

Una volta che la vodka mi entrò in circolo, fu facile scivolare di nuovo nel ruolo che tutti, specialmente Kenneth Royal, si aspettavano da me. Mi assicurai che i bicchieri di tutti fossero pieni. Quando parlavo, agitavo le mani per ricordare a tutti che ero lì come bella statuina e di non prendermi troppo sul serio. Ridacchiavo a quello che dicevano, quando era anche solo lontanamente divertente. Diedi un colpetto sul braccio del signor Royal e gli regalai i miei sorrisi più accattivanti. Lentamente, si ammorbidì come burro lasciato fuori dal frigo sul mio banco di lavoro della scuola di cucina.

Il mio comportamento ebbe l'effetto opposto su Jamila. Non ebbi bisogno di riempirle il bicchiere perché toccò a malapena il vino. Divenne più fragile col passare della serata, come una ganache al cioccolato in frigorifero.

Alla fine, la cena terminò. Il signor Royal e la sua augusta istituzione finanziaria furono conquistati. Strinse la mano a Winslow, promettendogli di chiamarlo la prossima volta che avrebbe avuto bisogno di un quarto per il golf. Invitò Jamila a bere qualcosa al suo circolo privato. Mi diede un lungo abbraccio e si offrì di darmi un passaggio a casa con la sua auto di rappresentanza. Rifiutai educatamente e chiamai un'auto a noleggio.

Winslow uscì con il signor Royal, e mi aspettavo che Jamila andasse con loro, ma mi afferrò il polso come una manetta e mi trascinò dietro una pianta in vaso nel vestibolo. Il mio cuore ebbe un fremito di speranza. Mi avrebbe dato un abbraccio per cancellare la sensazione untuosa di quello del signor Royal? O almeno mi avrebbe detto che ero stata brava a far filare tutto così liscio?

Ma non fece nessuna di queste cose. Invece, mi sibilò contro: «Che cazzo è stato?»

«Cosa?»

«Non farmi quegli occhioni da cerbiatta e non fingere di non sapere di cosa sto parlando. Perché hai fatto la parte della svampita?»

«La parte della svampita? Stavo cercando di aiutare».

«Avevo bisogno che tu fossi la mia competente consulente di PR, non una specie di Barbie».

Barbie? La vodka mi si rivoltò nello stomaco. «Allora avresti dovuto presentarmi come la tua consulente. Mi hai sminuita, e non sapevo cosa volessi. Mi sono comportata nel modo che pensavo ti servisse».

«Non volevo sminuirti». La rigidità abbandonò la sua schiena. «È solo che… non sapevo cosa fare con te, una volta che eri qui. È un momento delicato per la mia attività, con questa partnership in bilico». Si massaggiò lo spazio tra le sopracciglia. «Mi dispiace di non essere più brava in queste cose».

Avrei voluto allungare la mano e stringerla in un abbraccio. Probabilmente ce la saremmo potuta cavare con un gesto amichevole, ma non potevamo permetterci di correre il rischio. Non dopo le foto. Non quando il lancio del nuovo prodotto di Jamila era in gioco. Così cercai di infondere tutto il mio affetto nel mio sguardo mentre dicevo: «Non fa niente. Mi dispiace di averti delusa».

«Puoi essere te stessa con me, lo sai» disse. «La prossima volta, fammelo notare. Non devi indossare quella maschera. Anche se forse non proprio davanti a Kenneth. Aspetta fino a dopo il lancio».

Il primo sorriso sincero della serata mi si dipinse sul volto. «Farò del mio meglio».

«Anch'io. Per rimediare a questa cena disastrosa, vorrei che venissi a fare un'escursione con me questo fine settimana».

«Un'escursione nel fine settimana del Memorial Day? Potrebbe forse includere un pigiama party?»

«Assolutamente sì, cazzo. Porta una borsa per la notte e un costume da bagno, il pigiama non è necessario».

Trattenni uno squittio di gioia. Un weekend lungo con Jamila sembrava un paradiso. Avrei comprato dei graziosi scarponcini da trekking e mi sarei raccolta i capelli in una bandana. Rabbrividii al suo schiocco immaginato, mentre me la sfilava e mi spingeva contro la corteccia ruvida di un albero.

«Sissignora» dissi.

I suoi occhi si fecero liquidi. «Mi piace come suona».

Per quanto fossimo malamente riparate da una pianta in vaso, mi inclinai verso di lei, ma mi bloccai quando il telefono mi vibrò in mano.

Jamila si leccò le labbra, stuzzicandomi. «Immagino che tu debba andare» sussurrò, con voce roca.

«Ci vediamo al lavoro domani, capo». Con un gesto della mano tra i capelli, uscii baldanzosa dal ristorante e scivolai in una Toyota che odorava di deodorante Axe e speranza.

22

«DOVE STAI ANDANDO?»

Se fossi stata più veloce di trenta secondi, mia madre non mi avrebbe sorpresa con la mano sulla maniglia della porta d'ingresso, quel sabato mattina.

Lentamente, mi voltai. «Fuori?»

Mi tirai giù i pantaloncini tecnici da trekking che avevo comprato durante la pausa pranzo del giorno prima. Li avevo arrotolati, sperando che quando Jamila avesse visto le mie cosce scoperte non avremmo dovuto fingere di fare un'escursione, e l'unico esercizio che avremmo fatto sarebbe stato nel suo letto.

«Vestita così?»

Sentite da che pulpito. Indossava una vestaglia di cachemire bordeaux sopra il pigiama di seta.

Imprecai contro il tessuto frusciante che doveva aver avvisato mia madre della mia fuga. Però la maglietta mi piaceva. Aderiva alle mie curve in un modo che speravo Jamila avrebbe apprezzato prima di strapparmela di dosso. Aveva persino bottoni a pressione invece di quelli normali.

Mia madre si schiarì la gola.

«Andiamo a fare un'escursione.»

Sollevò un sopracciglio. «E il picnic del deputato Crawford?»

«Oh. Ehm.» Mi sforzai di sorridere. «Non credo che riuscirò ad andarci.»

«E con chi vai a fare questa escursione?»

«Con… un'amica.»

«Un'"amica"?» Mia madre incrociò le braccia. «Dopo che tua sorella è partita per un viaggio con *un'amica,* è stata cacciata dall'università. Ma tu non sei come Samantha. Non avrei mai pensato che saresti sgattaiolata via così. Sei sempre stata la mia brava ragazza.»

Sapeva come colpirmi dritto al cuore. Palpitò per la forza dell'accusa che mi aveva lanciato. «Lo sono ancora, madre. Faccio tutto quello che mi chiede. Solo non oggi. È una giornata stupenda per stare all'aperto.» Feci un cenno verso il vetro laterale della porta, dove il sole era sospeso a un palmo dall'orizzonte e colorava ancora di rosa le nuvole del primo mattino. «E non ho mai fatto un'escursione prima d'ora.»

«Ti ho chiesto di partecipare al picnic e di parlare con il deputato Crawford del nostro programma di alfabetizzazione.»

«Lo so, madre. Ma vado sempre a eventi mondani come quello. Oggi voglio fare qualcosa di diverso.»

Mi fissò per un lungo momento, i suoi occhi azzurri che trapassavano i miei. Poi guardò attraverso il vetro. «A proposito di diverso, di chi è quella macchina?»

Avrei dovuto parcheggiare la Porsche in fondo alla strada, ma tornando a casa dal lavoro ieri ero così stanca che l'avevo lasciata nel vialetto.

«È un'auto aziendale. Per andare a Jamilow.»

«Perché hai bisogno di un'auto aziendale quando ne hai una perfettamente funzionante…»

«Madre,» la interruppi. «Farò tardi.»

Lei strinse le labbra. «Anche se apprezzo quello che stai facendo per Jamila, sarò contenta quando questa assurdità delle pubbliche relazioni sarà finita e potrai tornare ai tuoi doveri di famiglia.»

Assurdità? Il mio stomaco vuoto si contorse.

«Porterò i tuoi saluti a Daniel. Quando avrai finito con Jamila, voi due dovreste considerare di ufficializzare la cosa.»

«Ufficializzare?»

«Il vostro fidanzamento. Daniel andrà lontano con te al suo fianco.»

Il suo profumo di Chanel N. 5 mi sopraffece. «Devo andare.» Aprii la porta e uscii.

«Non mi hai ancora ringraziata. Per le foto.»

«Le… foto?» Un peso mi oppresse lo stomaco.

«Quelle scattate in spiaggia con Jamila. Ho comprato quelle in cui si vedeva il tuo viso.»

Santo cielo. «C'erano foto del mio viso?»

«Certo che c'erano. Sei una Jones.»

Rimasi a bocca aperta. «Perché non le hai comprate tutte?»

«Gliel'ho chiesto, ma non ha voluto venderle tutte. O la storia di Jamila è troppo grossa, o qualcun altro lo ha pagato di più per pubblicarle. Quindi, se Jamila è l'amica con cui vai a fare l'escursione, usa discrezione. Non credo che possa permettersi un altro scandalo del genere.»

«Ehm… grazie.» Il mio viso era più caldo del ferro arricciacapelli. Che mia madre avesse capito la mia relazione con Jamila? Compresi i dettagli sexy? Non c'era da stupirsi che mi stesse spingendo verso Daniel.

«Vorrei averle potute prendere tutte. Jamila mi è sempre piaciuta.»

«Le piace?» Trattenni il respiro. Forse non si sarebbe infuriata con me per essermi innamorata di Jamila.

Ma chi volevo prendere in giro? Un conto era che le piacesse una donna; un altro, ben diverso, era che le piacesse l'idea che sua figlia stesse con lei, specialmente in una strana situazione di amiche-barra-capo-con-benefici.

«Certo che mi piace. È praticamente un'altra figlia per me. Jamila è determinata, come ho sempre incoraggiato voi ragazze a essere. Mi ricorda me.»

Ecco.

Avrebbe voluto che la brillante e ambiziosa Jamila fosse sua figlia e non l'apatica Natalie, che si lasciava trasportare da qualunque brezza soffiasse.

«Devo proprio andare, madre.» Chiusi la porta e scesi a fatica le scale fino alla decappottabile a noleggio.

———

QUANDO RAGGIUNGEMMO il punto in cui il sentiero accidentato —quello usato dalle linci rosse e, a quanto pareva, da Jamila Jallow— incrociava quello più agevole, mi piegai con le mani sulle ginocchia per riprendere fiato.

Per quanto mi costasse, ansimai: «Aspetta!»

«Cosa?» Jamila tornò sui suoi passi dal punto in cui aveva già ricominciato a salire. I miei nuovi scarponi da trekking mi avevano provocato una vescica sul tallone che rovinò la mia ammirazione per i suoi muscoli posteriori della coscia e i glutei ben formati, messi in mostra dai suoi pantaloncini da escursione.

Tirò fuori la borraccia dal suo minuscolo zaino da trekking e svitò il tappo. «Oh, sì, che vista.»

Giusto. La vista. Quella che non riuscivo a vedere a causa del sudore che mi colava negli occhi. Mi raddrizzai e premetti la mano sul fianco per calmare il dolore. Fare trekking, almeno con Jamila, era più difficile di quanto sembrasse e per niente affascinante come avevo immaginato quando avevo scelto il paio di scarponi più carini del negozio di articoli sportivi.

Si era rifiutata di seguire il sentiero pianeggiante che saliva gradualmente sulla montagna, quello che usavano tutti. No. Lei si era avventurata avanti, seguendo dei segnali, che mi aveva detto essere i "blazes" del "trailblazing", su sentieri che avrei pensato potessero seguire solo i cervi più sicuri. Le sue gambe lunghe scavalcavano facilmente le rocce e le radici esposte che usavamo per risalire il pendio. I miei muscoli posteriori della coscia mi imploravano di tornare indietro. Ma Jamila non si sarebbe mai arresa finché non avesse scalato la montagna e non l'avesse sottomessa.

«Bevi un po' d'acqua,» disse. «Siamo quasi arrivate. Manca solo un'altra mezz'ora o giù di lì.»

«Mezz'ora?» ansimai. Sul tapis roulant, mezz'ora non era niente. Ma questo era più simile all'ellittica. Un'ellittica con chiodi arrugginiti martellati sui pedali per pungermi i talloni a ogni passo.

«Ehi.» Mi mise una mano sulla spalla sudata. «Stai bene?»

Prima di oggi, non sapevo che le mie spalle potessero sudare. Sganciai dalla cintura la mia nuova e sofisticata borraccia e ne bevvi un sorso. «Sto bene.»

«La vista dalla cima è incredibile. Ne vale assolutamente la pena.» Le sue dita danzarono sul mio seno fino alla cintura dei miei pantaloncini da trekking.

Rabbrividii al suo tocco. «Merito più di una vista panoramica se arrivo in cima. Qual è la mia ricompensa se sopravvivo a questa marcia della morte?»

«Marcia della morte? È classificata solo come moderatamente faticosa.»

Sbuffai. «Per una capra di montagna.»

«Non ci sono capre di montagna in California. Solo bighorn.»

«Va bene. Questo sentiero è più adatto ai bighorn che agli esseri umani.»

«I bighorn non bazzicano quaggiù. Se vuoi vederli, devi scalare quella.» Indicò una montagna più alta in lontananza.

«Magari la prossima volta.» Era una bugia. Se avessi voluto vedere una pecora, sarei andata allo zoo. Dove i sentieri erano piatti e più adatti a tenersi per mano.

«Immagino che le escursioni non facciano per te. Grazie per essere stata al gioco, tesoro.» Quando mi strinse più forte, non mi importò delle vesciche o di quanto potesse essere rosso il mio viso. Mi concentrai sulle sue labbra, morbide e tutte da baciare.

«Forse ho bisogno di un po' di motivazione per continuare,» mormorai.

«Ho della frutta secca nello zaino.» Mi strofinò il viso contro la tempia.

«A meno che non sia il nome che dai al tuo vibratore, non è il tipo di premio che avevo in mente.»

«A sinistra!» gridò una voce a pochi metri di distanza.

Avevamo sentito quella chiamata da escursionisti e ciclisti più veloci per tutta la mattina, ma questa voce suonava terribilmente familiare.

Invece di nascondere il viso nel petto di Jamila come avrei dovuto fare, mi allontanai di scatto da lei e affrontai la minaccia. Il cuore mi si fermò quando vidi mio fratello, Jackson, in piedi sui pedali della sua mountain bike, seguito da suo figlio adottivo, Noah, su una bicicletta simile.

San-to cielo.

«Nat?» Alzò una mano per segnalare di fermarsi.

«Jackson? Che ci fai qui?» Riuscivo a malapena a spiccicare parola con il cuore che mi rimbalzava nel petto. Di tutti i posti in cui avrebbe potuto essere un sabato di maggio, doveva essere proprio qui, sulla stessa montagna, sullo stesso sentiero di me e Jamila.

«Sto solo percorrendo il mio sentiero preferito,» disse. «Credo che sia tu a dover spiegare cosa ci fai *qui*. Non passi di solito il weekend del Memorial Day ad aiutare la mamma a socializzare con i politici?»

«È anche il mio sentiero preferito,» disse Jamila. La sua voce era liscia come il burro. «L'ho invitata io.»

La fissai a bocca aperta. Con tutti i suoi discorsi sulla leggerezza e la segretezza, stava davvero per parlare a Jackson di noi? Il mio cuore accelerò e le dita mi formicolavano.

«Ehi, Jamila.» Ridacchiò. «Prima viene a lavorare per te, e ora uscite insieme nel fine settimana? Le pubbliche relazioni devono andare alla grande.»

«Sì,» disse lei. «Natalie mi ha davvero salvato la pelle. Le ho chiesto di venire con me per ringraziarla.»

Il mio cuore perse un colpo mentre tutte le mie speranze e i miei sogni cadevano —*splat*— sulla terra.

«Fantastico. Forse ti sarebbe piaciuta una ricompensa meno faticosa, eh, Nutter Butter? Tipo una giornata alla spa.» Scoppiò a ridere.

«Che maleducato,» sbuffai. «Mi stavo divertendo un mondo finché non sei arrivato tu.»

Dando le spalle sia a mio fratello che a Jamila, zoppicai verso Noah e lo abbracciai. Come me, era accaldato e sudato, e il suo casco sbatté contro la mia testa.

«Ti stai divertendo?» chiesi.

«Sì.» La sua voce da tredicenne uscì scontrosa e roca. Si schiarì la gola. «E tu?»

Lanciai un'occhiata alle mie spalle. Jamila e Jackson non ci stavano prestando attenzione, troppo concentrati nella loro spensierata conversazione. «Insomma.»

«La prossima volta dovresti venire in bici con me e Jay. La salita è un po' dura, ma in discesa voliamo. È una figata.»

«Alicia sa di questo volo?» Mia cognata era una delle persone più caute che conoscessi. Lei e mio fratello erano l'epitome degli opposti che si attraggono.

Strizzò un occhio. «La teniamo nascosta. E poi,» picchiettò il casco, «stiamo attenti.»

Attento non era una parola che associavo a mio fratello. Tuttavia, si era circondato di persone prudenti come Alicia e Cooper. Jamila, però, era tutt'altro che attenta. Stava dicendo la verità a mio fratello? Che stavamo per baciarci quando erano arrivati alle nostre spalle? Dal modo in cui Jackson rideva, ne dubitavo.

«Cosa c'è di così divertente?» chiesi stizzita.

«Niente, Nutter Butter.» Si avvicinò a me e allungò una delle sue lunghe braccia per scompigliarmi i capelli.

Feci un balzo indietro. «Smettila!» Mi tolsi l'elastico e mi pettinai con le dita i nodi che mi aveva fatto. Poi mi raccolsi di nuovo i capelli in una coda di cavallo fresca e la strinsi bene.

Quando alzai lo sguardo, Jamila mi osservava con fame negli occhi.

Forse potevamo ancora salvare la nostra escursione... e la mia ricompensa.

«Noah dice che non vede l'ora di raggiungere la cima,» dissi. «Immagino che dovreste andare.»

«Sì, andiamo, ometto.» Jackson prese la bici e la inforcò. «Nat, ci mancherai al brunch domani. Ci vediamo il prossimo weekend. A dopo, Mila.» Diede una spinta e si alzò sui pedali per affrontare la salita. Noah fece lo stesso, e presto sparirono dietro la curva.

Jamila scosse la testa. «C'è mancato poco.»

Improvvisamente, l'energia mi abbandonò, e non era solo la stanchezza dell'escursione. «Non suppongo che gli hai parlato di noi?»

Sbatté le palpebre, con gli occhi spalancati. «Di *noi?*» Abbassò la voce. «Intendi dire, gli ho detto che mi sto scopando la sua sorellina così, alla leggera?»

Le sue parole mi fecero il cuore a brandelli come coltelli da bistecca smussati. Non ero sicura al cento per cento che la mia cotta fosse diventata amore, ma i miei sentimenti per lei erano tutt'altro che leggeri. «Beh, messa così...»

«Senti.» Si avvicinò, non tanto quanto prima che Jackson ci interrompesse, ma abbastanza da entrare nel mio spazio personale. Con una nocca sotto il mento, mi sollevò la testa finché non la guardai negli occhi. «Questa cosa è molto recente. Penso sia ragionevole vedere come vanno le cose prima di andare a dirlo al mondo.»

Il suo ragionamento era... ragionevole, ma i miei sentimenti non lo erano. «Jackson è uno dei tuoi amici più cari. Non gli parleresti di una persona che frequenti?»

«Normalmente, sì. Ma questa non è una situazione normale.» Si girò di scatto, si tolse il berretto e si passò le dita tra i capelli corti. «Sei la sua sorellina.»

Borbottò le parole successive, ma le capii tutte.

«Non dovremmo farlo.»

I coltelli nel mio cuore si girarono. Forse aveva ragione. Se non le importava abbastanza di me da parlarne a mio fratello, allora *non* avremmo dovuto farlo.

«Andiamo.» Ma invece di guidarmi su per la montagna, si voltò per scendere.

«Non andiamo in cima?» chiesi.

«No. Sei stanca. Ti ho già spinta troppo oltre.»

Scendeva a fatica lungo la montagna, senza mai voltarsi indietro.

23

QUANDO ENTRAMMO in casa di Jamila, lei si chinò per slacciarsi gli scarponi da trekking e parlò per la prima volta dopo quasi un'ora. «Vuoi farti una doccia?»

Non mi allettava l'idea di sudare su tutta la Porsche a noleggio durante il viaggio di ritorno a San Francisco. In più, eravamo tornate abbastanza presto che mia madre avrebbe potuto essere ancora a casa al mio rientro, ed era l'ultima persona che volevo vedere con il mio umore nero.

«Certo.» Mi tolsi gli scarponi, afferrai la borsa da weekend e mi diressi verso il bagno degli ospiti.

Mi afferrò il polso. «Con me?»

«Ma io… io pensavo…» Inspirai profondamente. «Non hai detto una parola durante il viaggio di ritorno dal sentiero.»

«Dovevo pensare. E ora ho finito. Voglio fare qualcos'altro.» Mi tirò più vicino a sé e affondò il naso nel mio collo.

Mi scostai. «Cosa stiamo facendo, Jamila? Non posso essere il tuo sporco segreto. Non ho bisogno di un'auto o di uno stipendio dalla tua azienda. Quello di cui ho bisogno è qualcuno che non si vergogni di stare con me in pubblico o davanti alla mia famiglia.»

«Lo so.» Si attorcigliò l'estremità della mia coda di cavallo intorno a un dito. «Mi dispiace per prima con tuo fratello. Non ero preparata e non sapevo cosa dire.»

Le mie spalle si rilassarono un po'. «Cosa gli diresti se lo vedessi adesso?»

Fece una pausa per un momento. «Gli direi che non sei più una bambina con le codine.» Mi tirò la coda di cavallo, facendomi formicolare il cuoio capelluto. «Sei una donna adulta. Una donna adulta e sexy. E sono molto, molto interessata a te.»

«Molto interessata? Che cosa significa?» Il cuore mi martellava nel petto.

«Significa che voglio scoparti. E continuare a farlo per un po'.»

Per quanto fossi d'accordo con il sesso, scopare per "un po'" non soddisfaceva il mio cuore romantico. «Un po'?»

«Un po'. Con i miei partner precedenti, non mi interessava. Senti, ho bisogno di un po' di tempo per chiarirmi le idee. Faccio schifo a parlare di sentimenti. Questo è il meglio che riesco a fare in questo momento.»

Era una supplica quella nei suoi occhi? Erano morbidi e caldi come cioccolato fuso.

Volevo annegare in essi.

«Me lo faccio bastare.» La baciai dolcemente sulle labbra. «Per ora.»

Le sue braccia mi avvolsero e il bacio divenne sporco. Sporco perché sentivo l'odore del mio sudore disgustoso.

Mi tirai indietro. «Andiamo nella tua doccia sexy. Metà di quel sentiero di trekking mi è rimasta attaccata alla faccia.»

«Mi piaci sporca», disse, lasciandomi un bacio sulle labbra. «Mi piace anche ripulirti. Andiamo.»

Lasciammo i nostri scarponi e calzini impolverati nella sua lavanderia, poi mi condusse per mano al suo bagno. Non era spazioso come quello della sua casa al mare, ma la doccia era abbastanza grande per due. Accese il soffione a pioggia e si voltò verso di me. «Spogliati.»

Era proprio come la fantasia erotica che avevo avuto quella mattina mentre mi vestivo. Misi le dita sull'apertura del collo della mia camicia da trekking e tirai i lati facendoli aprire con uno schiocco. Le sue labbra si separarono. Lasciando che un sorriso mi sfiorasse le labbra, ripetei il gesto deliberato con ogni bottone a pressione della mia camicia da trekking. Le iridi di Jamila divennero sempre più incandescenti a ogni schiocco dei bottoni. Me la sfilai dalle spalle e la lasciai cadere a terra.

Avevo indossato il mio reggiseno sportivo più sexy, se mai un reggiseno sportivo può essere definito sexy, quello con le coppe che non nascondevano la mia figura. I gancetti sul retro significavano che non avrei dovuto lottare per sfilare lo spandex umido. Sganciai i gancetti e gettai il reggiseno sopra la camicia. Mi fissò il seno mentre il vapore usciva dalla doccia intorno a lei. Sganciai la fibbia dei miei pantaloncini e abbassai lentamente la cerniera.

Mi ero dimenticata della borraccia, e il suo peso fece cadere i pantaloncini sulle piastrelle con un tonfo.

«Ops», dissi, sorridendo maliziosamente.

«Ops», mi fece eco lei. «Lasciala lì.»

Infine, mi sfilai le mutandine di cotone. Mordendomi il labbro, mi girai in modo da darle le spalle e mi chinai a raccogliere i vestiti. «Dove li metto?»

«Nel cesto della biancheria.» La sua voce suonava tesa.

Camminai in punta di piedi sulle piastrelle riscaldate per raggiungerlo, poi tornai a stare, nuda, di fronte a lei. Si portò una mano tra i miei capelli per togliere l'elastico che teneva la coda di cavallo. Sciolsi i capelli sulle spalle.

Ne prese una ciocca per attorcigliarla tra le dita. «Mi piacciono i tuoi capelli.»

«Anche a me piacciono i tuoi.» Allungai la mano per accarezzare i suoi ricci corti ed elastici. «Posso lavarteli?»

«Vedremo. Potrei non avere la pazienza.»

Misi il broncio. «Allora laverai i miei?»

«I miei prodotti per capelli ricci potrebbero non andare bene per i tuoi.»

«Non importa. Posso lavarli di nuovo domattina. Voglio le tue mani tra i miei capelli.»

«Come vuoi, piccola. Ora, vai dentro e lavati.»

«Non vieni?»

«Voglio guardarti.»

Se voleva guardare, le avrei offerto uno spettacolo. Lentamente, mi voltai e aprii la porta della doccia. Feci un passo esagerato per entrare, allungando i quadricipiti, i tendini del ginocchio e i glutei affaticati. Mi misi sotto il soffione a pioggia, girando il viso verso l'alto e passando le dita tra i capelli, lisciando le ciocche bagnate verso la nuca.

Quando mi voltai per sbirciare verso di lei, sorrise famelica. «Lavati, piccola. Ti voglio tutta pulita quando entrerò.»

Afferrando il suo bagnoschiuma, ne versai un po' nella mano e lo insaponai. Lo passai lungo il collo, sulle spalle e giù per le braccia. Mi strofinai la pancia e le gambe mentre lei guardava. «Vieni a farmi la schiena?» chiesi.

«Tra un minuto. Non ti sei ancora lavata il seno. O in mezzo alle gambe.»

«Speravo te ne saresti occupata tu.» Le lanciai il mio sorriso più seducente.

«Voglio guardarti mentre lo fai.»

Fremetti per l'attesa. Mi presi il seno tra le mani e lo strinsi, sfiorando i capezzoli con i pollici.

«Rallenta», disse. «Abbiamo tutto il pomeriggio. Non dimenticare il doccino.»

«Il doccino?» Lo vidi sul muro. Sollevandolo dal suo supporto, lo accesi. «Fredda!» strillai quando goccioline gelide mi colpirono la pelle.

Lei ridacchiò. «Si scalderà.»

Dopo pochi secondi, fu così. Mi sfregai il capezzolo con una mano mentre dirigevo il getto della doccia tra le mie gambe. Era piacevole, ma… «Ha un'impostazione per il massaggio?»

Quando la sua mano si chiuse sulla mia, spalancai gli occhi. L'acqua scintillava sulla sua pelle nuda.

«Chi fa da sé, fa per tre», borbottò. Ma non si prese la briga di reprimere il suo sorriso.

Premette il pulsante sul doccino e questo iniziò a pulsare come ne avevo bisogno, una sequenza di pressione che sembrava una mano tra le mie cosce. Lo diresse sulle mie labbra, che si gonfiarono e si aprirono mentre il mio centro si contraeva. I miei respiri uscivano affannosi dal petto, come sulla montagna. Ora che avevo entrambe le mani libere, lavorai sui miei capezzoli, ansimando per la sensazione.

Mantenendo il getto puntato sulla mia fica, mi esplorò con la mano, picchiettando sul mio clitoride finché non gemetti.

«Così, piccola. Dammelo.» Picchiettò più velocemente, facendo schizzare la sensazione al mio centro.

E io glielo diedi.

Non potevo rifiutare nulla di ciò che mi chiedeva. Il mio orgasmo mi afferrò come un pugno, spremendo da me il piacere in ondate. Mentre scendevo, le ginocchia mi cedettero, ma Jamila mi sorresse con un braccio intorno alla vita.

«Ti tengo io, piccola», mi sussurrò all'orecchio.

Gemendo qualcosa che nemmeno io riuscii a capire, le cinsi la vita con le braccia e appoggiai la guancia sulla sua spalla. Mi sentii al sicuro nel suo abbraccio mentre l'acqua calda pioveva su di noi. La doccia era il mio bozzolo, e non avrei mai voluto lasciarlo.

«Riesci a stare in piedi?» chiese infine.

«Sì.»

Sfilò il braccio da intorno alla mia vita, e le mie gambe mi sostennero. «Girati. Ti lavo i capelli.»

I suoi polpastrelli sul mio cuoio capelluto mi fecero sentire senza ossa e senza peso. Era esattamente la cura di cui avevo bisogno dopo quella scalata in montagna e lo schiacciante incontro con mio fratello. Mi strizzò i capelli e prese il balsamo. Ne strofinò un po' sui suoi capelli, passando le dita tra i suoi ricci stretti.

Con le braccia alzate, il suo seno era troppo invitante per resistere. Li presi entrambi nel palmo della mano e leccai un capezzolo. La sua mano si posò sulla mia nuca e mi tenne lì.

«Sì, piccola. Così.»

Feci scivolare l'altra mano tra le sue gambe, accarezzandola dolcemente, poi picchiettando sul suo clitoride gonfio come aveva fatto lei con me. Il suo respiro si spezzò.

Le presi il capezzolo in bocca, succhiandolo e muovendo la lingua. Rabbrividì e mi strinse più forte.

«Non fermarti.»

Non lo feci. Picchiettai più forte, poi più piano, testando la pressione finché non inarcò i fianchi contro la mia mano, strusciandosi contro il mio palmo. Dopo qualche altro secondo, si fermò, gemendo.

Con un'ultima leccata, le lasciai il seno e la baciai salendo fino al collo. Non avrei mai voluto che la mia bocca lasciasse la sua pelle. Per quanto tempo saremmo potute rimanere lì, nel paradiso della sua doccia?

Si chinò per catturare le mie labbra, un bacio splendidamente disordinato con l'acqua che ci scorreva addosso. Con entrambe le mani premute sulla mia schiena, mi tenne stretta. Quando lasciò le mie labbra, mormorò: «Porca miseria», e scosse la testa.

«Cosa?»

«Solo… è stato fantastico. Chi l'avrebbe mai detto che la piccola principessa sarebbe stata un tale fuoco d'artificio a letto?»

«Vorrai dire, sotto la doccia.»

«Voglio dire, ovunque io ti voglia, piccola.»

Rabbrividii anche sotto il getto caldo.

«Usciamo prima che ci vengano le dita raggrinzite.» Spense la doccia e mi avvolse in uno dei suoi soffici asciugamani.

Ci asciugammo e poi usammo la sua lozione profumata al gelsomino per idratarci. Fece schioccare la lingua vedendo le vesciche sui miei talloni e trovò un paio di cerotti, che insistette per applicare inginocchiandosi dietro di me.

Quando ci lasciammo cadere insieme nel suo enorme letto, pulite ed esauste, ero completamente soddisfatta. E cautamente felice.

Tracciai un cerchio intorno al suo ombelico. «Allora parlerai a mio fratello di noi?»

«È questo che vuoi? Dirglielo subito?»

«Be', non *adesso* adesso.» Affondai la lingua nell'incavo. «Ci sono altre cose che preferirei fare ora.» Le baciai una linea lungo lo stomaco e mi fermai all'osso pubico. «Non voglio che restiamo un segreto. Non voglio agire di nascosto.»

«Certo, con Jackson, ma non ho intenzione di dirlo ad Audrey. Quella donna è terrificante.»

«A mia madre ci penso io. Dopo che avrai parlato con Jackson e lui avrà accettato di darmi man forte.»

«Ammettilo. Terrorizza anche te.»

«È mia madre. Non ho paura di lei. Anche se odio quando è arrabbiata con me.»

«Dovremo comunque mantenere un profilo basso al lavoro. Non ho bisogno di un altro scandalo.»

Sussultando, appoggiai il mento sul suo osso iliaco. «Notizia dell'ultima ora: al lavoro lo sanno tutti.»

«Merda! Davvero?»

«Sì. Winslow e Hannah di sicuro. Sospetto anche Felicia e Rhiannon.»

«Vaffanculo.» Alzò gli occhi al soffitto. «Speravo di mantenere un po' di professionalità.»

«Resteremo professionali al lavoro. Lì manterremo dei limiti. Finché posso superarli a casa.» Le sfiorai un capezzolo con il pollice e lei rabbrividì.

«Questo mi va bene», disse, con la voce roca.

«Ma parlerai con Jackson?»

«Sì, gli manderò un messaggio subito.» Allungò la mano verso il suo telefono.

«Non ora.» Le scacciai il telefono con la mano. «Non vedi che sto cercando di portarti a letto?»

«Allora datti da fare, principessa. Meno chiacchiere, più leccate.» Scivolò più in basso per darmi un accesso migliore.

«Con piacere.»

24

LA MATTINA DOPO, mi svegliai con l'aroma di caffè. Quando aprii gli occhi, Jamila era seduta sul bordo del letto e mi teneva una tazza davanti al viso.

«Sveglia. Ti porto a fare colazione.»

Mi misi a sedere e le presi la tazza. L'aveva preparato come piaceva a me: dolce e schiarito con latte d'avena. Assaporai il primo, paradisiaco sorso. Poi mi ricordai che giorno fosse.

«È domenica. Mia madre mi aspetta per il brunch oggi.»

Lei fece una smorfia. «Me n'ero dimenticata. Devi proprio andarci?»

«Potresti venire con me,» dissi, con il cuore in gola.

Mi sfiorò la clavicola con la punta di un dito. «Non credo di essere pronta per un brunch con Audrey. Non mentre stiamo ancora cercando di capire cosa siamo. E non prima di aver parlato con Jackson.»

«L'hai sentito ieri. Non ci sarà.»

«Giusto, ma non credo che riuscirei a sedermi al tavolo di tua madre e mangiare come se non volessi tirare la mia ragazza sulle mie ginocchia.»

«Allora adesso sono la tua ragazza?» Il cuore mi batteva all'impazzata come dopo una lezione di spinning e un doppio espresso.

Finse di guardarsi intorno nella camera da letto. «Non vedo nessun'altra qui.»

Le diedi una spintarella sulla spalla. «Sai cosa intendo.»

«Sono nuova a queste cose, d'accordo? Non so bene come ci si dovrebbe sentire. Ma quando mi sono svegliata stamattina con te che dormivi accanto a me, il mio primo pensiero non è stato: "Come faccio a cacciar via questa stronza da casa mia così posso mettermi a lavorare?". Quindi immagino che signifìchi che sei la mia ragazza.»

Sbattei le ciglia. «Sai proprio cosa dire per fare felice una donna.»

«*Adesso* mi sto chiedendo come farti uscire da casa mia.»

«Non è vero.» Mi sporsi in avanti. «Ti piaccio.» La baciai, un leggero sfiorarsi delle nostre labbra.

«Forse.» Si avvolse una ciocca ribelle dei miei capelli attorno al dito.

«Okay. Mando un messaggio a mia madre per dirle che ho cambiato programma.» Passare più tempo con Jamila in quel modo, nella nostra bolla di felicità, valeva il rischio di deludere mia madre.

«Davvero?» Si sporse in avanti e mi posò un lungo bacio sulle labbra.

«Sì. Dato che è un weekend di festa, possiamo tornare qui dopo e stare insieme?»

«Ci puoi contare. Ci rilasseremo con Quill.»

«Oppure…» Mi rannicchiai tra le lenzuola calde. «Potremmo saltare la colazione e restare a letto.»

«No. Alzati. Alla mia ragazza piace fare colazione. Il posto dove andiamo si affolla se si arriva troppo tardi.»

«D'accordo. Ma mi servirà un minuto per sistemarmi i capelli.»

«Solo un minuto. Sai che non mi importa di tutte quelle cose.»

Era una bugia. Sapevo che Jamila teneva alle apparenze. Ero contenta di aver messo in valigia un vestito. Quando entrai in cucina mezz'ora dopo, lei mi fischiò.

«Ti piace?» Feci una piroetta, lasciando che la gonna si allargasse attorno alle mie cosce.

«Sì. Anche se potrei avere la tentazione di tirartela su al ristorante.»

«A colazione? Non oseresti!» Anche se il pensiero di lei che mi toccava in pubblico — cavolo, il pensiero di essere la ragazza di Jamila Jallow in pubblico — mi faceva battere forte il cuore.

«Nah. Non lo farei. Ma non rispondo più di me durante il viaggio di ritorno.» Mi tirò la treccia. Ne avevo fatta una lunga lungo la schiena come richiamo ironico a quello che aveva detto sulle trecce il giorno prima. «Inoltre, non posso garantire che non la tirerò mentre ti diteggio.»

«Sì, ti prego,» dissi, con voce ansimante.

«Allora andiamo.»

Il viaggio fu più lungo di quanto mi aspettassi, quasi fino a San Francisco. Jamila parcheggiò vicino a un edificio isolato nel parcheggio di un piccolo centro commerciale nella periferia sud.

«Deve essere una colazione a cinque stelle per valere tutto questo viaggio,» dissi.

«Me l'ha consigliato Cooper. Solo il meglio per la mia ragazza.» Si sporse e mi baciò sulla tempia. Al nome di Cooper, il caffè di prima mi bruciò nello stomaco vuoto. La mia amicizia con Jamila non era forte come la sua con Cooper. Saremmo sopravvissute a una rottura imbarazzante?

«Che c'è?» chiese Jamila, sollevandomi il mento.

La guardai negli occhi, addolciti dalla preoccupazione. Perché mi stavo preoccupando? Fatta eccezione per un minuscolo errore, avevo ribaltato la sua immagine pubblica. Non faceva che chiamarmi la sua ragazza, ed era a un passo dal chiamarmi la sua fidanzata. Avevamo fatto sesso favoloso per due weekend di fila. E ora mi stava portando fuori in pubblico come le avevo chiesto. Come una fidanzata.

«Niente. Tutto bene.» Le diedi un bacio a stampo sulle labbra. «Ordinerò la pila più alta di pancake ai mirtilli che mi daranno.»

Un'occhiata alla finestra rivelò tavoli vicinissimi tra loro, i camerieri che si affrettavano tra di essi con caffettiere e vassoi di cibo.

Lei ridacchiò. La seguii dentro al ristorante dove inspirai i profumi di burro, caffè e sciroppo. Lo stomaco mi brontolò.

Aveva avuto ragione sulla folla. La gente sedeva sulle panche che rivestivano il piccolo atrio, e la hostess aveva due o tre matite copiative che spuntavano dal suo chignon. Sorridendo all'uomo dai capelli ricci di fronte a lei, tirò fuori una delle matite e prese un appunto sulla lista dei tavoli.

Concentrata sulla lavagna con le specialità del giorno, urtai la schiena di Jamila quando si fermò di colpo.

«Che c'è che n—» Ma vidi cos'è che non andava. Come se l'avessimo evocato pronunciando il suo nome, Cooper Fallon era in piedi accanto all'uomo al banco della hostess. L'uomo dai capelli scuri era il suo fidanzato, Ben. E in piedi accanto a loro c'erano mio fratello e sua moglie.

«Merda,» borbottai.

Ma era troppo tardi per tornare indietro. Ci avevano viste, grazie all'inconfondibile altezza di Jamila.

«Mila!» chiamò Cooper. Lo stomaco mi bruciò di nuovo a quel soprannome. Non mi aveva chiesto di chiamarla così. Non ero stata abbastanza coraggiosa da provarci, non ancora. Era un'altra prova di quale fosse il mio posto nella gerarchia degli affetti di Jamila.

Lasciando la mia mano, si mosse tra gli altri avventori verso di loro. La seguii nella sua scia.

«Possiamo aggiungere un'altra sedia?» chiese Cooper alla hostess, che teneva in mano una manciata di menù.

«Due, tesoro,» disse Ben.

«Cosa?» Finalmente, Cooper mi vide. «Natalie! Che sorpresa. Certo.» Alla hostess, disse, «Può fare un tavolo da sei?»

Mentre la hostess prendeva altri menù, Jackson mi abbracciò. «Che ci fai qui?»

Lanciai un'occhiata a Jamila. Dallo shock sul suo viso, capii che non era pronta a parlare di noi a mio fratello. Eppure, era la donna più sicura di sé che conoscessi, quindi sperai che mantenesse la sua promessa e trovasse un modo per dirgli che stavamo insieme. Glielo avrebbe fatto sembrare la migliore idea che avesse mai sentito. Poi, quando io avessi detto a Madre che uscivo con una donna e che non avrei mai e poi mai sposato Daniel van der Poel, lui mi sarebbe stato accanto per sostenermi.

Le rivolsi il mio sorriso più incoraggiante e le sfiorai la mano con la punta delle dita. *Possiamo farcela.*

Lei trasalì al mio tocco e incrociò le braccia. «Siamo a una colazione di lavoro.»

La pelle mi si gelò, come se qualcuno avesse attivato gli idranti antincendio.

«Lavorate durante un weekend di festa? Sei un'aguzzina,» disse Jackson. «O forse l'aguzzina è Nat.» Mi diede un pugno affettuoso sulla testa, scompigliandomi la treccia alla francese.

Scacciai la sua mano con uno schiaffo. «Smettila.»

«Ti sto solo mostrando un po' di affetto fraterno.»

«Beh, smettila. Non mi piace.»

I suoi occhi si spalancarono. «No?»

«Non ho più dodici anni.»

«Giusto. Scusa.» Alzò le mani.

Cercai di rimettere a posto i capelli nella treccia, ma era impossibile senza uno specchio. Rinunciando, abbracciai Alicia. «Buongiorno. Ti senti bene?»

«Sì.» Si strofinò la pancia appena accennata. «Ci sentiremo meglio una volta che avrò consumato un po' di carboidrati.»

Jackson le cinse la vita con un braccio. «Ti prendiamo dei cracker tra un minuto.»

Lei sorrise, l'amore che traboccava dai suoi occhi blu. «Grazie.»

Guardai Jamila, ma aveva irrigidito la mascella proprio come il giorno prima dopo aver incontrato Jackson e Noah sul sentiero. I suoi occhi avevano un bagliore duro come quarzo fumé. Cooper trascinò via Jamila e, con una mano sulla sua schiena, seguì la hostess nel ristorante. Io seguii mio fratello e sua moglie.

Il tavolo rotondo sarebbe stato perfetto per quattro, ma era stretto per sei. Mi infilai tra Cooper e Jamila. Mio fratello sedeva di fronte a me.

«Allora. Che ci fate da queste parti?» Mi tamponai la tempia sudata con il tovagliolo. Appartenevano tutti alla zona nord di San Francisco, non alla periferia sud.

Ben si sporse in avanti. «Abbiamo scoperto questo posto durante un weekend al mare. I loro pancake sono la fine del mondo. E a questo tizio piace la loro omelette di soli albumi, anche se gli albumi tolgono tutta la gioia dalla colazione.» Diede una gomitata al suo fidanzato. «Quindi ora, ogni volta che abbiamo tempo, veniamo qui. In più Cooper e Jackson dovevano parlare di cose da testimone.»

«Cose da testimone?» chiese mio fratello. «Significa che stai chiedendo a *me* di farti da testimone? E Mateo?»

Cooper lanciò al suo fidanzato un'occhiataccia. Ben roteò gli occhi.

«Sì.» Cooper si schiarì la gola con forza. «Vuoi essere il mio testimone? Mateo fa parte del corteo nuziale, ma i-io voglio il mio migliore amico accanto a me.»

«Coop!» La voce di Jackson si spezzò, e i suoi occhi brillarono. «Ne sarei onorato.»

«Aw.» Ben si portò le mani giunte sotto il mento. «Siete troppo carini. Ora che è sistemato» — prese il suo menù — «mi abbuffo di carboidrati.»

Guardai Jamila. Come si sentiva a essere esclusa da quella loro intesa maschile? Dal modo in cui fissava il menù, non benissimo.

«Mila, io...» — Cooper si schiarì di nuovo la gola — «avevo intenzione di portarti fuori, ma dato che sei qui, vorresti farmi da testimone anche tu?»

Gli sorrise, ogni traccia della sua precedente durezza scomparsa. «Certo. State ancora organizzando tutto sull'isola in autunno?»

«Oh mio Dio, sarà magnifico,» disse Ben. «Ci sarà una chuppah sulla spiaggia, e Cooper ha trovato un rabbino sull'isola.

E poi cena e balli nel ristorante. Abbiamo tutto il resort solo per noi.»

«Non ricordo di aver acconsentito ai balli,» brontolò Cooper.

Mentre discutevano se Cooper sarebbe stato obbligato o meno a ballare in pubblico, lanciai un'occhiata a Jamila. Li guardava litigare, un'espressione divertita sul viso.

«Ehi.» Le toccai la coscia sotto il tavolo e lei sussultò. «Stai bene?»

«Certo,» borbottò. «Sono solo sorpresa, tutto qui. È stata una mattinata strana.»

Non ci aspettavamo di incontrare i suoi migliori amici. Ma non mi piaceva affatto che avesse definito la mattinata "strana". Poco prima, mi aveva chiamata la sua ragazza. Mi aveva portata fuori a colazione. Ma ora sembrava così lontana e, nonostante il contatto delle nostre ginocchia sotto il tavolo, aveva eretto un muro tra noi.

Quando il cameriere venne a prendere le nostre ordinazioni, avevo perso l'appetito.

Ma Jamila no. Sfoderò il suo sorriso più smagliante al cameriere, il cui mento con la fossetta mi ricordava Hayden Christensen di *Star Wars*. Sarebbe stato troppo per chiunque, ma tutta la potenza del flirt di Jamila — perché era esattamente quello che sembrava — fu eccessiva per lui. Arrossì, fece cadere la matita e mi saltò completamente quando prese le ordinazioni. Ben dovette afferrare la manica del cameriere per farlo tornare indietro ad ascoltare la mia richiesta secca per una porzione piccola di pancake ai mirtilli.

Mentre gli altri parlavano e sorseggiavano il caffè, mi sentii intrappolata in una gabbia invisibile, come un mimo giù all'Embarcadero. Jamila diresse la conversazione verso gli affari. Chiese ad Alicia della sua azienda e dei suoi piani per assumere un altro consulente che la sostituisse durante il congedo di maternità. Parlò di prezzi delle azioni con Jackson e Cooper. Jamila chiese persino a Ben del suo lavoro per una fondazione locale e se pensava che le donazioni di beneficenza sarebbero aumentate con l'uscita del paese dalla recessione.

Non mi rivolse una sola parola.

Ma io risi alle sue battute. Spizzicai i miei pancake e nascosi tutto il dolore dietro un sorriso vacuo. Conoscevo il mio ruolo. La mia famiglia mi aveva insegnato bene.

Jamila era qui con i suoi pari, i suoi amici. Io ero la sorellina sfigata, troppo poco interessante per essere invitata nella conversazione. Finché fossi rimasta in silenzio, non si sarebbero accorti che ero lì e non mi avrebbero mandata via a giocare con le bambole.

Forse era quello che intendeva Jamila quando mi chiamava la sua ragazza. Ero un giocattolo, qualcosa che prendeva quando ci pensava, per poi gettarlo via quando non ne aveva più voglia.

Ero stata una sciocca a pensare che potessimo essere di più.

Mentre si attardavano a bere il caffè, ordinai un'auto a noleggio con conducente. Così vicino alla città, non ci mise molto.

Quando arrivò, mi alzai. «Grazie per la colazione.» Non lo dissi a nessuno in particolare, sicura che uno dei miliardari avrebbe pagato il conto. «Torno a casa.»

«Cosa?» Jamila finalmente incrociò il mio sguardo, e capii che vide il mio dolore quando le sue pupille si contrassero agli angoli. «Te ne vai?»

«Sì. Ci vediamo al lavoro martedì.»

Lei fece strisciare indietro la sedia. Lanciando un'occhiata intorno al tavolo ai suoi amici, disse, «Torno subito.»

Jamila mi seguì fuori dove una Toyota Prius di un verde malaticcio era ferma al minimo. Mi afferrò per un braccio. «Cosa stai facendo? Ti porto io a casa mia. O a casa tua, se è quello che vuoi. Pensavo che avremmo passato il weekend insieme.»

Mi feci scudo dagli occhi con la mano contro il sole che splendeva alle sue spalle. «Lo pensavo anch'io. Credo di essermi sbagliata.» *Sbagliata su quello che provi per me,* non aggiunsi.

«Non capisco. Ci stavamo divertendo.»

«Hai detto che avresti parlato a Jackson di noi.»

«Ti aspetti che glielo dica davanti alla mia protetta, al mio migliore amico e al suo fidanzato che mi scopo la sua sorellina? Come diavolo pensi che sarebbe andata?»

«Non lo so, dato che non ci hai nemmeno provato!» Maledissi il tremolio nella mia voce.

«Senti, non posso. Non adesso. Ho bisogno del suo supporto e di quello di Cooper. Ho bisogno della mia famiglia. Una volta che questo casino mediatico si sarà placato e lanceremo la nuova app—»

«Allora avrai un'altra scusa.» Feci un respiro profondo. «Ho bisogno di un minuto per pensare. Okay?»

Aprì la bocca per dire qualcosa, poi la richiuse. Serrò le labbra per un lungo momento, il suo sguardo che saltellava tra i miei occhi come se potesse trovare la risposta in uno di essi. Alla fine, disse, «Torni in ufficio martedì?»

«Sì.»

Mi strinse la spalla. «Grazie. Ho bisogno di te, sai.»

Il mio cervello razionale sapeva quanto sforzo le fosse costato dirlo. Eppure non era abbastanza.

«Okay,» dissi.

Salii sulla Prius. Questa odorava di patchouli. Diedi la colpa di ciò alle mie lacrime.

25

ARRIVAI a casa pochi minuti dopo le undici, l'ora in cui mamma serviva il brunch della domenica. Non avevo fame e non ero vestita per il brunch. Ciononostante, si aspettavano che facessi la mia comparsa.

Raddrizzando le spalle, mi diressi verso la sala da pranzo, ma mi fermai quando sentii una risata provenire dal salotto. Mi voltai verso il suono e trovai Sam e Charles seduti sul pavimento, intenti a dividere i pezzi di un puzzle sul tavolino da caffè. Bilbo Baggins russava sotto il tavolo.

«Ciao» dissi, controllando l'ora sul telefono. «Che succede?»

Charles alzò lo sguardo, sorridendo. «Visto che eravamo solo noi tre, abbiamo deciso di non fare un brunch in grande stile. C'è ancora del caffè, se ne vuoi un po'.»

«Dov'è la mamma?»

«Le ho portato caffè e toast a letto. Il picnic dei rappresentanti di ieri l'ha stancata molto. Ho pensato che avesse bisogno di riposare. Volevi vederla?»

«No, grazie.» Lasciai cadere la borsa sul pavimento e mi avvicinai a loro per sbirciare il puzzle. Stavano ancora cercando i pezzi del bordo. «Aspetterò che si alzi.»

«Allora unisciti a noi.» Diede un colpetto sul tappeto

Aubusson accanto a sé e io mi accomodai. Mi ricordò le giornate di pioggia di quando ero preadolescente, quando io e Charles facevamo i puzzle insieme. Sam si univa a noi di rado, sempre a lavorare a un programma per computer o a fare i compiti.

Tirai verso di me alcuni pezzi di un azzurro chiaro. Poteva essere un paesaggio con un cielo blu. Io facevo sempre le parti noiose del puzzle, lasciando le sezioni più interessanti — fiori, insegne, collezioni di giocattoli o di antichità — a Charles. Non volevo che si annoiasse e se ne andasse come facevano i miei fratelli. Lui non l'aveva mai fatto.

Sam mi fece scivolare un pezzo blu, con una domanda negli occhi.

Charles le diede voce. «Non ci aspettavamo che tornassi così presto. Avevi detto che saresti stata via per il weekend lungo.»

«Già. Quei piani sono andati a monte.» Provai a unire due pezzi, ma non combaciavano.

«Mi dispiace.» Mi accarezzò la schiena e io mi appoggiai a lui come facevo quando ero più piccola.

I miei fratelli maggiori avevano più ricordi di me del nostro padre biologico. Io avevo dei flash di Jasper Jones: il profumo del suo dopobarba mentre mi spazzolava i capelli o la luce blu del monitor che gli illuminava il viso quando sgattaiolavo nel suo ufficio a tarda notte dopo un incubo. Era sempre sveglio a lavorare, una di quelle bevande energetiche dolci che a me non erano permesse sulla sua scrivania. Mi prendeva un bicchiere d'acqua e mi faceva sedere in grembo, le sue braccia mi circondavano mentre lui scriveva sulla tastiera.

Charles era stato più un padre per me. Era puntuale per cena ogni sera, in prima fila al concerto del coro, mi teneva la mano alle feste della mamma finché non fui abbastanza grande da seguire il suo esempio e muovermi per conto mio. Era stato una presenza solida come una roccia nella mia vita da quando avevo dieci anni. Ma prima di essere il mio patrigno, era stato un uomo single. Forse avrebbe saputo qualcosa del mio dilemma.

«Sei mai uscito con qualcuno in segreto?» Feci roteare un pezzo tra le dita.

«Io?» domandò Sam. «No. La mia esperienza di appuntamenti al college è stata un tale disastro che ci ho rinunciato del tutto.»

Trasali. Non era mia intenzione tirare in ballo il suo scandalo di ricatto a sfondo sessuale. Mamma non era stata gentile a riguardo.

«Ma ora stai con Niall» dissi.

«Vero, ma mi sono innamorata di lui mentre eravamo ancora in quel terribile tour insieme. Non abbiamo iniziato a uscire finché non eravamo già legati l'uno all'altra.»

«E tu, Charles? Nessun appuntamento segreto?» Di sicuro, non ero la sola in questa situazione.

«Nah. Fare le cose di nascosto non fa per me. Vostra madre voleva mantenere la nostra relazione segreta perché era iniziata meno di un anno dopo che vostro padre era mancato, ma io non potevo stare nella stessa stanza con lei senza voler mettere in chiaro che era mia. Così, invece, le ho fatto la proposta.»

Mi allontanai da lui per poter guardare bene il suo viso sorridente. «Aspetta, quando?»

«Circa tre mesi dopo averla conosciuta. Ero a capo del team che si occupava del patrimonio di vostro padre, e mi innamorai la prima volta che la vidi.»

«Non è vero! Come ho fatto a non saperlo?»

Lui si strinse nelle spalle. «Stavi elaborando il lutto. Non notavi molto altro.»

«Immagino di no.» Non ricordavo molto di quel periodo. Probabilmente era stato meglio così. «Ma saresti uscito con lei in segreto se avesse insistito?»

«Suppongo di sì. Avrei fatto qualsiasi cosa per lei.» Si strinse nelle spalle. «E lo farei ancora.»

Era esattamente così che mi sentivo riguardo a Jamila. Me n'ero andata quella mattina, ma sarei tornata. Lei aveva la sua suite privata nel mio cuore. Non potevo immaginare di essere mai abbastanza forte da sfrattarla.

«È questo che ti sta chiedendo Jamila?» domandò Sam, facendomi scivolare un altro pezzo blu.

Il cuore mi si fermò in petto e lanciai un'occhiata a Charles. «Che fine ha fatto il codice tra sorelle?»

«Cos'è il codice tra sorelle?» chiese lei.

Charles non sembrava affatto scioccato. «Una relazione segreta è una cosa grossa da chiederti per Jamila. Anche se capisco, specialmente dopo quelle foto.»

Ovviamente sapeva delle foto. Glielo avrebbe detto la mamma. Sapeva anche della nostra relazione?

Non poteva essere. Se lo avesse saputo, mi avrebbe organizzato appuntamenti con una sfilza di scapoli d'oro.

«Per favore, non dirlo alla mamma.»

Lui strinse le labbra. «Dovresti dirglielo tu stessa.»

«Potrebbe non durare abbastanza da valere la pena di deluderla. Cosa dovrei fare? Dovrei rifiutare, giusto?» Bilbo si alzò da sotto il tavolino e si stiracchiò, poi mi si grattò contro la caviglia.

«Puoi farlo?» chiese Charles.

Accasciandomi, permisi a Bilbo di salirmi in grembo. Si raggomitolò nell'amaca creata dalla mia gonna. «Non credo.»

«Allora dovrai trovare un modo per arrivare a un punto in cui non vi frequentiate più in segreto. Quali sono gli ostacoli a una relazione pubblica?»

Misi da parte quello più ovvio, la mamma. «Non vuole nulla che possa interferire con l'accordo con First Arbiter. Niente più scandali.»

«E tu la stai aiutando in questo» disse Charles, logico come sempre. «Per lei, stai tenendo le altre grane lontane dai media.»

«Immagino di sì. Non mi sembra abbastanza.» Accarezzai il pelo setoso di Bilbo e non mi importò che i suoi peli neri si attaccassero alla gonna.

«Non è che tu possa far procedere lo sviluppo più in fretta» disse lui. «Certe cose richiedono tempo.»

«Specialmente con i problemi che hanno avuto» dissi.

«Problemi con lo sviluppo?» Sam posò il pezzo che stava esaminando. «Jamila ha il miglior team della Silicon Valley.»

«Beh, su questo stanno avendo difficoltà» dissi. «Bug nel loro codice.»

Lei si acciglò. «C'è qualcosa che non quadra.»

Mia sorella era la persona più intelligente che conoscessi nel campo dell'informatica, persino più di Jackson. «Ricordi quando pensava che qualcuno stesse vendendo segreti aziendali alla concorrenza? Io, uhm, ho provato a indagare su quella storia, ma ho fallito.» Rhiannon infestava i miei incubi, il suo viso illuminato dai fari di Mateo. «Sospetto ancora che qualcuno stia lavorando contro di lei.»

«Se riuscissi a scoprirlo e a eliminare il sabotatore» disse Charles, «lei potrebbe portare il suo prodotto sul mercato più in fretta. E allora non dovreste più essere un segreto. Quali sono gli indizi?»

Provai a unire altri due pezzi, ma nemmeno quelli combaciavano. «Vorrei essere intelligente come i detective dei tuoi polizieschi procedurali. Non ho trovato nessun indizio, almeno niente di sostanziale.» Solo quella foto di Pavel Thakor e quelli che potevano essere o non essere i pantaloni sgargianti di Winslow.

«Sei più che intelligente. A volte i detective devono scavare un po' per trovare quegli indizi.»

Aveva ragione. Era come infilare uno stecchino in una torta per vedere se era cotta al centro. Corrompere Rhiannon non era stata la mossa migliore, ma sapevo che c'era qualcosa che non andava con Moo-Lah. Non avrei provato a corrompere Pavel Thakor. Un miliardario come lui non si sarebbe lasciato tentare dal denaro. Tuttavia, potevo parlargli. Di certo, non ci sarebbe stato niente di male in quello.

«Grazie, Charles. Ci proverò.»

Sam mi fece scivolare un altro pezzo blu sul tavolo, e io lo incastrai nel pezzo che stavo cercando di abbinare.

Combaciavano alla perfezione.

26

NON AVEVO RISPOSTO ai suoi messaggi durante il Memorial Day. Invece, avevo ceduto al senso di colpa per aver dato buca al picnic del deputato e al brunch domenicale di mia madre, chiedendo a Telma di insegnarmi a preparare un'omelette. Quando avevamo finito, le mie non erano magnifiche come le sue, ma non si erano spaccate a metà e il ripieno era rimasto (per lo più) dentro.

Mandai a casa Telma prima del tempo, promettendole che avrei lasciato la cucina immacolata per quando fosse tornata al lavoro il martedì mattina. Poi servii un brunch festivo ai miei genitori e a Sam.

Sam non attribuiva molto sentimento o attenzione al cibo, ma mangiò diligentemente la sua omelette e ne condivise un po' di uova e verdure, ma niente formaggio, con Bilbo. Charles definì la sua omelette deliziosa e lodò il mio lavoro. Mia madre arricciò le labbra ma non disse nulla sulla scuola di cucina o sul mio futuro.

Dopo aver pulito la cucina, scansionai i social media e trovai qualcosa che mi fece salire il cuore in gola.

Avevo seguito tutto il team dirigenziale di Pavel Thakor sui social media. La domenica pomeriggio, uno di quegli sciocchi postò una foto e taggò la posizione di un campo da golf a Cabo San Lucas. La didascalia recitava: *Il miglior #ritirodileadership di sempre,* e un quartetto era raggruppato, con le birre in mano, di fronte a una palma imponente. Accanto al CEO di Moo-Lah c'era Winslow Keating-Ashworth, con il naso arrossato dal sole.

Mia madre mi aveva inculcato che le signore non dicono parolacce, ma mi lasciai sfuggire qualche insulto ben scelto quando la vidi. Poi elaborai un piano.

———

IL MARTEDÌ MATTINA, mentre mi vestivo per andare al lavoro, risposi al messaggio di Jamila.

> Arriverò un po' tardi, ma sono per strada

Invece di prendere un Uber per Jamilow, chiesi all'autista di lasciarmi all'edificio di Moo-Lah, che era poco più avanti. Ma mentre il nostro puntino si avvicinava alla destinazione sulla mappa, cominciai ad avere dei ripensamenti. Il mio ultimo piano, quello con cui avevo cercato di incastrare Rhiannon, non era finito molto bene.

Abbassai lo sguardo sulla mia giacca color lavanda e sulla gonna scozzese viola di Prada. Quella mattina mi era sembrato un completo elegante e autorevole, quasi qualcosa che Jamila avrebbe indossato a una delle sue riunioni importanti. Ora sembrava l'abito che un'ereditiera indosserebbe a una festa in giardino. Nessuno mi avrebbe presa sul serio.

«Cento dollari per i suoi occhiali da sole» dissi all'autista. Sembravano più spietati dei miei, oversize e con le lenti rosate.

«Cento dollari?» sbuffò lui. «Sono dei Maui Jim.»

«Cinquecento, e ci aggiunga quella sciarpa.» Indicai il tessuto a stampa cachemire grigia drappeggiato sul sedile anteriore.

Dopo avergli inviato i soldi tramite Moo-Lah, scesi dall'auto e sbattei la sciarpa. Annusai con cautela. Odorava di deodorante per auto a forma di pino e di sedili in pelle. Me la misi sui capelli e me la avvolsi intorno al collo alla Grace Kelly. Infilandomi gli occhiali da aviatore dalle lenti scure, controllai il mio riflesso nella vetrata dell'edificio di Moo-Lah. D'accordo, avrei potuto avere qualsiasi età.

Spinsi la porta girevole ed entrai, marciando verso la reception. Irruvidendo la voce, dissi: «Audrey Jones per vedere il signor Thakor.»

L'addetta alla sicurezza sollevò le sopracciglia, dubbiosa. «Ha un appuntamento?»

«Certo che ce l'ho. Crede che avrei sprecato il mio tempo venendo fin qui se non l'avessi?» Mi misi le mani sui fianchi in una posa di potere. «Mi annunci, per favore.»

Socchiuse gli occhi ma sollevò il ricevitore e parlò con qualcuno. Trattenni il respiro. Il nome di mia madre avrebbe incusso abbastanza timore da farmi ammettere al piano direttivo?

«Dicono che non è sulla sua agenda, ma se posso verificare il suo documento d'identità, dovrei lasciarla salire.»

Un documento? Accidenti! Pensai di mentire e dire che l'avevo lasciato in macchina, ma forse potevo superare questo ostacolo con un bluff. Sfilai la patente dal portafoglio e gliela porsi.

«Qui c'è scritto Natalie Jones.» Lo squadrò.

«Uso il mio secondo nome, Audrey. È scritto proprio lì.» Trattenni il respiro, sperando che non sapesse che mia madre aveva preso il nome di Charles quando si erano sposati e che in realtà il suo cognome era Hayes, non Jones.

«Va bene, signorina Jones.»

Feci di tutto per non mettermi a ballare mentre lei inseriva la mia patente in uno scanner, per poi restituirmela insieme a un badge da visitatore.

«Gli ascensori sono da quella parte.» Indicò. «Quarto piano.»

Mi infilai il cordino al collo. «Grazie.» Sollevai il mento e mi diressi con passo elegante verso l'ascensore, in cui entrai con un gruppo di dipendenti di Moo-Lah vestiti in modo casual.

Mentre salivo, mi diedi un'occhiata furtiva nella parete a specchio. Wow, assomigliavo un po' a mia madre. Arricciai il labbro superiore in un'espressione superiore. Perfetto.

Scesi al quarto piano, dove una reception mi sbarrava la strada verso gli uffici direttivi. Lo spazio di Moo-Lah sembrava più chiuso di quello di Jamilow. Le facciate solide degli uffici bloccavano la luce naturale e le luci a LED ronzavano.

Mi raddrizzai di nuovo. «Audrey Jones per vedere il signor Thakor.»

Quando il receptionist si alzò, notai che le sue mani tremavano. «Certo, signora Jones. Da questa parte.»

Com'era facile? Se la mia carriera nelle PR non avesse funzionato, avrei potuto trovare un lavoro come spia industriale.

Il receptionist mi affidò a un'assistente amministrativa, che prese subito il ricevitore. «La signora Jones è qui» disse. Ascoltò per un momento, poi indicò una porta di legno dall'aspetto imponente. «Si accomodi pure.»

Posai la mano sulla maniglia fredda e spinsi, entrando. L'ufficio era un tipico centro del potere maschile con mobili in legno scuro, uno spesso tappeto del Kashmir con un disegno di caccia e un'enorme finestra che si affacciava su un boschetto di pini e sulle lontane montagne di Santa Cruz.

Ciocche grigie brillavano sulla sommità dei folti capelli neri di Pavel Thakor mentre sedeva dietro la sua enorme scrivania. Alzò lo sguardo dalle sue carte quando attraversai la distesa di tappeto spesso.

«Lei non è Audrey Jones» disse, le labbra piegate all'ingiù. Sollevò il ricevitore del telefono.

«Sono sua figlia, Natalie.» Rimasi dritta, cercando di non pensare a cosa avrebbe detto mia madre se Thakor l'avesse chiamata per raccontarle cosa avevo fatto. «Ho bisogno di parlarle.»

Posò il ricevitore, ma la sua mascella di pietra mi disse che avevo pochi secondi per fare le mie domande.

Tirai fuori il telefono e sbloccai lo schermo. Glielo mostrai. «Perché stava giocando a golf con Winslow Keating-Ashworth a Cabo San Lucas?»

Le sue labbra si assottigliarono. «Una coincidenza. Ci siamo incontrati al resort e abbiamo fatto una partita amichevole di golf.»

Passai alla foto successiva. «E qui è di nuovo con Winslow.»

«Quella foto non mostra il signor Keating-Ashworth.»

«Quelle sono le sue scarpe, dietro di lei. Ne sono sicura.»

«Cosa sta insinuando, signorina Jones? La Silicon Valley è piccola. Tutti si conoscono. Qui siamo amichevoli.» Allargò le mani come se non avesse nulla da nascondere.

Rimettendo il telefono in borsa, mi piantai le mani sui fianchi. «Penso che lei sia un po' troppo amichevole con Winslow. Penso che abbiate rubato dei segreti.»

Si alzò dalla sedia, più alto di quanto ricordassi dalle feste di mia madre. «Questa è un'accusa grave, signorina Jones.»

Mi raddrizzai. «Lo spionaggio industriale è una cosa seria.»

«Fortunatamente, non è un'attività in cui mi impegno.» Sollevò il ricevitore del telefono. «Mi chiami la sicurezza» sbottò. «Ho bisogno che la signorina Jones venga scortata fuori. Adesso.»

Puntai i talloni nel tappeto. «Quelle foto sono una prova e sono sui social media.»

«Quelle foto non provano nulla. Lei ha zero prove. È venuta nel mio ufficio con accuse infondate. Dica una sola parola ai media e i miei avvocati le scateneranno contro l'inferno.»

«Non ho paura.» Cercai di rendere credibile la bugia con un altro imperiale sollevamento del mento.

«Dovrebbe. Chiamo sua madre.»

A malapena riuscii a trattenere una smorfia. «Mi darà ragione.»

Non l'avrebbe fatto. Mi sarei trovata in un mare di guai

quando l'avesse scoperto. Aveva ragione sulla mia mancanza di prove. Perché non avevo imparato dal mio errore con Rhiannon?

Era Winslow la talpa. Avrei trovato le prove in qualche modo. Doveva aver lasciato una traccia.

Qualcuno bussò e una guardia di sicurezza aprì la porta. Non era la donna con cui avevo parlato di sotto, ma un tizio grosso e muscoloso con i bicipiti che quasi strappavano la sua polo nera di Moo-Lah.

«Troverò quelle prove» dissi, «e poi vedremo chi verrà scortato fuori da questo edificio.»

Thakor si limitò a ridere. «Non entri più nella mia proprietà.»

Anche se era il doppio di me, la guardia di sicurezza mi tenne il braccio con una presa salda mentre mi conduceva fuori dall'edificio. Un taxi mi aspettava e la guardia rimase sul marciapiede, a braccia conserte, finché non fui fuori dalla vista dell'edificio.

Mi rannicchiai sul sedile posteriore. Col senno di poi, presentarmi senza prove concrete era stato un errore. Ma ne avrei trovate. La prossima volta, avrei avuto un piano migliore.

––––––––

QUEL POMERIGGIO STAVO ESAMINANDO il manuale di comunicazione di crisi con Hannah quando qualcuno — ok, ammettiamolo, probabilmente io — diede fuoco alla mia carriera nelle PR.

Felicia bussò alla porta aperta, con un'espressione cupa. «Ufficio di Jamila.»

Chiusi il portatile e afferrai un blocco note e una penna. «Andiamo, Hannah.»

«Solo tu, Natalie. Non ti servirà.» Felicia fece un cenno verso il blocco note.

«Oh?» Forse era una riunione personale. Il messaggio di Jamila lasciava intendere che volesse vedermi, ma non ci eravamo parlate da quando avevo lasciato il brunch la domenica. Avremmo dovuto parlarne. Mi ricordai del consiglio di Charles. Dovevo lottare per ciò che volevo. A meno che Jamila non fosse pronta a renderlo pubblico. Avrebbe potuto insistere per rallentare le cose. Anche se le due di un lunedì erano un momento strano per discutere della nostra relazione personale nel suo ufficio.

Deglutii, ma il nodo in gola rimase. Mentre seguivo Felicia verso l'ufficio di Jamila, il cuore mi impazzì nel petto.

Quando entrai, seppi che Jamila non mi aveva chiamata per parlare della nostra relazione. Perché non era sola.

Una palla di terrore si formò proprio dietro le mie costole. Winslow Keating-Ashworth, con il naso e le guance scottate dal sole, era seduto di fronte a lei dall'altra parte della scrivania. La sua espressione accigliata mi disse che sapeva cosa avevo fatto quella mattina.

Lanciai un'occhiata a Jamila. Il suo viso era di pietra. I suoi occhi non scintillavano di divertimento e affetto come avevano fatto sabato quando eravamo partite per quell'escursione. Scintillavano di rabbia ardente.

«Che cazzo, Natalie?» La sua voce era tesa come la corda di un violino.

Rimasi in silenzio. Quanto sapevano?

Winslow riempì il silenzio. «Sappiamo della tua piccola gita di stamattina. Ho ricevuto una copia del registro dei visitatori di Moo-Lah. Hai firmato come Audrey Jones, ma quella è una scansione della tua patente.»

Lanciai un'altra occhiata a Jamila. Avrei voluto tornare con un briciolo di prova per dimostrare che ero stata giustificata a entrare con un bluff nell'ufficio di Thakor.

«Non hai niente da dire in tua difesa?» Winslow si alzò. «Da quanto tempo vendi i segreti di Jamilow a Moo-Lah? Cosa gli hai dato oggi, le specifiche del prodotto?»

Mi ci volle un secondo per capire. «Aspetta, cosa? Mi stai accusando di essere la talpa? Non c'ero quando è iniziata la fuga di notizie! Non ho le specifiche del prodotto.»

«Chi dice che ci sia una sola talpa?» Si avvicinò. «Hai visto un'opportunità per fare un po' di soldi dopo che tu e Jamila vi siete lasciate.» Trasalii e guardai di nuovo Jamila. Le sue mani erano piatte e tese sulla scrivania, come se si stesse aggrappando per salvarsi la vita.

«Ma io… ma… sono andata lì per accusare te! Sei tu la talpa!»

«Io?» Si portò una mano al petto. «*Io* sarei la talpa? Sono il braccio destro di Jamila da quindici anni. Si fida ciecamente di me. Ho investito troppo in questa azienda per avere qualsiasi motivazione per danneggiarla.»

Motivazione! Non ci avevo pensato. Non per Winslow. Perché avrebbe voluto ferire Jamila o la sua azienda? Gran parte della sua ricchezza doveva essere legata a stock option e simili. Ero giunta a un'altra conclusione affrettata.

Eppure, c'era la questione delle foto.

«Dov'eri la settimana scorsa, Winslow?»

«Sono andato a trovare mia nonna.»

«Dove?» insistetti.

«In Messico. Era in vacanza lì quando si è sentita male. Ma ora stiamo parlando di te.»

«Pavel Thakor era in Messico! Avete giocato a golf insieme!»

«Ci siamo incontrati un giorno sul campo da golf. E quindi?» Incrociò le braccia.

«E… e tu…» Ma non potei menzionare l'altra foto. Sapevo che quelli erano i piedi di Winslow nella foto, ma nessun altro poteva vederlo. La mia credibilità era già appesa a un filo.

«A proposito di foto» disse, «quanto è stato strano che nessuna di quelle di voi due sulla spiaggia mostrasse la *tua* faccia? È quasi come se qualcuno avesse deliberatamente evitato di identificarti. Eppure, ha preparato Jamila a un'altra caduta.»

«Deliberatamente?» balbettai. «Non sapevo nemmeno dove stessimo andando quel giorno!»

Il viso di Jamila si era immobilizzato, come una maschera. Non c'era sorriso, né scintilla. Nient'altro che dolore rinforzato da un acciaio impenetrabile.

Finalmente, parlò. «Non posso credere che tu abbia cercato di farmi del male vendendo segreti a Moo-Lah.»

«Non lo farei mai.»

«Thakor dice il contrario.»

«Cosa?»

Winslow si frappose tra me e la scrivania, come a voler proteggere Jamila. «L'email di Thakor diceva che gli hai offerto dettagli sul nostro lancio.»

«Ma io... no. Non è vero. Non so perché l'abbia detto. Io ho accusato...»

«È triste, Natalie.» Scosse la testa. «Dovresti saperlo. Ecco un consiglio: tieni la tua vita personale separata dal lavoro. Così i tuoi sentimenti non influenzeranno il tuo lavoro.»

«Lascia il tuo portatile nel tuo... nell'ufficio» disse Jamila, con la voce vuota. «Felicia ha il tuo ultimo stipendio.»

«Cosa? Mi stai licenziando?» La rabbia divampò. Non avevo fatto quello che dicevano. Avevo commesso un errore irrompendo in Moo-Lah senza prove, ma la gente non veniva licenziata per errori del genere. O sì?

Winslow sbuffò. «Sei sorpresa?»

«Non potete...» Ma non finii la frase. Sembrava che potessero licenziarmi anche se ero una Jones. Non c'era bisogno di licenziarmi da sola questa volta.

Winslow rincarò la dose. «Possiamo, e l'abbiamo fatto. Se provi ad avvicinarti a un altro concorrente, coinvolgeremo i nostri avvocati. Non credo che apprezzeresti l'alloggio nella prigione federale di minima sicurezza di Dublin.»

Le api ronzavano nel mio cervello. Jamila sapeva che non avrei fatto ciò di cui Winslow mi accusava. La fissai insistentemente, come se potessi costringerla ad alzare lo sguardo dalla scrivania. Ma non lo fece.

Fu in quel momento che Bruno, che mi aveva sorriso e detto «Buongiorno, signorina Natalie» solo poche ore prima, aprì la porta.

Bruno osservò, a braccia conserte, mentre davo ad Hannah la password del mio portatile. Non mi diede il tempo di rispondere alle sue domande sul perché stesse accadendo tutto ciò o su cosa dovesse fare.

«Ce la farai» dissi. «Ho fiducia in te e nel manuale.»

Mi seguì fino alla scrivania di Felicia. Accigliata, mi porse una busta. La ignorai. Invece, frugai nella borsa e tirai fuori il mio portachiavi. Sospirando per l'inevitabile danno alla mia manicure, staccai il telecomando della Porsche dall'anello, facendo una smorfia quando l'unghia del pollice si strappò proprio vicino alla carne viva.

Porsi la chiave. «Puoi dare questa a Jamila?»

Me la prese. A malincuore, disse: «Ti serve un cerotto?»

Abbassai lo sguardo sul pollice, dove si stava formando una goccia di sangue.

«No, grazie.» Non avrei preso nient'altro da Jamila, nemmeno un cerotto. Non quando, dopo tutto quello che avevamo condiviso, lei non si fidava di me. Mi portai il pollice alla bocca per lenire la ferita.

Per la seconda volta in un giorno, una guardia di sicurezza mi scortò fuori da un edificio di uffici della Silicon Valley.

L'Uber di ritorno in città quel giorno fu il peggiore di tutti.

«Mi scusi per l'odore» gridò l'autista sopra il vento che sferzava l'auto. «L'ultimo passeggero aveva un'intossicazione alimentare.»

27

HANNAH CHIAMÒ tre volte di fila prima che finalmente rispondessi.

«Lo sai che non lavoro più lì, vero?» mi appoggiai al muro esterno della boutique su Sacramento Street.

«Ti chiamo per sapere come stai. Come tua amica, non come tua dipendente.» Potevo quasi immaginare Hannah che alzava gli occhi al cielo.

Un senso di colpa mi attanagliò lo stomaco. «Scusa.»

«Sono davanti a casa tua, ma non ci sei.»

«Non dovevi venire fin qui.» Era l'ora di punta e il traffico sulla strada davanti a me procedeva a passo d'uomo. Qualcuno suonò il clacson all'impazzata.

«È questo che fanno gli amici. Dove sei?»

«A fare shopping su Sacramento Street.» Abbassai lo sguardo sulla mia mano vuota e sfiorai la benda che mi copriva ancora l'unghia rovinata, a una settimana da quando me l'ero strappata sulla chiave elettronica. Avevo passato tutto il pomeriggio a curiosare per i negozi, ma niente aveva catturato il mio interesse.

«Ah. Terapia dello shopping.»

«Credo di sì.» Forse avrei dovuto provare una terapia vera.

«Come... come vanno le cose in ufficio?» chiesi. «Sei ancora lì, vero?» Una fitta mi trafisse il cuore. Avevo assunto io Hannah. L'avevano cacciata insieme ai miei fascicoli?

«Sì. Hanno bisogno di me. Jamila ne ha combinata un'altra delle sue.»

«Cosa?»

Una Lexus argentata si fermò al marciapiede. Non era una cabrio, ma il finestrino si abbassò e Hannah chinò la testa. «Sali, sfigata. Andiamo a prendere un gelato.»

Attraversai il marciapiede e mi chinai per guardare dentro. «Mi hai appena citato *Mean Girls*?»

Lei ridacchiò. «Ho sempre voluto farlo.»

Mi allacciai la cintura di sicurezza mentre si allontanava dal marciapiede. «Cosa intendevi con "Jamila ne ha combinata un'altra delle sue"?»

«Non stavi guardando?»

Torturai la benda. «No. Ho disattivato le notifiche.»

«Oh, cavolo. C'è stato un altro disastro nello sviluppo. Qualcuno ha perso un sacco di codice. Hanno dovuto rimandare il lancio.»

«No! Doveva essere lanciato venerdì!»

«Sì, non se ne parla. First Arbiter si è talmente spazientita che ha annullato l'accordo, perciò Jamilow ha solo metà prodotto.»

«Non è giusto!» Jamila doveva essere distrutta per tutto quel duro lavoro andato in fumo.

Hannah svoltò in una strada meno trafficata. «Non è neanche la cosa peggiore. A quanto pare, facevano il doppio gioco. FA aveva un accordo secondario con Moo-Lah.»

«Non possono farlo! Non c'era una clausola di non concorrenza?»

Lei fece spallucce. «Ci vorrà un po' perché gli avvocati risolvano la questione. Nel frattempo, Jamilow sta ricominciando da capo. Tutti volevano un'intervista per sapere cosa ne pensava Jamila. E lei gliel'ha fatto sapere,» concluse Hannah cupamente.

«Oh-oh.» Riattivai lo schermo del telefono e feci una ricerca. La registrazione del suo commento fu il primo risultato.

«No, non sono arrabbiata,» disse, i suoi occhi scintillanti smentivano le sue parole anche sul mio telefono. «Pavel Thakor è così in basso che deve guardare in su per vedere l'inferno. Adesso toglietevi di mezzo.»

«Accidenti.» L'inquadratura finale catturò l'arricciarsi del suo labbro in un modo spettacolarmente poco lusinghiero.

«Dozzine di meme. Ne ho creato uno io stessa, cercando di presentarlo come una cosa da 'girl power'. Ma gli hater si fanno sentire di più.»

Senza sforzo, si infilò in un parcheggio perfetto di fronte a una piccola gelateria.

Con una mano sul suo braccio, la fermai prima che scendesse. «Come sta?»

«Non benissimo.» Appoggiandosi allo schienale, scrutò il mio viso. «È ossessionata dall'idea di trovare un nuovo partner e ribaltare la situazione. Non parla quasi con nessuno, a parte Rhiannon.»

«E Winslow?» chiesi.

«Non si è visto molto in giro. A quanto pare, il suo divorzio è stato appena finalizzato. Si è dato da fare per liquidare i suoi beni. Ho sentito che si è rifiutato di dare alla sua ex anche una sola delle sue azioni o opzioni di Jamilow.»

«È... è leale da parte sua.» La parola *leale* mi si strozzò in gola. Cinque giorni prima lo avevo accusato di slealtà, e ne ero ancora convinta fino al midollo. Ma ero l'unica.

«Credo di sì. Ora andiamo. Hai bisogno di grassi e zuccheri.»

Scendemmo dall'auto ed entrammo nel locale. Di martedì pomeriggio, in stagione turistica, era affollato.

Hannah riprese la nostra conversazione di prima. «Sono sicura che Jamila avrebbe capito se Winslow avesse dovuto cedere qualche azione. Billie è una persona ragionevole. Sono amiche. È già nel consiglio di amministrazione di Jamilow.»

«Aspetta. L'ex di Winslow è Billie Woods?» Mi sentii avvampare al ricordo della mia imbarazzante figura alla sua festa di Natale.

«Strano, no? Pare ci sia stato uno scandalo quando ha sposato un membro del consiglio, ma Jamila ha sostenuto entrambi. Alla fine non sembra che abbia danneggiato Jamilow.» Hannah si avvicinò al bancone e ordinò un gelato banana e avocado.

Io chiesi cioccolato extra fondente con amarene. «Le calorie non contano quando ti crogioli nella tristezza, vero?» dissi scherzando a metà.

«Pensa a tutte le calorie che bruci rigirandoti nel letto. Scommetto che anche piangere ne consuma un sacco. Soprattutto i pianti disperati. Non hai pianto, vero?»

«No, non tanto.» Piangere non mi era sembrata la reazione giusta. Mi sentivo più vuota che altro. Quando Jamila si era ripresa la sua fiducia, si era portata via anche il resto di me.

«Non credo che Jamila abbia mai pianto in vita sua.» Hannah portò la sua coppetta di gelato a un tavolino alto con degli sgabelli di metallo. «Era uno di quei bambini che, quando cadevano al parco giochi, pensavano davvero che sfregarsi un po' di terra sulla ferita la facesse stare meglio.»

Mugugnai e mi cacciai in bocca un cucchiaio di gelato. Scommettevo che aveva pianto quando era morto suo padre e quando sua madre se n'era andata, e dopo che quell'uomo terribile di cui si era fidata aveva cercato di barattare la sua innocenza per i soldi di una scuola privata. E anche quel giorno, nell'ufficio di mio fratello, quando le parole odiose di quel giornalista le avevano arrossato gli occhi. Ma Jamila non voleva che nessuno sapesse del suo passato o del suo lato più tenero. Adesso doveva rimpiangere di avermelo mostrato.

D'un tratto, il gelato non mi sembrò più buono. Il freddo e il dolce erano sbagliati. Io ero fuoco e amarezza. Non volevo stare seduta lì in quella gelateria, a ingozzarmi di una dolcezza cremosa e gelata e a spettegolare su persone con cui lavoravo. Volevo combattere per Jamila. Anche se non mi amava come io amavo lei.

Dovevo parlare con Billie Woods.

Infilzai il cucchiaino nel mio gelato. «Puoi portarmi a casa?»

«Certo.» Hannah assaporò un cucchiaio del suo dessert, alzando gli occhi al cielo.

Tamburellai sul tavolo, pronta a muovermi. «Adesso?»

«Adesso?» Deglutì.

«Subito. Posso guidare io mentre finisci il tuo gelato. Per favore?»

Normalmente, l'avrei gestita con più tatto. Essere educata, restare in disparte e aiutare dietro le quinte era la mia zona di comfort. Ma per Jamila, avrei sfondato le barriere del comportamento accettabile. Avrei usato ogni strumento a mia disposizione per farla soffrire di meno.

«Immagino sia importante, eh?»

«Assolutamente.» Gettai il mio gelato nel cestino. «Andiamo.»

———

TROVAI mia madre nel suo posto preferito della casa, la veranda. Indossava un foulard sopra il suo caschetto biondo e guanti da giardinaggio per rinvasare qualcosa con foglie lunghe e nastriformi. Non mi erano mai importate molto le sue piante. Non mi aveva mai permesso di aiutarla.

«Ciao, mamma.» Le diedi un bacio sulla guancia.

«Tornata dallo shopping? Hai comprato qualcosa di carino per il compleanno di Charles?»

Merda. Me n'ero dimenticata. «Non ancora. Il suo compleanno è domenica prossima. Ho ancora tempo.»

«Certo.» Picchiettò la terra intorno alle radici della pianta, poi si sfilò i guanti da giardinaggio. Poi mi guardò. Mi guardò davvero, come solo una madre sa fare.

Inclinò la testa. «Oggi hai un aspetto un po' migliore.»

«Io, uh. Sì. Sì. Mi sento meglio.»

«Sei pronta a dirmi perché hai lasciato il lavoro?»

Mi appoggiai al banco da giardinaggio. «Non l'ho lasciato. Jamila mi ha licenziata.»

Le sue sopracciglia bionde si inarcarono. «Licenziata? C'entra qualcosa con la telefonata che ho ricevuto da Pavel Thakor?»

Feci una smorfia. «Ho accusato Winslow Keating-Ashworth, il suo COO, di spionaggio industriale. E potrei averlo fatto impersonandoti.»

Lei strinse le labbra. «Il tuo lavoro era occuparti di pubbliche relazioni, non scovare spie. Jamila non avrebbe dovuto chiederti di farlo.»

«Non me l'ha chiesto. È per questo che mi ha licenziata.»

«Perché pensavi che Winslow stesse facendo qualcosa di male?»

«Ho visto una sua foto in un posto dove non sarebbe dovuto essere e ho fatto un collegamento. Ma erano solo prove indiziarie. In qualche modo ha rigirato la frittata facendomi passare per la traditrice. Jamila è sensibile a cose del genere, sai. Al tradimento della fiducia.»

«Ecco perché lei e Jackson vanno così d'accordo. Lui è leale fino all'eccesso.»

Giusto. Il che mi ricordò quanto fossi stata intrattabile il fine settimana prima di accusare Winslow. Se Jamila avesse cercato una scusa per tagliare i ponti con me, gliel'avevo resa troppo facile.

«Pensi che a Jackson dispiacerebbe se...» Mi morsi le labbra. Le parole erano scivolate fuori come perle da una collana rotta. Non potevo chiedere a mia madre un parere sul mio frequentare Jamila. Ricordai l'espressione sul volto di Jamila quando Winslow aveva tirato fuori quel registro delle visite e la copia del mio documento d'identità. Non mi avrebbe mai perdonata. Perché avrei dovuto rivelare la mia bisessualità ora, quando non aveva più importanza?

«Se cosa, tesoro? Pensi che gli dispiacerà quando scoprirà che Jamila ti ha licenziata? Probabilmente più con lei che con te. Anche se, davvero, non capisco perché te ne sia impicciata.»

«Me ne... me ne sono impicciata io.»

Mi accarezzò la guancia. «Questa è la mia Natalie, sempre a cercare di aiutare tutti.»

Non era vero. Non in questo caso. Se fosse stato per chiunque altro, gli avrei mostrato la foto di Winslow su quel campo da golf e avrei lasciato che se la sbrigassero da soli, ma non mi ero accontentata di quello. Non con Jamila. Perché i miei sentimenti erano troppo forti. Perché la amavo. E l'amore non era qualcosa che si nasconde a propria madre, nemmeno se tua madre ha ogni sorta di idee eteronormative sul ruolo della donna nella società.

«Mamma, io...» feci un respiro profondo, «devo dirti una cosa.»

«Sì?» Mi sistemò una ciocca di capelli sulla spalla.

«Amo Jamila.»

Spazzolò un capello ribelle dal mio maglione. «Certo che la ami. Tutti la amiamo.»

«No. Mamma.» Le strinsi la mano per impedirle di togliermi di dosso ogni imperfezione. «La amo romanticamente. È la mia persona.»

«La tua persona? Che razza di sciocchezze da Generazione Z sono queste? Viene da una canzone di Olivia Rodrigo?»

«Mamma, ascoltami.» Aspettai finché non incrociò il mio sguardo. «Sono bisessuale e sono innamorata di Jamila Jallow.»

«Per l'amor del cielo. Ha dieci anni più di te. È praticamente una sorella maggiore per te.»

«Lo è, e io la amo.»

Mi fissò per un momento. «Anche lei ti ama? Voglio dire, so che è bisessuale anche lei, ma...»

Quell'*"anche"* mi spezzò. Aveva appena accettato la mia sessualità e tutto il disordine che avrebbe introdotto nella sua vita attentamente ordinata.

Le gettai le braccia al collo. Non eravamo una famiglia molto espansiva, ma i miei sentimenti erano troppo grandi per essere contenuti.

«Grazie,» tirai su col naso.

«Non farlo.» Si tirò indietro e mi asciugò sotto gli occhi con i pollici. «Ti si gonfieranno tutti. E per cosa devi ringraziarmi? Sono tua madre e ti voglio bene. Ma Jamila? Prova la stessa cosa?»

Il mio mento tremò. «No. Noi...» ingoiai i dettagli che stavo per dare, «siamo uscite insieme per un po', ma non ha funzionato.»

«Povera bambina mia. Forse dovresti andare in Messico per qualche giorno. Lascia che la brezza dell'oceano spazzi via i tuoi problemi.»

Messico, dove l'orribile Winslow era andato a spifferare i suoi segreti fingendo di avere una nonna malata. Mi ricordò ciò che dovevo chiedere.

«Mamma, ho bisogno di un favore.»

«Certo che puoi usare la mia carta di credito. Come altro potresti permetterti un viaggio?»

«No, non soldi, un contatto. Conosci Billie Woods, vero?»

«Certo. Della fondazione della biblioteca. Ricordi, ti ho detto di andare alla sua festa quando io e Charles eravamo fuori città a Natale.»

Per quanto preferissi non rivedere mai più Billie, dovevo farlo per Jamila. «Ho bisogno di parlarle.»

«Perché hai bisogno di Billie? Probabilmente non è un buon momento per lei. Ha divorziato da poco, sai. È fuori dal paese, a Pangkor Laut. Immagino che potresti andare lì invece che in Messico.»

«Non ho tempo per questo. Devo parlarle del suo divorzio. Penso che potrebbe avere qualcosa a che fare con la fuga di notizie nell'azienda di Jamila.»

«Pensi che lei sappia qualcosa?»

«No, ma scommetterei la mia borsa Fendi preferita che il suo ex c'entra qualcosa.»

«E pensi che questo possa conquistare l'affetto di Jamila?»

Mi afflosciai. La fiducia di Jamila era come la porta d'imbarco di un aereo. Una volta chiusa, non c'era modo di riaprirla. «No, ma voglio comunque aiutarla.»

Mi rivolse un sorriso malinconico. «E hai bisogno di Billie per questo?»

«Sì.»

«La chiamerò. È presto in Malesia, ma per me potrebbe rispondere.»

«Grazie, mamma.»

«Il mio telefono è lì, in carica. Me lo prendi?»

Lo vidi sul tavolino accanto alla porta dove mia madre depositava i suoi gioielli prima di affondare le mani nella terra. Mi affrettai a prenderlo e glielo portai.

Lei compose il numero.

«Non le mandi prima un messaggio?» Detesterei ricevere una chiamata inaspettata, soprattutto prima... controllai il fuso orario sul mio telefono e feci una smorfia... delle dieci del mattino durante la sua vacanza su una spiaggia malese.

«Perché dovrei?» si portò il telefono all'orecchio. «Ciao, Billie, sono Audrey Hayes.»

Alzai gli occhi al cielo. Billie doveva sapere chi era dal numero del chiamante.

Mia madre ascoltò per un momento e sorrise. «Meraviglioso. Spero di non disturbarti?» Le sue guance si tinsero di rosa. «Beh, allora. Non ti tratterrò a lungo. Mia figlia Natalie ha qualche domanda.»

Fece una pausa, poi annuì. «Eccola qui.» Coprendo il microfono con un pollice, mi porse il telefono. «Sii rapida. Sta intrattenendo un ospite.»

«Un cosa?» La mia mascella si spalancò. «Intendi un uomo? Non voglio...» Ma sì che volevo. Prima Jamila si fosse liberata di quella serpe di Winslow, meglio sarebbe stato.

Presi il telefono. «Ciao, Billie, sono Natalie.»

«Natalie,» disse Billie con voce strascicata. «Non ti vedo da quando hai fatto la figura della stupida alla mia festa.»

Mi sentii mortificata. «Mi dispiace per quello. Stavo passando una brutta serata.»

«Certo che sì. Tutti si erano accorti che avevi una cotta

tremenda per Jamila Jallow. Tranne Jamila stessa.» La sua risata fu un tintinnio allegro, come di campanelli a vento fatti di conchiglie.

«Ce l'ho ancora. Ed è per questo che ho una domanda sul tuo ex, Winslow.» Feci una smorfia. Sapeva chi era il suo ex.

«Preferirei non parlare di lui in questo momento.»

«Lo so, e mi dispiace. Mi chiedevo se, um... se ci fossero clausole particolari nel vostro accordo di divorzio? In particolare quelle riguardanti Jamilow. Mi risulta che abbia mantenuto le sue azioni e le opzioni?»

«Sì. È stato *molto* insistente su quel punto. Io volevo dividerle a metà, per essere equi e tutto il resto. Volevo continuare a sostenere Jamila io stessa. Siamo buone amiche da anni, dai tempi di Stanford. Ero la sua responsabile di piano, sai, quando era una matricola. Sono stata la prima persona a cui ha chiesto di entrare nel consiglio di Jamilow.»

«Davvero? E poi hai sposato Winslow.»

«Non la mia decisione migliore, a quanto pare. Sa essere affascinante quando vuole, sai. Mi sono lasciata travolgere dalle attenzioni di un uomo più giovane. Sembra che sia un mio schema.» Ridacchiò.

Non potevo permettere che si distraesse con il suo ospite. «Parlami delle azioni di Jamilow.»

«Giusto. Ha detto che mi avrebbe dato l'equivalente in valore monetario, il che si è rivelato un cattivo affare per lui. Abbiamo stabilito il valore a gennaio, ma il prezzo delle azioni è sceso costantemente dopo il casino delle PR, e poi precipitosamente questa settimana, quando Moo-Lah ha lanciato il suo prodotto. Immagino sia stata una buona cosa per me, non così buona per Jamila e Winslow, eh?»

«Uh-huh.» La mia mente vorticava. Aveva tenuto tutte le sue azioni e opzioni e non aveva chiesto di rinegoziare nonostante il calo del prezzo? Qual era il suo scopo?

«Lui ha preso le azioni. Io ho preso tutti i contanti e le proprietà, tranne il suo attico a Los Altos.» La sua voce divenne amara. «È dove teneva la sua amante, ma anche lei l'ha lasciato.»

«Perché pensi che...»

«Probabilmente non lo sopportava più neanche lei. Negli ultimi due anni non ha fatto altro che parlare di Jamila. Jamila di qua, Jamila di là.»

Oh, no. Ricordai tutto il tempo che passava nel suo ufficio. La loro facile complicità. «Pensi che... pensi che sia innamorato di Jamila?»

«Innamorato?» Rise, un suono acuto e gelido. «La detesta. Non smetteva mai di dire che stava... passami il francesismo... mandando a puttane l'azienda che avevano costruito insieme. E che lui l'avrebbe gestita molto meglio, se solo avesse potuto prenderne il controllo.»

Il mio cuore perse un battito. «Prenderne il controllo? Ha detto così?»

«Ogni santo giorno. Finché non l'ho lasciato. Poi sono sicura che l'abbia detto allo specchio.»

«Se in qualche modo trovasse il denaro per esercitare le sue opzioni su azioni, quanto di Jamilow pensi che potrebbe controllare?»

«Oh.» Fece una pausa. «Non avevo pensato che l'avrebbe fatto davvero. Se le esercitasse tutte, deterrebbe poco meno del quaranta percento. È la stessa quantità che Jamila ha tenuto per sé.»

Non abbastanza per strapparle il controllo, allora. Ma...

«E se avesse un partner che sta anche lui acquistando azioni mentre il prezzo è basso? O se avesse un'altra fonte di reddito?» Tipo una tangente da Moo-Lah.

«Finché lo facesse in sordina, potrebbe superare la sua partecipazione o essere abbastanza forte da sfidare Jamila come azionista attivista.»

«Potrebbe estrometterla con un voto,» dissi. «O eseguire un'acquisizione ostile da parte di Moo-Lah.»

Mia madre sussultò.

Billie esclamò: «La serpe! Pensi che sia quello che ha fatto?»

«Penso che sia lui la fonte della fuga di notizie a Moo-Lah.

Penso che stia facendo abbassare il prezzo delle azioni per poter accumulare più quote. Pensi che farebbe questo a Jamila?»

«Dieci anni fa? Mai. Adesso? Temo di sì. Può essere gentile con lei di persona, ma alle sue spalle, è... non è una brava persona.»

«Porca miseria.» Feci una smorfia. «Scusa, mamma.»

«Il COO ha intenzione di prendere il controllo dell'azienda di Jamila? Porca miseria,» ripeté mia madre.

«Ho bisogno di prove,» dissi.

«Ho un documento che delinea le sue partecipazioni in Jami-low,» disse Billie.

«E per quanto riguarda eventuali contanti che potrebbe aver ricevuto da Moo-Lah?»

«Manderò un'e-mail alla mia avvocata. Se c'è qualcosa, dovrebbe essere in grado di trovarlo.»

«Okay, questo è ottimo.» Era la prova di cui avevo bisogno.

Una voce profonda mormorò dall'altro capo della linea di Billie.

«Ti serve altro, tesoro?» chiese. «Perché ho un appuntamento galante con un magnate malese.»

«No. Grazie. Sei stata molto d'aiuto.»

«Mando subito quell'e-mail,» disse. «Buona fortuna.»

«Grazie.» L'energia mi frizzava nelle dita delle mani e dei piedi. Avevo una pista su qualcosa che avrebbe dimostrato che Winslow era la spia, qualcosa che gli avrebbe impedito di ferire Jamila più di quanto non avesse già fatto.

28

LA MATTINA DOPO, mercoledì, feci il mio ingresso nel quartier generale di Jamilow come se il posto fosse mio. Non lo era, ma speravo che, entro la fine della giornata, Jamila ne sarebbe stata ancora la proprietaria.

Bruno mi fermò. «Signorina Jones, lei non lavora più qui.»

«Lo so, Bruno. E so che sta facendo il suo lavoro, ma deve lasciarmi salire.»

«No, non devo. Jamila ha detto...»

«Va tutto bene, Bruno.» Hannah scese dalle scale e si diresse verso di noi a grandi passi. «La registrerò come mia ospite.»

«Non sono sicuro di poterla lasciare...»

«Bruno.» Mi sporsi sulla scrivania ricurva. «Sono qui per salvare Jamila. E l'azienda.»

Lui aggrottò la fronte. «Sembra che lei voglia causare problemi.»

Non aveva tutti i torti. «Probabilmente sì. Vuole venire con noi? Così potrà accompagnarmi fuori se causerò il tipo sbagliato di problemi.»

«Giusto.» Sollevò la cornetta e chiamò qualcuno. Quando arrivò la guardia sostitutiva, salii le scale a grandi passi, con un badge da visitatore giallo neon appuntato sul colletto del mio noioso tubino blu scuro, quello che indossavo ai funerali. Al secondo piano, le teste si voltarono mentre ci dirigevamo verso l'ufficio di Jamila. Felicia bloccava la porta, a braccia conserte.

«Lei non può entrare. Jamila non vuole vederla.» Lanciò un'occhiataccia accusatoria a Bruno, che mosse i piedi con fare impacciato.

«Ho qualcosa che deve vedere. Qualcosa che tutti voi dovete vedere. Lasciami entrare. Mi bastano cinque minuti.»

«Cinque minuti.» Le sue labbra si assottigliarono. «Sembra che lei possa fare un sacco di danni in cinque minuti.»

«Lo prometto, non ho intenzione di fare del male a Jamila. Voglio aiutarla. Per favore?»

La voce che meno volevo sentire arrivò dalla mia sinistra. «Assolutamente no.»

Lentamente, mi voltai. Quel giorno indossava gli stessi pantaloni color lampone, le sue scarpe bicolori, una camicia bianca con il colletto aperto e un blazer blu scuro. «Winslow.»

«Il nostro messaggio non è stato chiaro il suo ultimo giorno, signorina Jones? Lei qui non è la benvenuta.»

«Devo vederla.» Alzai la voce più di quanto fosse accettabile in un ufficio dove la gente stava cercando di lavorare. «Deve sentire quello che ho da dire.»

«Lei non ha bisogno» sibilò Winslow «di sentire altro da lei. Bruno, la accompagni fuori. Anzi, le accompagni fuori entrambe. Hannah, anche lei è licenziata.»

«Non puoi farlo!» Non sapevo di poter raggiungere un tono di voce così alto. «Hannah non ha fatto niente di male!»

«Ti ha fatta entrare, no?» Si sporse verso il mio colletto e mi strappò il badge da visitatore. «Portale via di qui, Bruno.»

«Che cazzo sta succedendo qui fuori?» Jamila era sulla soglia del suo ufficio con le mani sui fianchi, sembrava una dea vendicatrice. «Avete perso tutti la testa?»

«Jamila, devo parlarti. Mi servono solo cinque minuti. Ti prego?» Strinsi la borsa a tracolla che pendeva dalla mia spalla.

Lei diede un'occhiata al suo smartwatch. «Cinque minuti. A

partire da ora.» Voltandosi, rientrò nel suo ufficio e io la seguii. Lo stesso fecero Winslow, Hannah e Bruno.

Jamila si lasciò cadere sulla sedia come se portasse sulle spalle il peso dell'intero edificio. In quel momento, mi resi conto che era davvero così. Non solo Hannah e Bruno dovevano a lei il loro lavoro, ma anche Felicia e tutti quelli fuori da quella porta. Forse aveva cercato di dimostrare il proprio valore a sua nonna, a sua madre e a tutti gli altri che non avevano creduto in lei, ma come risultato aveva costruito un'azienda che dava lavoro a centinaia di persone e faceva guadagnare migliaia di altre. E io stavo per complicarle la vita molto di più.

Rimasi in piedi davanti alla sua scrivania, con i piedi piantati a terra, tanto distanti quanto la gonna stretta me lo permetteva. «L'ultima volta, sono venuta qui con delle accuse piuttosto deboli. Oggi, ho le prove.»

Misi una mano nella borsa a tracolla di Saint Laurent che avevo preso in prestito da Madre e tirai fuori i fogli che avevo stampato dall'email dell'avvocato di Billie. «Questo è un estratto conto che mostra le azioni e le opzioni di Winslow.»

«E che diavolo dovrebbe provare?» Winslow cercò di strapparmi i fogli, ma si fermò quando Jamila allungò una mano per prenderli.

Li esaminò, annuendo. «Niente che non sapessi già.»

«Giusto, ma è qui che le cose si fanno interessanti. Nel suo recente divorzio, Winslow ha tenuto solo le azioni di Jamilow. Rappresentano circa la metà del patrimonio della coppia, e Billie ha tenuto gli altri beni.» Le porsi l'altro plico di fogli.

«Dove li hai presi?» sbottò Winslow. «Quei documenti sono privati.»

«Me li ha dati un'amica.» Mi sporsi in avanti. «Winslow possiede una quantità significativa di azioni di Jamilow. Ha anche delle stock option non esercitate che eguaglierebbero quasi il tuo stesso pacchetto azionario, Jamila. Potrebbe esercitare quelle opzioni per comprare quelle azioni a un prezzo stracciato.»

Jamila alzò gli occhi al cielo. «Penso che sappiamo tutti come funzionano le stock option. Non c'è niente di losco. Winslow ha guadagnato quelle opzioni come parte del suo compenso dirigenziale e come uno dei miei primi dipendenti.»

«Ma» dissi «dal suo divorzio, non ha abbastanza liquidità per esercitare quelle opzioni, tanto meno per comprare altre azioni al prezzo di mercato.»

«Aspetta» disse Jamila, con un sorriso che le incurvava le labbra. «Pensavo fossi una stilista-fiorista-chef-consulente di PR, non un'esperta di finanza.»

«Sono una Jones.» Feci spallucce. «È di questo che parliamo a cena. Comunque, la cosa più interessante è questa recente transazione sul conto bancario di Winslow il giorno dopo la finalizzazione del suo divorzio.» Lasciai cadere l'ultimo foglio sulla sua scrivania. «Un deposito di venti milioni di dollari da un conto offshore di proprietà di Pavel Thakor.»

«Cosa?» Jamila non sorrideva più. I suoi occhi si spalancarono.

«Non solo Winslow ha accettato una tangente dal tuo concorrente, ma sospetto che stia pianificando di usarla per esercitare le sue stock option e forse acquistare ulteriori azioni. Ha intenzione di acquisire una partecipazione di maggioranza in Jamilow. La mia ipotesi è che stia pianificando di rimuoverti come CEO e forse tentare un'acquisizione ostile da parte di Moo-Lah. E sospetto che abbia avuto a che fare anche con i problemi di sviluppo.»

«È ridicolo» balbettò Winslow. «Jamila, crederai a questa ragazzina? Entra qui tutta impettita con i suoi vestiti firmati, con dei documenti che non dovrebbe avere, e chissà se sono legittimi, facendo affermazioni che non può comprovare in altro modo.»

Jamila si alzò lentamente. «L'hai fatto, Winslow? Hai accettato soldi da Pavel Thakor? Da Moo-Lah?»

«No, io...» Serrò la bocca. «Devo parlare con il mio avvocato.»

«Perché?» La sua voce perse tutto il suo volume, tutta la sua sfrontatezza. Quel *perché* era quello di una ragazzina oberata dalla cura di due fratelli minori turbolenti che chiedeva a sua madre perché non tornava, che chiedeva a un diacono una via più facile, che chiedeva a sua nonna di credere in lei.

Mi si spezzò il cuore per lei. Per quello che avevo dovuto mostrarle su un uomo che pensava fosse suo amico.

Quell'uomo era in piedi nel suo ufficio, con la mascella serrata. «Jamilow potrebbe essere molto di più. Tu non hai mai voluto avere il successo che sapevo avremmo potuto raggiungere. Avevi tutte queste idee da favola sull'aiutare le persone in crisi e sull'educare le persone per farle uscire dalla povertà, ma la nostra attività servirebbe meglio le persone che hanno già soldi da buttare su un'app a pagamento, coloro che comprano cose che potremmo pubblicizzare e che hanno il patrimonio netto per approfittare di una partnership con la FA. Non sei mai riuscita a vedere la visione di tutto ciò che avremmo potuto essere.»

Rimpiansi di aver lasciato i miei coltelli alla scuola di cucina. Inarcai un sopracciglio affilato come un rasoio. «Intendi tutto ciò che Jamilow potrebbe essere se ci fossi tu al comando?»

«Esatto.» Aveva le mani sui fianchi, occupando uno spazio che не meritava.

Lanciai un'occhiata a Jamila. Fissava, incredula, i fogli che avevano sconvolto il suo mondo. Aveva bisogno di tempo per elaborare tutto.

«Tutti fuori» dissi. «Compreso tu, Winslow. Meglio che chiami quell'avvocato.» Feci un gesto con le mani per cacciarli, facendo uscire tutti dal suo ufficio. Mi fermai sulla porta.

«Mi dispiace davvero tanto, Jamila» dissi. «Vorrei che non fosse vero.»

Lei non disse nulla. Le sue spalle erano afflosciate sotto l'enorme peso del tradimento.

Chiusi dolcemente la porta dietro di me.

QUANDO TORNAI A CASA UN'ORA DOPO, tutto quello che volevo era mettere la tuta, mangiare una vaschetta di gelato a letto e guardare le serie di Darren Star finché i miei occhi non si fossero raggrinziti nelle orbite. Ma mia sorella e il suo cane erano seduti sul letto su cui volevo buttarmi.

«Cosa ci fai qui?» le chiesi. Non eravamo mai state il tipo di sorelle che passano il tempo nelle rispettive camere, a confidarsi segreti, a truccarsi a vicenda o a parlare di ragazzi, per quanto lo avessi desiderato.

Lei accarezzò il pelo nero di Bilbo. «Parto oggi, ricordi? Non volevo tornare in Ohio senza sapere com'era andato il grande confronto. Madre mi ha detto cosa hai scoperto.»

«È... andato.» Mi lasciai cadere sul letto, con le mani sugli occhi. Bilbo mi diede un colpetto sulla mano con il muso, e io la sollevai per accarezzarlo. «Le ha spezzato il cuore essere tradita da qualcuno di cui si fidava. Qualcuno che pensava fosse un amico.»

«Che ne è stato di Winslow?»

«La sicurezza l'ha accompagnato fuori. Jamila deve far preparare le carte ai suoi avvocati prima che possano intervenire i federali.»

«Pensi che lascerà il paese? Quella tangente era sufficiente per far stare chiunque comodo su qualche isola.»

«Forse.» Feci spallucce contro il soffice piumone. «Ma probabilmente sequestreranno i suoi beni negli Stati Uniti, come le sue azioni, quindi almeno non darà più fastidio a Jamila.»

«Come l'ha presa?»

«Non bene. Mi aspettavo che esplodesse, invece si è chiusa in se stessa. Sono preoccupata per lei.»

«Certo che lo sei.» Sam non era il tipo di persona che toccava con disinvoltura, ma mi strinse la mano, quella appoggiata sul fianco di Bilbo. «Pensi che abbia cambiato idea su di te?»

Ricordai l'espressione vuota di Jamila. Non mi aveva nemmeno ringraziata. Capivo. Avevo lanciato una granata nella sua azienda e me ne ero andata. E poi non l'avevo fatto per la sua gratitudine. L'avevo fatto perché era la cosa giusta da fare.

«Non lo so. Non sono la cosa più importante che le sta succedendo in questo momento, no?»

Qualcuno bussò alla mia porta e Charles ficcò la testa dentro. «Natalie. E Sam! Pensavo fossi già partita.»

«Non ancora. Dovevo parlare un attimo con Nat.»

«Ti dispiace se interrompo?»

«Entra pure» dissi.

Entrò nella mia stanza. «Ho ricevuto una telefonata da Jamila oggi. Penso di doverti ringraziare. Francamente, ci ero rimasto un po' male quando si è associata con la FA, ma alla fine è venuta da me. Grazie, Natalie. Il mio consiglio di amministrazione sta già sbavando al pensiero di una partnership con Jamilow.»

Continuò a parlare di sinergia e rivitalizzazione per la sua banca antiquata, ma io smisi di ascoltare. Jamila era andata da Charles?

Mia sorella chiese: «Ha detto di averlo fatto per via di Nat?»

Lui inclinò la testa di lato. «No, ma davo per scontato...»

«Scusa, Charles» dissi. «È stato tutto merito di Jamila. Non lavoriamo più insieme.»

«Oh.» Il suo viso si rabbuiò. «E non, uhm... non fate più altre cose insieme?»

Trasalii. «No.»

Si avvicinò al letto e mi tirò su per potermi abbracciare. «Mi dispiace. So che tenevi a lei.»

Mi rilassai nel suo abbraccio. «Va tutto bene. Alla fine l'ho aiutata, quindi almeno ho questo.»

«E hai un'esperienza preziosa da mettere sul curriculum.»

«Il mio curriculum?»

Si staccò per guardarmi negli occhi. «Non ti ho mai vista felice come quando lavoravi da Jamilow. In parte era per via di Jamila, ma il lavoro ti piaceva davvero. Penso che dovresti dare un'altra possibilità alle PR. Se Della Lippman non ha un posto per te, sono sicuro che conosce qualcuno che ce l'ha.»

«Mmh. Forse hai ragione.» Jamila non mi avrebbe mai raccomandata a nessuno, ma Hannah poteva darmi una raccomandazione per sua zia. Il pensiero di rituffarmi nel mondo delle pubbliche relazioni accese una scintilla di entusiasmo nella mia pancia, cosa che la scuola di cucina, il negozio di fiori e il corso di moda non avevano fatto.

«Ho quasi sempre ragione» disse, lasciandomi andare. «Ora, Sammy, devi andare all'aeroporto. Dai, ti accompagno io.»

«Sei sicura che starai bene?» chiese Sam, scrutandomi negli occhi.

«Alla fine, sì.»

«Casa mia sarà pronta quando tornerò tra due settimane. Verrai a trovare me e Bilbo Baggins allora?»

«Sì. Okay.»

Mi diede una pacca sulla spalla. Bilbo fu più generoso con il suo affetto. Mi saltò in braccio e mi leccò il mento. Non sussultai nemmeno. Forse avrei preso un cane, una volta che avessi rimesso in sesto la mia vita e fossi andata via da casa dei miei.

Per la prima volta, mi sembrò possibile.

29

DOPO CHE ANDREW mi lasciò davanti alla villetta a schiera di Jackson in un sabato sera di inizio luglio, guardai in fondo alla strada e mi sentii come se avessi ricevuto un pugno nello stomaco. Una Porsche decappottabile rossa, come quella che guidavo quando stavo con Jamila, era parcheggiata davanti a casa sua.

Strizzai gli occhi. Nel bagliore del tramonto, non potevo essere sicura che fosse rossa. Poteva essere marrone o arancione. E poteva essere di un anno diverso.

Scossi la testa. Non avrebbe tenuto l'auto dopo che le avevo restituito la chiave. Avrebbe rescisso il leasing in anticipo perché era la mossa finanziariamente più intelligente.

Sia Charles che Jackson dicevano che stava bene, ma avrei voluto vederlo con i miei occhi. Avrei voluto fissarla nei suoi splendidi occhi per vedere se il dolore del tradimento fosse ancora lì, o se un barlume di speranza lo avesse sostituito. Prima che potessi avvicinarmi abbastanza da leggere la targa o identificare il conducente, l'auto partì.

Sbuffai alla mia ridicolaggine. Era stupido agitarsi per un'auto che mi ricordava Jamila. Era anche stupido spiare l'account social di Jamilow meticolosamente curato da Hannah. Dovevo impostare un timer di dieci minuti, o ne sarei stata risucchiata per sempre. Era ancora più stupido masturbarmi pensando ai ricordi delle poche notti che avevamo passato insieme.

Ok, forse quello non era così stupido.

Probabilmente avrei custodito quei ricordi per sempre perché erano *bollenti*, ma era ridicolo pensare che avessero mai significato qualcosa. Per lei ero stata un'altra avventura e non abbastanza speciale da meritare il suo amore.

Suonai il campanello di Jackson e, come se mi stesse aspettando lì, aprì la porta.

«Pronto per la vostra serata galante?» chiesi, sforzandomi di sfoggiare un sorriso malizioso.

«Ci puoi scommettere. Grazie per aver fatto da babysitter…»

«Non sono un bambino.» Noah si fece largo fino alla porta. «Dì a Jay che ho *tredici* anni, il che è troppo per avere una babysitter.»

Ricordando tutte le volte in cui la mia famiglia mi aveva trattata come la piccola di casa — diamine, mi trattavano ancora così — gli rivolsi un sorriso sghembo. «Tu non hai bisogno di una babysitter. Ma Val sì, e io ho bisogno di tutto l'aiuto possibile. Mi aiuterai, vero?»

«Sì, immagino di sì. So dove sono tutte le sue cose.»

Valentine si avvicinò a noi barcollando e alzò le braccia. «Su.»

Noah si chinò e la prese in braccio, mettendosi la bambina su un fianco come avevo visto fare ad Alicia e Jackson un centinaio di volte. Il mio cuore ebbe un sussulto enorme.

«Allora sono io che aiuto te,» dissi.

Valentine si sporse in avanti, allungando i pugnetti paffuti verso di me. «Zia Nat.»

La presi da Noah, inalando il profumo di shampoo per bambini del suo bagnetto. «Zia Nat è così felice di vederti, Val.»

Si rannicchiò contro il mio collo e non riuscii a trattenere un sorriso. Stavolta era vero.

«Ehi, Noah, puoi lasciarci un minuto?» chiese Jackson. «Devo parlare con zia Nat.»

«Prepara un videogioco per noi,» suggerii. «Niente di troppo cruento, ok?»

«Possiamo giocare dopo che Val sarà a letto,» disse. «Prima guarderemo uno dei suoi film.»

«Mo-to,» disse lei, sporgendosi di nuovo verso di lui.

«Esatto,» disse lui. «Quello con il mostro blu.»

Lei strillò mentre lui la sollevava di nuovo e la portava saltellando in soggiorno.

Jackson mi condusse oltre il televisore, attraverso la cucina, fino alla lavanderia e chiuse la porta. Il loro gatto, Tigger, era raggomitolato sopra l'asciugatrice, sonnecchiando nel raggio di sole che filtrava dalla piccola finestra.

«Uh-oh. Dev'essere una cosa seria se abbiamo bisogno di una conversazione a porte chiuse,» scherzai. «Aspetta. *È* una cosa seria? Va tutto bene con Alicia?»

«Sta bene. Il bambino sta bene. Si sta prendendo un minuto per vestirsi. Ha lavorato come una matta cercando di preparare tutto per il congedo di maternità. Questo riguarda te.»

«Me?»

«E Jamila.»

«Porca miseria. Era lei davanti a casa tua? È appena stata qui?»

«L'hai vista?»

«Solo la sua macchina.»

«Sì. È passata per parlare. Mi ha detto una cosa molto interessante.»

«Ah sì?» Feci un respiro profondo, cercando di calmare il battito accelerato del mio cuore.

Quando Jackson si appoggiò all'asciugatrice, Tigger sollevò la testa. Si alzò, si stiracchiò e strofinò la guancia contro la spalla di Jackson. Lui grattò il gatto dietro le orecchie, ma il suo sguardo non lasciò il mio viso. «Mi ha detto di averti "sverginata" alla bisessualità.»

Il mio viso avvampò, più caldo del sole estivo che filtrava dalla piccola finestra. «Non essere volgare.»

«Non fare l'innocentina. Mi ha detto che voi due eravate... intime.»

Alzai gli occhi al cielo, ricordando l'etichetta *disinvolta* di

Jamila. «Non mi ha certo deflorata. Ho ventisei anni. Ho avuto dozzine di partner, di vari generi.»

Si coprì le orecchie con le mani. «Non volevo sentirlo.»

«Allora non tirare in ballo la sessualità di nessuno, cretino,» dissi, irritata dal ricordo dei costanti promemoria di Jamila sul fatto che stavamo solo soddisfacendo un capriccio. «Non significava nulla.»

«Nulla?» chiese lui.

«L'ha messo ampiamente in chiaro. E non siamo più intime. Non da quando mi ha licenziata.»

«Quindi quel giorno sulla montagna e il giorno dopo al brunch, stavate insieme?»

«Sì.»

«Capisco. Mamma lo sa?»

«Gliel'ho detto quando ho avuto bisogno del suo aiuto per scoprire la verità su Winslow.»

«E a lei andava bene?»

Il sangue mi ribollì. Strinsi i pugni. «Avrei pensato che proprio tu, migliore amico di due persone queer, mi avresti sostenuta!»

«Io ti sostengo. Ma sono preoccupato per te. Vorrei che fossi venuta da me per un aiuto con la mamma. E forse anche con Jamila.»

«Non ho bisogno del tuo aiuto.»

Allargò le mani. «Lo so. Non sei più una bambina con le trecce. Hai un lavoro da adulta. Ma come tuo fratello maggiore e come suo amico, mi sarei sentito meglio se avessi aiutato.»

«A volte le persone non vogliono aiuto, Jackson.» La nuca mi pizzicò. Avevo imposto il mio aiuto a Jamila. Forse se avessi chiesto prima, non avrei rovinato l'amicizia a cui tenevo tanto.

«Mi dispiace. Mi perdoni?» Mi fece gli occhi da cucciolo più tristi di sempre.

Alzai gli occhi al cielo. «Suppongo di sì.»

«Davvero, stai bene? Soprattutto con la mamma?»

«Stiamo bene. Penso che sarebbe più felice se io incontrassi un ragazzo ricco, mi innamorassi follemente e sfornassi una mezza dozzina di nipotini, ma non le dispiacerebbe nemmeno se incontrassi una donna ricca. Anche se ora lavoro per Della, si preoccupa per il mio futuro.»

Nonostante fosse impegnatissima con il lancio del suo prodotto, Jamila mi aveva sorpresa chiamando Della Lippman per dirle che avrebbe dovuto assumermi. Non avevo avuto il tempo di sfruttare il contatto di Hannah prima che Della mi offrisse un posto. E poi Jamila mi aveva mandato un adorabile cactus in fiore. Il biglietto diceva semplicemente: *In bocca al lupo per il tuo primo giorno. So che fiorirai nel tuo nuovo lavoro.*

Non diceva nulla sull'amore, per quanto il mio cuore tenero avesse voluto interpretare il gesto in quel modo. Il cactus non era una battuta sulla sua personalità spinosa o un richiamo a Quill.i.am, nonostante l'etichetta lo identificasse come un cactus riccio, *Echinocereus fendleri*. Era così impegnata a riorganizzare il suo prodotto che probabilmente aveva incaricato Felicia di farlo, ed era una pura coincidenza. La segnalazione per il lavoro? Solo un altro modo per assicurarsi che mantenessi le distanze.

Lui strizzò gli occhi. «Quindi stai bene?»

«Sì. Penso di aver finalmente capito cosa fare della mia vita. Sono felice al lavoro e forse un giorno potrò trovare di nuovo l'amore.»

«La amavi?»

«Sì.» Non avrei ammesso di essere un caso così disperato da amarla ancora, un mese dopo che mi aveva mollata e licenziata in un colpo solo. «Sei stato gentile con lei, vero? Quando ti ha parlato di noi? Aveva paura di quello che avresti potuto pensare.»

Si raddrizzò. «Spero tu mi abbia dato più credito di così. Sarai sempre la piccola di casa. Potrei prenderti un po' in giro…»

«O un sacco!» Gli diedi un pugno sul braccio.

Mi afferrò il pugno e lo tenne stretto. «Ma tu e Jamila siete donne adulte, capaci di prendere le vostre decisioni. Se due delle mie persone preferite al mondo finiscono insieme?» Fece spallucce. «Non sarebbe la cosa peggiore.»

Avrei voluto che Jamila avesse potuto capirlo. Forse se non

avesse cercato una scusa per chiudere, non avrei perso la sua fiducia.

Abbracciai forte mio fratello. «Grazie.»

«Per cosa?»

«Per credere in me. Per pensare che io, sai, valga qualcosa.»

«Nocciolina.»

Ed eccolo lì, lo scapellotto che temevo. Probabilmente mi avrebbe dato scapellotti anche a sessant'anni. O a ottanta. Ma non fu terribile. Sembrava amore.

«Tu vali qualcosa,» disse. «Vali molto. E allora se ti ci è voluto un po' per sistemare i tuoi casini? Io sto ancora cercando di sistemare i miei. Lo stiamo facendo tutti… anche Jamila.»

Mi lasciò andare e io feci un passo indietro, pettinando con le dita il groviglio che aveva fatto dei miei capelli.

«Perché non passi la notte qui e stai con noi domani? Andiamo a un barbecue.»

Sospirai. «Certo. Perché no?» Sarebbe stato meglio che stare seduta nella mia stanza, a fissare l'inesistente profilo social personale di Jamila e a rimpiangere ciò che avevo perso.

30

IL GIORNO DOPO, mentre viaggiavamo verso sud sulla 101 nel SUV di Alicia, il nodo che avevo allo stomaco si strinse ancora di più. Non mi ero avvicinata così tanto alla Silicon Valley da due mesi, e avrei voluto potermi distrarre da quei luoghi fin troppo familiari mettendomi le cuffie e giocando con il telefono, come stava facendo Noah. Valentine era allacciata al suo seggiolino in mezzo al sedile posteriore e si era sfilata una delle sue minuscole Nike. La cercai sul tappetino e gliela rimisi ben stretta al piede.

«Quanto manca ancora?» chiesi, vedendo il cartello per l'uscita di Marsh Road.

«Perché?» Jackson mi guardò dallo specchietto retrovisore, con le mani rilassate sul volante. «Hai un posto migliore in cui andare?»

«No, è solo che...» Non finii la frase quando Jackson prese l'uscita, fin troppo familiare. Allontanai la cintura di sicurezza dallo sterno. «Dove sarebbe esattamente questo barbecue?»

«A casa di un'amica.»

«Jackson,» Alicia gli posò una mano sulla spalla. «Dovrebbe saperlo.»

«Ma l'ho promesso.»

«Cosa dovrei sapere?» Mi sporsi in avanti, nello spazio tra i due sedili anteriori.

«No, no, no, no!» ridacchiò Val.

«Il barbecue è da Jamila,» disse mio fratello. «È per festeggiare in anticipo il lancio del suo prodotto.»

«Maledizione, Jackson!»

«Barattolo delle parolacce!» disse Noah, nonostante le cuffie.

«Maledizione, maledizione, maledizione!» Valentine prese a scalciare con le scarpette dal suo seggiolino tra di noi.

Mi strinsi la radice del naso tra le dita. «Scusate. Ma perché non me l'hai detto?»

«Non sei pronta a vederla?» chiese mio fratello, fermandosi a un semaforo.

«Io… non lo so.» Soprattutto non vestita con un paio di jeans premaman di Alicia, troppo lunghi, che avevo arrotolato alle caviglie, e la sua maglietta con la scritta: «Potete andare tutti all'inferno, io me ne vado in Texas».

«Se non sei pronta, possiamo lasciarti da qualche parte e riprenderti tra un paio d'ore,» disse Alicia.

L'idea mi tentava: nascondermi in una boutique o in un caffè e non dover affrontare di nuovo Jamila, non rivedere la sua espressione impietrita e ricordare i tempi in cui i suoi occhi brillavano di passione guardandomi, quando la nostra era solo una storia superficiale che però sembrava molto di più.

Ieri avevo detto al mio fratellone di essere una donna adulta, ed era ora che mi comportassi come tale. Potevo affrontarla. Potevo essere amichevole. Potevo chiacchierare del lancio imminente del suo prodotto ed essere felice per lei e orgogliosa di me stessa.

«Va bene,» dissi, fissando fuori dal finestrino le altre modeste abitazioni sulla sua via.

Jackson parcheggiò nel primo posto disponibile sulla strada, praticamente quasi al segnale di stop. Alla signora González doveva far piacere che le macchine fossero parcheggiate su entrambi i lati della via. Dopo che Jackson liberò Valentine dal seggiolino e scaricò praticamente l'intero reparto di giochi gonfiabili di un discount, seguimmo una fila di lastre di pietra che giravano attorno al fianco della casa, fino al cancello aperto nella recinzione di legno. Percorremmo il breve sentiero fino alla piscina, e Val si divincolò tra le mie braccia, tirandomi i capelli finché non la guardai. «Cina! Cina! Cina!»

«Sì,» dissi. «È una bella piscina. Vuoi entrare?»

«Puoi tenerla un secondo mentre salutiamo?» chiese Jackson. «Le metto il costume tra un minuto.» Quando annuii, lui e Alicia si diressero dritti da Jamila, che se ne stava in piedi all'estremità opposta della piscina con un cappello da sole familiare in testa e uno di quei portabibite termici in mano.

Quando i nostri sguardi si incrociarono da un lato all'altro del giardino, il suo mi bruciò fino alle ossa.

Non ero pronta.

Non ancora. Avevo appena metabolizzato il fatto che l'avrei vista quel giorno. Non avevo preparato un piano o un copione, soprattutto non uno per affrontare la sua rabbia. Come potevo evitare di umiliarmi, ricordando l'ultima volta che aveva indossato quel cappello e cosa era successo dopo? Non potevo dimenticare e tornare a essere quella di prima. Mi ero ripromessa che non sarei mai più ricaduta nella parte della donnetta sciocca che ero stata alla festa di Billie.

Noah scaricò una bracciata di giochi da piscina vicino ai gradini che scendevano nella parte bassa. Mi avrebbe salvata lui.

«Serve aiuto?» chiesi.

«Per cosa?»

«Non so. Sistemare le cose.»

«No. Ho fatto.» Indicò la pila disordinata di un giubbotto da nuoto, un salvagente a forma di unicorno, una serie di bastoncini da immersione e una mezza dozzina di tubi galleggianti.

Afferrò l'elastico dei pantaloni della tuta, se li sfilò lungo le gambe magre e ne uscì. Sotto portava il costume da bagno e la maglietta era una anti-UV. Lasciando le infradito a bordo piscina, si tuffò a palla di cannone. Feci un passo indietro per non farmi inzuppare.

Noah riemerse, scostandosi i lunghi capelli dagli occhi. «Vieni anche tu, zia Nat?» gridò.

«No, sto bene così. Aspetto che tuo padre prenda Val.» Ero grata per la scusa. Mi ci sarebbe voluto molto più coraggio per spogliarmi di nuovo di fronte a Jamila.

«Ehi, Natalie.» Un ragazzo biondo, alto e di bell'aspetto, mi si avvicinò con una birra in mano.

«Tyler! E Marlee.» Salutai sua moglie e li abbracciai entrambi. Marlee e Tyler avevano circa la mia età, e ci trovavamo spesso alle feste. «Congratulazioni a voi due. Non credo di avervi più visti da quando vi siete sposati.»

Quando Marlee abbracciò me e Val, i suoi occhiali da sole troppo grandi si impigliarono nei miei capelli, e ridemmo mentre ci districavamo.

«Raccontami tutto del tuo matrimonio,» dissi.

«È stato intimo.» Marlee fece una smorfia. «Non abbiamo potuto invitare tutti quelli che volevamo…»

Liquidai la sua scusa con un gesto della mano. «Non preoccuparti. Capisco.» Tyler e Marlee non venivano da famiglie ricche. Si erano pagati il matrimonio da soli, mentre mantenevano il padre di Marlee in una struttura per malati di Alzheimer.

«È stato magico.» Marlee sospirò in estasi. Sembrava davvero una favola, soprattutto quando mi mostrò una foto degli invitati che accendevano delle stelle filanti al tramonto. Marlee aveva iniziato a raccontarmi della loro luna di miele quando Ben, che non vedevo da quel brunch disastroso, si precipitò ad abbracciare prima lei, poi Tyler, e infine me. Cooper lo seguiva a ruota, ma non abbracciò nessuno.

«Visto, tesoro? Te l'avevo detto.» Ben mi scrutò dalla testa ai piedi. «Porta i suoi vestiti. E ha i capelli di una che ha-appena-sco-ehm-fatto sesso. Scusa,» sussurrò, guardando la bambina. «Mi devi cinquanta dollari. L'altra parte della scommessa la riscuoto quando torniamo a casa.» Mi fece l'occhiolino.

«Scommessa?» Mi passai le dita tra i capelli, sciogliendo un nodo che Val aveva fatto con le sue mani sudate.

«Tu e Jamila. L'avevo capito quando ti abbiamo incontrata a quel brunch. Cooper non ci credeva. E indovina chi aveva ragione?» Ridacchiò.

«No, non stiamo...» Mi trattenni dal dire *più*. «Non stiamo insieme. Questi sono i vestiti di Alicia. Ho fatto da babysitter da lei ieri notte.»

«Oh.» Le labbra di Ben si incurvarono all'ingiù. «Ma speravo che voi...»

Cooper si sporse per sussurrare all'orecchio del suo fidanzato. «La *mia* vincita la riscuoto a casa,» tubò.

Ben fu percorso da un brivido. «Finiamo il giro dei saluti. Sento che ce ne andremo presto.»

«Ah ah.» Mi sforzai di sorridere. «Le coppie di fidanzati sono le peggiori, vero?»

Ma Tyler mi guardò socchiudendo gli occhi. «Tu e Jamila, eh?»

«No, no, non è una...» Dovetti bloccare di nuovo la parola. «Niente di tutto ciò.»

«Ha bisogno di una come te,» disse Tyler. «Che l'aiuti a sostenere tutti i suoi fardelli. Pensavo che Winslow fosse quella persona, ma abbiamo visto tutti come è andata a finire.» Fece una smorfia.

«Credo di aver bisogno di un drink.» Stavo soffocando per tutte le parole che mi si ammassavano in gola, come un tamponamento a catena sulla I-80.

Tyler mi indicò un tavolo allestito all'ombra, e mi diressi lì, evitando il cerchio di persone intorno a Jamila.

Il bar non era un frigo pieno di birre self-service. C'era una barista. Ed era Rhiannon. Feci una smorfia quando la vidi, temendo qualunque commento tagliente avesse in serbo per me.

«Ciao, Natalie. Cosa posso darti?» Mi squadrò con diffidenza.

«Oh. Ehm... hai uno spumante?»

«Abbiamo un blanc de blancs di Napa.»

«Perfetto. Grazie.» La guardai mentre versava il vino. «Non mi sembra giusto che tu lavori tutta la settimana, e poi debba lavorare anche alla festa di Jamila.»

«No, è una mia scelta. Jamila mi ha costretta a venire, dato che, sai, praticamente ho costruito io il prodotto. Nonostante quel serpente di Winslow.» Fece una smorfia. «Mi piace stare qui. Mi dà modo di parlare con tutti, ma senza dovermi esporre. Sono loro che vengono da me.»

«Furbo.» Sollevai il bicchiere in un brindisi e presi un sorso del vino amaro. Le bollicine mi fecero prudere il naso.

«Ehi, a proposito di furbizia…» Rhiannon abbassò lo sguardo. «Sei stata una sciocca a pensare che fossi io la talpa, ma alla fine l'hai capito. Non avrei mai pensato… Comunque, grazie per esserti intestardita con quella tua roba alla Jessica Fletcher.»

«Ehm. Prego? Ma non l'ho fatto per te.»

«So per chi l'hai fatto.» Il suo sguardo incontrò il mio. «Teniamo a lei in modi diversi. Apprezzo quello che hai fatto per tutti noi.»

Annuii. «Forse ora possiamo essere amiche?»

Sbuffò. «Amiche? Non ti ho sputato nello *spumante*. È un inizio.»

«Giusto. Grazie per questo. Immagino che ci vedremo.» Anche se probabilmente non sarebbe successo. Non sarei tornata alla Jamilow, e la prossima volta che Jackson mi avesse proposto di uscire, gli avrei chiesto dove saremmo andati prima di salire sul suo SUV.

«Assicurati di mangiare qualcosa. Non ho intenzione di raccoglierti ubriaca fradicia più tardi.» Indicò una griglia enorme, gestita da due uomini giganteschi.

Con un sorriso forzato, mi trascinai verso la griglia per il mio prossimo incontro imbarazzante. Nemmeno le feste noiose di mia madre erano così torturanti.

«Ehi, J.J. Ehi, Jevin.»

«Na-ta-lie.» Jevin scandì le sillabe del mio nome con uno sguardo di apprezzamento. «Sei in gran forma.»

«Piantala.» J.J. diede una gomitata nelle costole al gemello abbastanza forte da farlo grugnire. «È la ragazza di Mila.»

«Oh, no, io non sono…»

«Non vedo un anello.» Jevin mi fece l'occhiolino. «Fino ad allora, il campo è libero.»

«Sei proprio uno schifoso, fratello. Natalie.» J.J. mi sorrise, e il suo sorriso era strazientemente simile a quello di Jamila. «Cosa posso darti? Le migliori costolette che tu abbia mai assaggiato, o un hamburger così così di mio fratello?»

«Vedi di non dire stronzate, J.» Questa volta fu Jevin a dare una gomitata al gemello. «È vegetariana. Ho qui pronto il tuo hamburger vegetariano, zuccherino.» Prese un panino tostato dalla griglia e ci infilò dentro un medaglione.

«Scusa. Dimenticavo.» J.J. si tolse il cappello dei Texas Longhorns e si asciugò il sudore dalla fronte con il dorso del polso. «I contorni sono laggiù.» Indicò un altro tavolo su cui c'erano delle ciotole da portata. «Stai lontana da quello sformato con le patatine. C'è del pollo dentro.»

«Capito. Voi due tutto bene? È stato carino da parte vostra venire fin qui per il lancio di Jamila.»

«Beh, non è l'unica cosa per cui…»

«Ehi!» J.J. diede un pugno sul braccio di Jevin. «Di nuovo quella tua boccaccia, sbatte come una vecchia zanzariera arrugginita.» Lanciò al gemello un'occhiataccia.

«Scusa, amico. Tanto lo scoprirà presto.»

«Chi scoprirà cosa?» Cercai Jamila nel gruppo di persone vicino alla piscina. «Non starete organizzando uno scherzo, vero?»

«Ecco un'idea.» Jevin si accarezzò il mento ben rasato. «Forse Mila dovrebbe farsi un bagnetto.»

Gonfiai il petto. «Provateci e il bagno ve lo fate voi. E non credo che alle vostre Air Jordan piacerebbe molto.» Guardai con insistenza le sue scarpe da ginnastica vintage immacolate.

«Questa non scherza.» Jevin sollevò la spatola. «Niente scherzi. Promesso.»

«Il Giorno del Ringraziamento sarà divertente,» borbottò J.J.

«Vai a mangiare quell'hamburger vegetariano prima che si freddi,» disse Jevin. «E assicurati di provare l'insalata di patate. È la ricetta di nostra nonna.»

Mi diressi a fatica verso il tavolo dei contorni, dove individuai l'insalata di patate e ne misi un cucchiaio sul mio piatto di carta. Mi servii un po' di insalata e un brownie al cioccolato — me lo meritavo decisamente, dopo essere stata trascinata contro la mia volontà a casa di Jamila — e trovai un tavolo libero all'ombra di un sicomoro.

Mi stesi il tovagliolo in grembo. L'insalata di patate aveva un bell'aspetto, con pezzi di patate tenuti insieme da una salsa cremosa. Qualcosa di verde, forse sedano, aggiungeva colore. Allungai la mano per prendere la forchetta, ma mi ero dimenticata di prenderla. Spinsi indietro la sedia e posai il tovagliolo accanto al piatto.

«Cerchi queste?» Jamila mi porse una forchetta e un coltello di plastica trasparente. Quando la guardai, il sole le brillava dietro la testa, con i raggi che si spargevano come una corona. Indossava il pezzo di sopra del suo bikini bianco con una camicia leggera, quasi trasparente, e un sarong stampato in colori vivaci: rosso, arancione e viola.

«Sì. Grazie.» Presi le posate da lei. Perché era venuta da me? Avrebbe potuto ignorarmi per tutta la festa. No, come padrona di casa, doveva salutare tutti, inclusa la persona che provava i sentimenti sbagliati per lei, la persona che le aveva sconvolto il mondo.

«Posso sedermi?» Indicò la sedia pieghevole accanto a me.

Annuii. Mentre lei prendeva posto sulla sedia, punzecchiai l'insalata di patate con la forchetta. Il mio appetito era svanito insieme a quel poco di compostezza che mi era rimasta.

«Grazie per essere venuta.» Si attorcigliò il lembo della camicia.

«Jackson mi ha portata qui con l'inganno. Non volevo imbucarmi alla festa per il tuo lancio.»

Mi fissò negli occhi. «Ti volevo qui.»

«Me?» Mi misi una mano sul cuore per rallentarne il galoppo. «Volevi *me* qui?»

«Solo te. Non mi importa di nessun altro.»

«Nemmeno di mio fratello? O dei tuoi fratelli?»

«Beh, ok, dei fratelli mi importa.»

Un mezzo sorriso mi spuntò sul viso. «E di Rhiannon? E Alicia?»

«Va bene.» Alzò le mani con impazienza. «Ho invitato tutte queste persone perché ci tengo a loro. Smettila di mettere i bastoni tra le ruote al mio gesto romantico.»

«Gesto romantico?»

«Lo so, lo so. Non sono le parole che la maggior parte della gente associa a me. Ma è quello che vuoi, no? Ancora?» I suoi occhi si addolcirono come un tortino al cioccolato dal cuore morbido. «È per questo che ti ho mandato quel cactus riccio. È troppo tardi?»

Nonostante il calore del sole, mi venne la pelle d'oca. «Troppo tardi? Cosa stai dicendo?»

«Sto dicendo che sei tu quella giusta per me. Quando stavamo insieme, i miei sentimenti mi spaventavano. Non avevo mai provato così tanto per nessun'altra con cui fossi uscita. Non mi ero mai lasciata andare, ma con te non potevo farne a meno. Quando ho pensato che avessi agito alle mie spalle, mi ha fatto male.» Fece una smorfia e si picchiettò lo sterno. «Proprio qui.»

«Come quando se n'è andata tua madre,» dissi.

Arricciò il naso. «No, quello è stato decisamente peggio. Non volevo mai più sentirmi in quel modo, e pensavo che se avessi potuto controllare tutto, non sarebbe successo. Ma tu mi hai fatto perdere il controllo. Ero furiosa.»

«Lo so.» Le posai la mano sul ginocchio, con il palmo rivolto verso l'alto, e lei la strinse.

«Quando sei tornata di corsa e mi hai detto che era stato Winslow a tradirmi, sono rimasta come paralizzata. Uno schermo blu nel cervello. C'è voluto un minuto per riavviarsi. Ma a quel punto, te n'eri già andata.»

«Pensavo che potesse servirti un minuto. Tu e Winslow eravate legati.»

«Sì.» Scosse la testa. «Aveva provato a parlarmi delle sue idee per gestire l'azienda, ma l'avevo zittito. Pensavo fosse un sano disaccordo. Mi sbagliavo.»

«Mi dispiace. Avrei voluto essere lì per te.»

«C'eri.» L'intensità era tornata. «Mi hai mostrato quello che mi ero persa. Ho ancora la maggioranza della Jamilow, grazie a te. Hai salvato la mia azienda.» Si schiarì la gola. «Grazie.»

Abbassai lo sguardo sulle nostre mani unite. Le sue dita lunghe e scure si stendevano sulla mia pelle più chiara. «È un po' esagerato. *Tu* hai salvato l'azienda. Io ti ho solo dato le informazioni di cui avevi bisogno.»

«E mi hai spinta fino a quando non le ho accettate.» Fece spallucce. «Ma non ti ho chiesto di venire qui per parlare dell'azienda.»

Sbuffai. «A memoria, non mi hai chiesto affatto di venire qui.»

«Sì, invece! Ho chiesto a Jackson di portarti.»

Le lanciai un'occhiata dubbiosa.

«Ok, va bene. Forse devo lavorare sulle mie abilità interpersonali, ma è proprio questo che ti sto chiedendo. Puoi darmi il tempo di migliorare? Mentre passo troppo tempo al lavoro. Mentre continuo a fare una gaffe dopo l'altra davanti ai giornalisti e alle loro telecamere.»

Il mio spumante era diventato sgasato nel suo bicchiere di plastica, ma dentro di me sentivo salire le bollicine. «Cosa mi stai chiedendo, Jamila? Perché finora non sembra una grande offerta.»

«Sono onesta con te. È questo che avrai.» Fece un gesto verso sé stessa. «Sono spinosa, dico parolacce e non assomiglio per niente a ciò che una principessa come te immagina per sé stessa. Ma se vuoi stare con me, prometto di fare del mio meglio per essere ciò di cui hai bisogno.»

Il mio cuore si fermò. «Vuoi stare con me? Ti fidi di nuovo di me?»

«Mi sono sempre fidata di te. Non potevo farne a meno. È per questo che mi ha fatto così male quando tu...»

«Quando ho fatto la Nancy Drew della situazione?»

«Sì. Pensavo fossimo abbastanza intime da farmelo sapere prima di fare una cosa così estrema.»

Deglutii. «Io... io... avevo paura di rovinare tutto, come faccio sempre.»

«Piccola, ti amerei anche se rovinassi tutto.»

«Aspetta. Tu mi ami?»

«Porca miseria! Vedi, non riesco a fare le cose per bene. Pensavo che con la telefonata a Della e il cactus, avresti capito.»

«Ci speravo, ma non lo sapevo.» Il mio cuore ebbe un fremito.

«Mi dispiace. Te l'ho detto che sono un disastro in queste cose. Sì. Ti amo.»

Il petto mi scoppiava tanto da non riuscire quasi a respirare. «Possiamo renderlo pubblico? Posso essere la tua... la tua ragazza?»

Mi strinse la mano quasi dolorosamente. «Voglio esserci per te, completamente. Ti lascerò anche comandare, a volte. Qualsiasi cosa tu abbia bisogno. Perché io ho bisogno di te.»

Mi chinai verso di lei e sussurrai: «Mi chiami di nuovo piccola?»

«Ti amo, piccola.» Mi baciò le labbra, una pressione delicata.

«E anch'io ti amo... Mila. Posso chiamarti così?»

«Solo quando sei contenta di me. Non quando ti faccio arrabbiare.»

«Non mi farai mai arrabbiare.» Le baciai l'angolo della bocca.

«Oh, te lo prometto, ti farò arrabbiare. Non di proposito, ma lo farò. E mi dispiacerà molto» — mi baciò le labbra — «molto» — mi baciò la mascella — «moltissimo.»

Rabbrividii. «Ci sarà del sesso riparatore?»

«Assolutamente.»

Con sforzo, mi tirai indietro. «Allora ci sto anch'io, completamente.»

Gli spigoli del suo viso si addolcirono. Rimasero solo le sue labbra carnose, i suoi occhi caldi e i suoi splendidi zigomi. Ed erano tutti miei.

«Hai fatto coming out con tutte le persone a cui tieni?» chiese.

«L'ho detto a mia madre e a Charles. A mia sorella. Ai miei fratelli. Penso che tutti gli altri o lo sappiano o lo sospettino. O mi vogliono abbastanza bene da non farsene un problema.»

«Allora diciamolo a tutti qui.»

«Tutti?» Esaminai gli invitati alla festa, ma quella era la vecchia Natalie che scansionava la folla. Alla nuova Natalie non importava cosa pensasse la gente. Non era mio compito compiacerli o renderli felici. L'unica persona a cui tenevo a piacere ero io stessa, e Jamila.

«Okay,» dissi.

Stringendomi la mano, mi tirò su. «Ecco il piano. Diciamo loro che siamo una coppia, poi ce la filiamo in camera mia.»

«Ma tutti sapranno cosa stiamo facendo!»

«E questo è un problema perché…?» Fece scorrere una mano lungo la mia schiena, sotto la cintura dei jeans presi in prestito, fino al punto proprio sul coccige dove soffrivo il solletico. Brividi si diffusero dal punto in cui la sua pelle toccò la mia, accendendo una fiamma nel profondo di me.

«Nessun problema,» squittii.

«Lo immaginavo. Ehi, gente!» gridò.

E mentre parlava alla folla di nostri amici della nostra relazione, io esultai dentro di me. La donna più favolosa del mondo mi amava. Solo me.

E anch'io amavo solo lei.

EPILOGO

A QUANTO PARE, la mia ragazza adorava le feste.

Il suo barbecue pre-lancio in giardino dello scorso fine settimana per la famiglia e gli amici non era niente in confronto alla vera e propria festa di inaugurazione sulla terrazza panoramica dell'edificio Jamilow.

Quando lavoravo al piano di sotto, non avevo idea che ci fosse questo posto quassù. L'edificio era alto solo due piani, ma la terrazza si affacciava sulle cime degli alberi in lontananza e sulle luci scintillanti di Mountain View. Se ti avvicinavi al lato ovest, potevi vedere la macchia d'inchiostro dello stagno sottostante. I riflessi delle luci della terrazza brillavano sulla sua superficie.

«Che ci fai qui?» Il sussurro di Jamila era caldo nel mio orecchio, e rabbrividii.

Presi il flûte di champagne che mi offrì. «Osservo.»

Fece finta di misurarmi la febbre con il dorso della mano. «Natalie Jones sta *osservando* una festa? Non è al centro dell'attenzione, a fare pubbliche relazioni? Potrebbe essere una cosa seria.»

Le afferrai la mano e la abbassai lungo il fianco. «Hannah ha fatto un ottimo lavoro.»

«Sì, sono contenta di averla assunta.»

«Come, scusa?» Le lasciai la mano per indicare me stessa. «L'ho assunta *io*.»

«Nessuno lavora nella mia azienda senza la mia approvazione. È stata un'ottima assunzione.»

Sospirai, lasciando perdere. Eravamo una squadra. Avevamo assunto Hannah, che aveva organizzato una festa di inaugurazione fantastica. C'erano tutti i soci miliardari di Jamila, tranne Winslow Keating-Ashworth che, insieme a Pavel Thakor, era attualmente oggetto di un'indagine federale. Reporter e blogger di tecnologia affollavano la terrazza.

«Che ci fai qui?» le chiesi. «Dovresti essere di là a parlare con un blogger o un investitore. Non qui con me. Ti stai perdendo la tua festa.» Le diedi una leggera spinta sulla spalla.

«Sono esattamente dove voglio essere.» Diede le spalle alla festa e mi mise le mani sulla vita. «Ti ho già detto che mi piace questo vestito?» Le sue mani percorsero il breve tratto fino all'orlo e vi si arricciarono sotto.

Feci scorrere le mani dalle sue spalle alla nuca e giocai con i riccioli corti alla base della sua testa. «Me l'hai detto quando sono arrivata a casa tua. E di nuovo, sul sedile posteriore della macchina durante il tragitto.»

«Ah, giusto,» mi sussurrò all'orecchio prima di baciarmi il collo. «Non posso essere ritenuta responsabile di quello che dico quando indossi una gonna così corta. Sono scioccata che tua madre ti abbia lasciata uscire di casa conciata così.»

Le spinsi la spalla. «Potrò anche vivere ancora con i miei, ma non hanno voce in capitolo su quello che indosso.»

Mi schiacciò contro il muro. «Forse qualcuno dovrebbe averla. Quella gonna è indecente. Mi fa chiedere cosa indossi sotto.» Quando mi accarezzò la natica nuda, i suoi occhi si spalancarono. «Niente?»

«Le donne Jones non vanno in giro senza mutande in pubblico.» Sollevai il mento. «È un perizoma.»

«Un perizoma.» Trovò il perizoma e vi infilò il pollice sotto, accarezzando il punto sensibile sull'osso sacro. «Forse dovrei portarti nel mio ufficio per una valutazione più approfondita.»

Rabbrividendo, le afferrai la mano birichina, la sfilai da sotto la gonna e la strinsi.

«Più tardi. Nel tuo letto, non nel tuo ufficio.» La spinsi a girarsi verso la festa. «Hai parlato con qualcuno dei candidati per il ruolo di direttore operativo?»

«Devo dire che è stato geniale da parte tua invitarli qui. Ho sondato il terreno con un paio di loro. Potrebbero essere interessati al lavoro. Anche se dovrò ordinare un controllo completo su ogni candidato serio. Niente più spie aziendali,» brontolò.

«Niente più spie aziendali,» concordai. «O amici.»

«A proposito di non-amici, cosa ci fa *lui* qui?» Indicò un uomo alto, con i capelli grigi che brillavano sotto le file di lampadine di Edison che attraversavano il centro della terrazza. Mi sembrava vagamente familiare.

«Chi è?»

«Quello è Harris Weston. Era l'amministratore delegato di Synergy, finché non ha tentato una scalata ostile.»

Ecco perché mi sembrava familiare. Era nella lista degli invitati di mia madre finché non aveva cercato di mettere zizzania tra Cooper e Jackson. «Non l'ho invitato io. Pensi che Hannah l'abbia fatto per sbaglio?»

«Non importa,» ringhiò lei. «Non è il benvenuto qui.» Lasciandomi la mano, si diresse decisa verso di lui. La seguii più in fretta che potevo sui tacchi.

Aveva in mano un bicchiere di qualcosa di scuro mentre parlava con un gruppo di persone ben vestite vicino al bar. Indossava un abito di Dolce & Gabbana che sarebbe dovuto sembrare fuori luogo sulla terrazza informale, ma che in qualche modo faceva apparire tutti gli altri poco eleganti. La sua cravatta azzurro pallido faceva risaltare i suoi occhi blu, che erano davvero incantevoli. In effetti, era un bell'uomo, uno di quelli di cui mi sarei potuta innamorare, se mi fossero piaciuti gli uomini maturi e affascinanti e se non fossi stata così persa per Jamila. I suoi denti bianchi brillarono quando sorrise.

Il suo sorriso si spense quando vide Jamila.

Lei gli passò un braccio sotto il suo. «Due parole, Weston?»

Lui fece un cenno di saluto al gruppo. «Certo, Jamila.»

Si diressero verso il lato buio della terrazza dietro il bar, e io li seguii per assicurarmi che non gli gettasse un drink in faccia o cercasse di spingerlo giù dal cornicione. Era furibonda, quindi entrambe le opzioni sembravano possibili.

Lo fermò bruscamente e sibilò: «Come osi presentare la tua brutta faccia alla mia festa?»

Lui alzò i palmi delle mani in un gesto per calmarla. «Sono venuto qui con…»

«Non mi interessa se sei venuto qui con Barbara Jordan e Ruth Bader Ginsburg e i loro angeli custodi. Tu. Non. Sei. Il. Benvenuto. Non alla mia festa.» Scandì ogni parola con una stoccata del suo lungo dito sul petto di lui.

«Bene.» Questa volta, quando sorrise, non fu amichevole. Fu freddo e calcolatore. «Ho ottenuto quello che mi serviva.» Dandosi una ripulita nel punto in cui il dito di Jamila aveva lasciato un'ammaccatura sulla sua cravatta, si allontanò a grandi passi verso l'uscita.

Jamila prese il telefono e premette un pulsante. «Bruno. Assicurati che Harris Weston lasci l'edificio. È lo stronzo che sta uscendo dalla terrazza.» Si mise il telefono in tasca.

Mi avvicinai. «Cosa pensi che abbia ottenuto?»

«Farsi scortare fuori dal mio edificio. E far mettere la sua foto alla reception come quella di chi firma assegni a vuoto in un negozio.»

«No, Mila, non lo faremo. Non devi fare la dura con me.»

«Giusto.» Mi passò un braccio intorno alla vita ma fissò la porta che si chiudeva dietro Weston. «Non lo so. Potrebbe essere che volesse solo farsi rivedere a una festa di tecnologia. Rientrare nelle grazie di tutti per potersi assicurare un altro posto da AD o una posizione nel consiglio di amministrazione con le sue chiacchiere. O potrebbe essere qualcosa di più nefasto.»

Rabbrividii. «Dì di nuovo *nefasto*.»

Mi nascose il naso sotto l'orecchio. «Dovremmo fare un gioco di ruolo sulla parola *nefasto*?»

«È eccitante quando lo dici con la tua cadenza.»

Si raddrizzò. «Io non ho nessuna cadenza.»

«Ce l'hai quando vuoi. Quando vuoi depistare qualcuno. Non starai pensando di assumere di nuovo quell'investigatore privato per controllare Weston, vero?»

«No...»

«Non mi è sembrato un vero *no*. Niente più investigatori privati. Ne abbiamo parlato. Tutto alla luce del sole.»

«Va bene. Anche se vorrei sapere cosa ha in mente.»

«Chiederò in giro. Vedrò cosa riesco a scoprire tramite canali non ufficiali.»

«Brava ragazza.» Mi avvolse con un braccio e mi tirò più vicina. «Forse hai mancato la tua vocazione come investigatrice privata. Sei stata così brava a scoprire cosa stava combinando Winslow.»

«No.» Appoggiai la testa sulla sua spalla. «Sono felice dove sono. Della Lippman è la migliore mentore che potessi desiderare.»

La sua mano scivolò sul mio fianco. «Sei sicura di non voler tornare a lavorare per me? Non so se posso permettermi di pagarti quanto ti dà Della, ma i benefit...» Mi fece scivolare le dita sotto la gonna e le portò sulla natica, che strofinò con un movimento circolare. «I benefit sono fantastici.»

Cercai di non pensare all'umidità che stava impregnando il piccolo triangolo del mio perizoma. «I benefit di essere la tua ragazza sono piuttosto spettacolari. Non andrò di nuovo a letto con il mio capo, grazie.»

«Mmm. Hai ripensato a una visita nel mio ufficio?»

«Assolutamente no. Sei la protagonista di questa festa che Hannah ha organizzato con tanto impegno per te. Tu resterai qui su questa terrazza a stringere la mano all'ultima persona che se ne andrà.»

Mi strinse la natica, poi tolse la mano da sotto la gonna. «Va bene.»

Entrambe portavamo i tacchi, quindi dovetti alzarmi in punta di piedi per sussurrarle all'orecchio. «Ti prometto che le brave ragazze ricevono una ricompensa a casa.»

Inarcò le sopracciglia. «Sono io la brava ragazza in questo scenario?»

«Faremo a turno?» Mi morsi il labbro.

«Mi piace.» I suoi occhi scuri brillarono. «Vediamo quante cose oltraggiose devo fare per convincere la gente ad andarsene prima.»

«Credo che tu non abbia ben chiaro il concetto di brava ragazza.»

«Allora mostramelo. Sai che adoro vederti all'opera.»

«Ah sì?» Feci un passo verso la festa, mi voltai a guardarla sopra la spalla e sbattei le ciglia. «Allora seguimi.»

E lei lo fece.

EPILOGO EXTRA
IL MATRIMONIO

Tre mesi dopo

NON AVREI SAPUTO DIRE cosa fosse più splendido: il cielo terso e azzurro, l'acqua scintillante che si infrangeva sulla spiaggia, la sabbia soffice come zucchero sotto i miei piedi nudi, la coppia di aitanti sposi sotto la chuppah adornata di fiori, o Jamila, in piedi dietro mio fratello in uno smoking attillato e un paio di occhiali da aviatore.

Era un tripudio di bellezza.

I suoi occhiali da sole erano troppo scuri per capire cosa facesse arricciare le labbra rosse di Jamila. Sperai di esserne io la causa.

Mentre la maggior parte degli invitati indossava lunghi abiti fluttuanti, io avevo messo un vaporoso vestito a stampa floreale che mi copriva a malapena il sedere. Quando feci scorrere un dito lungo il bordo della profonda scollatura a V, lei si leccò le labbra. Sì, la mia ragazza mi stava guardando. Tirai un po' di lato la stoffa, come se avessi caldo. Ed era vero, per via del calore del suo sguardo.

Finalmente il rabbino smise di parlare e sollevò un delicato bicchiere da vino. Lo avvolse in un panno di velluto e lo posò a terra tra gli sposi. Sorridendo, Ben sollevò il piede sopra di esso e diede un colpetto a Cooper perché facesse lo stesso. Con cautela, abbassarono i piedi e lo frantumarono insieme.

«Mazel tov!» gridarono gli invitati.

Cooper si chinò per baciare Ben. Sembrava intenzionato a dargli un casto bacetto sulle labbra, ma Ben non ci stava. Gli afferrò i baveri della giacca e lo trattenne. Jackson, da persona matura quale era, fischiò mentre Ben ficcava la lingua in bocca a Cooper.

Un secondo dopo, Cooper cedette. Le sue lunghe braccia circondarono il marito e li fece ruotare in modo da dare le spalle al gruppo non così piccolo di familiari e amici che si erano riuniti per assistere al loro matrimonio sulla spiaggia.

«Vai così, Cooper. Dacci dentro, Ben» disse Jamila. Girandosi verso le file di invitati, disse: «Ehi, gente. Lasciamoli fare e che la festa abbia inizio».

Applaudì e tutti si unirono a lei. Quando Cooper spinse Ben contro la chuppah, l'arcata ondeggiò pericolosamente. Il rabbino si scansò in fretta per condurre gli invitati verso il bar sulla spiaggia, a pochi passi di distanza.

Jamila osservò Cooper e Ben per qualche altro secondo prima di raggiungermi dove aspettavo, nella seconda fila.

Si liberò a fatica della giacca dello smoking, rivelando una canottiera bianca. Sventolò la giacca davanti al viso.

«Gli smoking e le spiagge saranno anche fantastici separatamente, ma insieme fanno schifo. Ricordamelo quando ci sposeremo.»

«Aspetta, cosa?» Forse avevo preso un'insolazione nonostante il mio vestitino leggero e l'enorme cappello floscio.

«Gli smoking. Troppo caldi per un matrimonio in spiaggia.»

«No, l'altra parte. Quella in cui ci sposiamo.»

«Non vuoi? Non oggi, ovviamente.» Si asciugò una goccia di sudore dall'attaccatura dei capelli.

«Certo che... aspetta. È una proposta di matrimonio?»

«Oh, no, piccola.» Mi prese il viso tra le mani. «So che vuoi essere travolta e tutte quelle storie. Non preoccuparti. Ci penso io. Quando sarà il momento giusto.» E poi mi diede un colpetto sul naso.

Le scostai la mano. «No. Niente affatto. Non funziona così. Siamo due donne adulte. Ne parleremo da adulte. Niente stronzate patriarcali su una proposta a sorpresa quando sarai pronta e comoda.»

«Capisco.» Si sedette su una delle sedie pieghevoli conficcate nella sabbia e mi tirò in grembo. «Sarà così allora?»

«Con te è sempre uno scambio di potere.» Incrociai le braccia.

«Pensavo ti piacesse. Quando ti chiamo la mia bambina.» La sua mano scivolò giù fino alla base della schiena, nel punto che aveva imparato a conoscere così bene. Un formicolio si diffuse dal suo tocco e un calore si raccolse dentro di me.

Mi divincolai sul suo grembo e lei sorrise come il Gatto del Cheshire.

«Mi piace. Quando giochiamo. A letto, soprattutto. Ma questa è una cosa seria. Stai parlando del resto della nostra vita.»

«Aspetta.» Mi scaricò dal suo grembo sulla sedia accanto. «Non lo vuoi? Il resto della nostra vita, insieme?»

«Beh, sì. Lo desidero da quando avevo quindici anni. Ma non pensavo che ti interessasse. La cerimonia. I testimoni.» Indicai le sedie vuote intorno a noi. «Le cose romantiche.» Feci un gesto verso Cooper e Ben, che avevano finalmente sciolto il loro bacio appassionato e si stavano dirigendo, mano nella mano, verso il ricevimento.

Ciò che avevo troppa paura di dire era: *l'impegno, la vulnerabilità.*

Ma era come se avesse sentito quello che non avevo detto. «Quello che provo per te è... diverso. Come se tu fossi la mia migliore amica e anche di più. Vuoi solo cose buone per me e non ti trattieni mai. E io voglio» si schiarì la voce «essere così anche per te.»

Mi chinai per baciarla. «Lo sei già.»

Si allontanò dal bacio ma mi posò una mano rassicurante sulla spalla. «Non ancora, ma ci sto lavorando. Sto cercando di aprirmi con te. Come adesso. Senti, so che stiamo insieme solo da pochi mesi. E vorrei che ne passassero ancora alcuni. Probabilmente dovremmo anche andare a vivere insieme, per provare. Posso prendere una casa più grande, come sei abituata tu.»

Il respiro mi si bloccò in petto. «Non ho bisogno di una casa più grande. Finché ci sei tu, condividerei anche un monolocale.»

«È un'idea terribile. Odierei svegliarti nel cuore della notte con le mie conference call con l'India. E poi, ti serve spazio per i tuoi vestitini.» Mi sfiorò il popeline rigido della gonna svasata. «Ma se sei pronta, mi piacerebbe che ti trasferissi da me a Menlo Park. E nella casa sulla spiaggia a Santa Cruz. E nella mia casa sulle colline fuori Austin.»

«Sembra meraviglioso.» Svegliarmi accanto a Jamila ogni giorno, ovunque si trovasse, era il mio sogno che si avverava.

«E se questo non ti spaventa, possiamo decidere di sposarci. All'inizio del prossimo anno.»

«Una proposta di matrimonio è un'attività nel tuo programma del primo trimestre?» Mi morsi il labbro per contenere il mio sorriso ebete.

«Esatto. Anche se delegherò a te l'organizzazione del matrimonio. Fallo come vuoi tu. Tutte le stronzate da favola che riesci a immaginare, ok?»

Mi guardò negli occhi, scomparso ogni suo solito fare scherzoso. «Voglio renderti felice quanto tu hai reso felice me.»

«Davvero? Sei felice? Con me? E non trasformarla in una battuta a sfondo sessuale» aggiunsi mentre le sue labbra si piegavano in un sorrisetto.

«Sì. Forse non lo dimostro all'esterno, ma al mio ultimo controllo medico il mese scorso, il dottore ha detto che la mia pressione sanguigna è a un livello più sano. E dormo meglio. In parte è merito del sesso, ma...» Fece spallucce. «Penso che sia soprattutto merito tuo.»

Togliendomi il cappello, appoggiai la testa sulla sua spalla per non doverla guardare mentre dicevo la cosa che stavo per dire.

«Se non fossimo state insieme, non sono sicura che sarei tornata ai corsi di certificazione in PR la seconda settimana.»

«Lo so, piccola.» Mi accarezzò la schiena. «Avevi solo bisogno di una piccola spinta alla tua autostima. Un po' di fuoco dentro.»

«Grazie per aver creduto in me.»

«L'ho sempre fatto. Nessuno tranne te avrebbe potuto convincermi che avessi bisogno di un ufficio PR.»

«È ridicolo. Ogni grande azienda ha bisogno di un ufficio PR. Specialmente se ha un'amministratrice delegata con un carattere un» le diedi un bacetto sulle labbra per scandire le parole «tantino... irascibile.»

«Questa è la mia ragazza. Salva gli AD da sé stessi, un disastro di PR alla volta. Ora.» Il suo sorriso divenne malizioso. «Mentre facevamo da testimoni prima del matrimonio, Mimi mi ha parlato di una tradizione ebraica chiamata Yichud. In pratica sono sette minuti in paradiso obbligatori.»

Risi. «Non è il mio primo matrimonio ebraico. Conosco il concetto. E tecnicamente sono otto minuti. Anche se la maggior parte delle coppie non lo fa davvero lì dentro. Di solito si rilassano e mangiano qualcosa.»

«So per certo che gli sposi non hanno intenzione di usare la cabina che la madre di Ben ha insistito per riservare per lo Yichud. E Ben mi ha dato la chiave.» La tirò fuori dalla tasca e la sollevò.

«Cosa stai suggerendo?» Inarcai le sopracciglia.

«Sto suggerendo di dare un'occhiata. Assicurarci che sia adatta allo scopo. Riferire a Ben e Cooper nel caso cambiassero idea.»

«Per il bene degli sposi? Mi piace.» Mi alzai e le porsi la mano.

Jamila la prese e si alzò. «È... oh oh.»

«Voi due venite?» Jackson si era tolto la giacca dello smoking e si era arrotolato le maniche della camicia bianca.

«Saremmo venute se non fossi un tale guastafeste» borbottai. A voce più alta, dissi: «Un attimo».

«O otto» disse Jamila.

«Coop mi ha mandato a recuperarvi per le foto.»

«Nessuno vuole fare foto con questo caldo.» Jamila si scostò la canottiera dal petto. «E poi, abbiamo fatto le foto prima della cerimonia, quando eravamo fresche.»

Jackson roteò gli occhi. «È un'idea di Ben, una specie di prima e dopo, e sai che Coop non gli rifiuta mai niente.»

«Dai la colpa a me, allora.» Jamila mi strinse la mano. «Ho fatto una promessa alla mia ragazza, e questo è più importante.»

«Vedi tu.» Mio fratello si spolverò le mani. «Assicuratevi di arrivare in tempo per il brindisi.»

«Quanto tempo abbiamo?» chiesi.

Lui fece spallucce. «Probabilmente mezz'ora. La gente è in fila per congratularsi con la coppia felice. Anche se posso ritardarli un po'. Coop si aspetta sempre che gli metta i bastoni tra le ruote.»

«Grazie, Jackson. Saremo lì tra trenta minuti.» Dopo che lui si fu allontanato lungo il sentiero di legno temporaneo, sussurrai all'orecchio di Jamila: «Mi mostri quella cabina?»

Non era lontano fino alla cabina color menta e rosa, l'unica tra noi e il bar sulla spiaggia. Ma c'era un problema.

Tyler premeva Marlee contro la porta della cabina. La gonna di lei era sollevata fino alla cima delle cosce per permetterle di avvolgere le gambe intorno a Tyler. Si stavano baciando, con le mani di lui sul sedere di lei, ignari di ciò che li circondava. Sembravano a due secondi dal farlo in piedi sulla spiaggia.

«Caspita» sussurrai. «Forse dovremmo...»

Jamila si schiarì la voce. «Lo sapete che questa è una spiaggia pubblica?»

Tyler rimise Marlee in piedi e lei si abbassò la gonna. «Ops, ci siamo lasciati trasportare.»

«Forse dovreste andare in un posto un po' più privato?»

Le guance di Tyler avvamparono mentre si passava una mano tra i capelli. «Scusate. Avevamo pensato di entrare qui, ma la porta era chiusa a chiave, e...»

Jamila sorrise. «Nessun problema. Sapete, il bagno delle signore nel resort ha un divano e una porta che si chiude a chiave.»

«Ooh» disse Marlee. «Questa è una buona idea. Potrei aver bisogno di sdraiarmi.» Si mise il dorso della mano sulla fronte.

Tyler rivolse la sua attenzione alla moglie. «Stai bene?»

«Certo, tesoro.» Gli diede una pacca sul braccio. «Ma ho sempre desiderato essere violata su un divano da svenimento.»

«Come desideri, principessa.» Le porse il gomito, e lei intrecciò la sua mano con la sua.

Jamila ridacchiò. «Fate con comodo. Vi copriremo se qualcuno chiede di voi.»

«Grazie. Siete le migliori.» Tyler condusse Marlee verso il resort.

«Ho notato che non hai offerto loro la chiave della cabina» dissi quando furono fuori portata d'orecchio.

«Non sono mica scema. Questo è il mio rifugio per le coccole.» Infilò la chiave nella serratura e aprì. La cabina era una stanza singola con una chaise longue doppia e un paio di sedie a sdraio. Le persiane fornivano ventilazione e un paio di portefinestre si affacciavano sulla spiaggia.

Dopo aver chiuso la porta a chiave, Jamila tirò le tende bianche e trasparenti per nascondere la vista. «Ora... come ti voglio?» rifletté.

Mi inginocchiai sul letto e la guardai da sotto le ciglia. «Abbiamo solo mezz'ora. Anzi, venticinque minuti ora. Qualcosa di efficiente, tipo un sessantanove?»

«Efficiente?» sbuffò. «L'efficienza è per il codice e i drive-through. Mai per il sesso. E poi, sono sull'orlo del baratro da quando ti ho vista con quel vestito.»

«Davvero?» Mi morsi il labbro. «Non ne avevo idea.»

Si avvicinò a dove ero inginocchiata e mi passò una mano lungo il fianco per giocherellare con l'orlo della mia gonna. «Sapevi esattamente cosa stavi facendo quando te lo sei messo.»

«Ti piace?» Le baciai le labbra, poi la base del collo dove si apriva il colletto.

«Mi piacerebbe di più tirato su» ringhiò.

Delicatamente, mi spinse una spalla e mi sdraiai sulla chaise longue. Sollevai la gonna per rivelare il mio perizoma rosso. «Così?»

Mi guardò dall'alto, affamata. «Esattamente così.»

Aveva appena infilato un dito nell'elastico delle mie mutandine quando ci fu un tonfo alla porta. La maniglia tremò. Quando sussultai, Jamila mi mise una mano sulla bocca e mi fece l'occhiolino.

«È chiuso a chiave, mi tesoro.» La voce di Mateo rimbombò attraverso la porta.

«Maledizione. Sapevo che avrei dovuto chiedere la chiave a Benny» disse Mimi.

«Se mi prestassi un paio delle tue forcine, potrei scassinare la serratura.»

Cercai di abbassare la gonna, ma Jamila, con una mano ancora sulla mia bocca, scosse la testa e la spinse di nuovo su. Le sue dita giocherellavano sulla parte anteriore delle mie mutandine e il mio centro si contrasse.

«Bagnata» mimò. «Ti piace.»

Non volevo che mi piacesse. Non volevo eccitarmi al pensiero che la mia amica e il suo ragazzo entrassero e sorprendessero Jamila con la mano sulla mia passera. Ma, dannazione, mi piaceva.

«Oppure...» La voce di Mimi divenne scherzosa. «Potremmo darci piacere proprio qui.»

«Mi vida, è una spiaggia pubblica.»

«Ma dato che Benny e Cooper hanno prenotato l'intero resort e sono tutti al ricevimento, non c'è nessuno. Dai, farò in fretta.»

«La fretta non è quello che voglio con te, mi tesoro.»

«Possiamo fare con calma più tardi. Dopo aver scaricato un po' di tensione. Sai che vederti così elegante mi fa venire voglia di saltarti addosso. Mi ricorda quella sera al gala. Per favore?»

Non riuscii a sentire la sua risposta, ma ci fu un altro tonfo pesante alla porta. La piccola Mimi aveva spinto il suo grosso ragazzo contro di essa? Dal gemito profondo, sembrava di sì.

Spalancai gli occhi verso Jamila. Eravamo intrappolate nella cabina mentre un'altra coppia faceva una sveltina dall'altra parte della porta.

L'espressione di Jamila fu diabolica mentre mi sfilava le mutandine. Scossi la testa. Era sbagliato, vero?

Ma quando il suo pollice si posò sul mio clitoride, fu l'esatto opposto di sbagliato. Cercai di concentrarmi su di lei, sulla sensazione che si accumulava tra le mie gambe mentre mi strofinava, sul mio bisogno, ma i suoni provenienti dall'altra parte della porta filtravano attraverso.

«Sì, piccola. Sì. ¡Dios mío! Ci sono quasi!»

Sbattei le palpebre verso Jamila. «Quasi?» sussurrai. «Il tipo è uno che dura poco?»

«O Mimi ha un talento orale non indifferente» mormorò Jamila. «Dovresti chiederglielo.»

«No... ohh.» La mia indignazione si sciolse quando lei infilò due dita dentro di me. Mi sentii illuminata dall'interno, come se avessi ingoiato il sole e l'avessi portato con me nella cabina. Era luminoso anche dietro le mie palpebre chiuse.

«Guardami, piccola» sussurrò. «Voglio vederti venire.»

«No, non senza di te!»

«Shh.»

Ma Mateo gridò, rendendo improbabile che potessero sentirci. Sospirai, grata - ma anche un po' delusa - che la mia tentazione voyeuristica fosse finita.

«Togliti i pantaloni» sussurrai. Quando inarcò un sopracciglio, aggiunsi: «Per favore?».

Mentre Jamila si sfilava i pantaloni dello smoking e il suo perizoma e li posava su una sedia a sdraio, mi toccai leggermente, un'eco di quello che Jamila aveva fatto, per mantenere il motore al minimo.

Jamila si era appena inginocchiata sul letto quando sentimmo un altro gemito dall'esterno. Questa volta era Mimi.

Jamila e io ci guardammo sbattendo le palpebre. «Merda» mimò.

Era sbagliato ascoltare mentre il ragazzo della mia amica le dava piacere? Forse. Ma dopo aver ascoltato la prima metà della loro scappatella sessuale, non potevo certo fermarla ora.

«Vieni qui» sussurrai. «Siediti sulla mia faccia.» Forse con le gambe di Jamila avvolte intorno alle mie orecchie, non avrei sentito la mia amica.

Jamila scosse la testa. «Non voglio rovinarti il trucco. Facciamo così?» Mi tirò in ginocchio e scavalcò la mia coscia, spingendo la sua gamba tonica contro il mio centro. Mi strusciai contro la sua coscia e gemetti.

Jamila mi mise una mano sulla bocca, ma era troppo tardi.

«Hai sentito?» chiese Mimi.

Dopo un secondo, Mateo rimbombò: «Non ho sentito altro che te, mi tesoro. Anche se le tue cosce mi coprivano le orecchie. Cosa hai sentito?».

«Un animale, forse? Ci sono gatti selvatici qui?»

«Gatti randagi, certo. Forse anche uno di loro si stava dando da fare. Ora, concentrati, mi vida. Qualcuno verrà a cercarci presto.»

Lei emise un lungo gemito. Anche Mateo ci sapeva fare.

«Andiamo, bambina» sussurrò Jamila. Anche lei era bagnata, mentre scivolava lungo la mia coscia. Il suo sguardo si addolcì.

Le sollevai la canottiera e le sfiorai i capezzoli. La sua testa si rovesciò all'indietro e si strusciò contro di me più velocemente. Io? Mi lasciai trasportare, lasciando che le sue cosce muscolose facessero la maggior parte del lavoro contro il mio clitoride. Il sudore mi imperlava l'attaccatura dei capelli e tra i seni. Sarei stata un disastro più tardi al ricevimento, ma non mi importava. Tutto ciò che mi importava era il lampo che mi percorreva la spina dorsale.

I fianchi di Jamila pompavano, catapultandomi verso l'orgasmo con una frizione deliziosa. La guardai negli occhi. Non ne avrei mai avuto abbastanza di questo, di lei, di noi. Presto mi sarei trasferita da lei, e avremmo potuto condividere mille piccoli tocchi ogni giorno, alcuni sessuali, alcuni confortanti, alcuni giocosi, ognuno dei quali ci avrebbe legato più strettamente.

Lei era mia e io ero sua, e un giorno, in un futuro non così lontano, lo avremmo dimostrato a tutti al nostro matrimonio sulla spiaggia. Immaginai Jamila in un abito bianco con un velo spumoso in testa, che mi guardava come mi guardava ora, con meraviglia e amore.

Mi chinai in avanti e le baciai le labbra rosse. «Ti amo, Mila.»

Lei gemette, un basso miagolio, e si fermò contro di me. «Anch'io ti amo, Nat.»

Non eravamo state silenziose, ma non importava. Mimi emise un suono incoerente e si afflosciò contro la porta.

Mi lasciai andare anch'io. Con un'altra spinta sulla coscia di Jamila, la mia mente volò via sulla sabbia e sull'oceano, via con gli uccelli marini e la brezza calda. Le misi le mani sulle spalle per stabilizzarmi.

«Mazel tov» le mormorai all'orecchio.

«Mazel. Faremo sicuramente uno Yichud al nostro matrimonio.»

Una volta che Mimi e Mateo furono tornati al ricevimento, Jamila e io ci sistemammo meglio che potemmo. Lei mi pulì il mascara sbavato e mi lisciò i capelli arruffati. Io rinfrescai il suo rossetto a lunga tenuta con il burrocacao che avevo in tasca. Mano nella mano, tornammo al bar del resort per il ricevimento.

«Mila. Natalie.» Cooper ci venne incontro sui gradini che salivano dalla spiaggia. Il suo sguardo critico ci scrutò, e non potei fare a meno di tirare la gonna per coprire le mie cosce appiccicose. «Che piacere che abbiate potuto raggiungerci.»

«Stavamo solo godendoci il bellissimo resort. La brezza tropicale. I richiami della fauna selvatica.» Jamila sostenne il suo sguardo. Ridacchiai mentre Tyler e Marlee emergevano dal corridoio che portava ai bagni. Lei si spazzolò la gonna.

«Ah! Eccovi.» Ben si avvicinò a noi, senza la giacca dello smoking e con i ricci che iniziavano a incresparsi. «Siete giusto in tempo per il brindisi. Bobby» chiamò il simpatico barista. «Tre coppe di Champagne e un'acqua frizzante, per favore?»

«Cerimonia adorabile, ragazzi. Quale ambientazione migliore

per il vostro matrimonio dell'isola dove vi siete innamorati?»
Strinsi la mano di Jamila. «È così romantico.»

«Grazie» disse Ben. «È stata tutta un'idea di Cooper. E Luis e il
suo staff hanno fatto in modo che tutto fosse perfetto, fino all'ultimo dettaglio.» Lisciò il colletto di Cooper, poi sistemò l'orchidea
appuntata al suo bavero.

«Proprio come mio marito» disse Cooper. «Perfetto.»

«Ugh.» Jamila roteò gli occhi. «Siete più dolci del miele. Ho
bisogno di un drink per mandarlo giù.»

Con un tempismo perfetto, Bobby presentò un vassoio di flûte.
Ne prendemmo uno ciascuno.

«Facciamo questa cosa, tesoro» disse Ben. Sollevò il bicchiere
in alto. «Jackson! È ora.»

Mio fratello baciò la guancia di sua moglie, poi si fece al centro
del bar. Si mise le dita in bocca e lanciò un fischio acuto per zittire
gli invitati. Poi fece un brindisi sorprendentemente toccante.

Dopo aver bevuto alla felicità coniugale, una band di
merengue iniziò a suonare e Ben e Cooper ondeggiarono al ritmo
sensuale. Dopo un minuto, Ben invitò tutti gli altri sulla pista.
«Mio marito è timido. Unitevi a noi» gridò. Le guance di Cooper
divennero ancora più rosse, ma Ben lo tirò giù per un bacio.

«Vieni, piccola. Balliamo.» Jamila mi porse il gomito e io le
lasciai che mi conducesse sulla pista da ballo.

Osservammo le altre coppie finché non imparammo i passi
base. Dopo qualche canzone, eravamo sudate e ridevamo di
quanto fossimo scarse, rispetto ai parenti isolani di Cooper.

Mentre volteggiavo sulla pista con Jamila, sapevo che non
importava se fossimo su una spiaggia nei Caraibi o in California,
o in un ufficio nella Silicon Valley o ad Austin, Texas, finché
fossimo state insieme, non c'era posto in cui avrei preferito essere
se non tra le braccia di Jamila.

———

Grazie mille per aver letto *Tentami!* Per favore, considera di lasciare una recensione sul tuo rivenditore preferito, BookBub o Goodreads. Le recensioni aiutano altri lettori a trovare nuovi autori come me.

Se ti piacciono le commedie romantiche con differenza d'età che hanno per protagoniste donne forti e indipendenti, potrebbe piacerti anche la mia serie 40 and Fabulous. È ambientata nell'universo di Synergy, quindi potresti ritrovare qualche volto familiare tra le sue pagine. La serie inizia con *Frenemies and Lovers*, una storia d'amore con finto fidanzamento, differenza d'età e ambientazione vacanziera, con protagonisti il fratello di Natalie, Andrew, e la sua cotta, di 13 anni più matura di lui. È disponibile sul tuo store preferito.

L'AUTRICE

A Michelle McCraw piace leggere romanzi d'amore e lavorare nel settore tecnologico. Un giorno, ha deciso di combinare i suoi due interessi, e ora scrive romance contemporaneo piccante e nerd che potrebbe farti ridere. I suoi libri presentano personaggi che amano senza vergogna la scienza, l'ingegneria e la tecnologia.

Autrice americana e texana di nascita, Michelle ha spalato neve durante le tempeste in New England ed è passata a uno spazzaneve nel Midwest. Ora vive in Georgia, dove NON le manca affatto la neve. Ama leggere, viaggiare, bere bourbon e viziare il suo cane straordinariamente maleducato ma adorabile. È stata finalista nel RWA Vivian Contest, nel Contemporary Romance Writers' Stiletto Contest e nel Windy City Romance Writers' Four Seasons Contest.

facebook.com/MichelleMcCrawAuthor

instagram.com/MMOWriter

amazon.com/author/michellemccraw

goodreads.com/MichelleMcCraw

bookbub.com/authors/michelle-mccraw

LIBRI DI MICHELLE MCCRAW

Synergy Series

Lavora con Me

Fingi con Me

Viaggia con Me

Comandami

Ricordami

Tentami

40 and Fabulous

Fashion and Passion

Frenemies and Lovers

Books and Hookups

Conspiracies and Chemistry

Advances and Retreats

Marriage and Trouble

Sugar and Spice